菲茨杰拉德文萃

Selected Works of F. S. Fitzgerald

王　宁　主编

此岸天堂

（美）菲茨杰拉德　著

陆　薇　张晓红　译

東方出版社

图书在版编目(CIP)数据

此岸天堂 / (美) 菲茨杰拉德 (Fitzgerald,F.S.)著; 陆薇,张晓红译.-- 北京: 东方出版社, 2010

(菲茨杰拉德文萃)

书名原文: *This Side of Paradise*

ISBN 978-7-5060-3929-1

Ⅰ. ①此… Ⅱ. ①菲… ②陆… ③张… Ⅲ. ①长篇小说—美国—现代 Ⅳ. ① I712.45

中国版本图书馆 CIP 数据核字(2010)第 115805 号

此岸天堂

CI'AN TIANTANG

[美] 菲茨杰拉德 著 陆薇 张晓红 译

東方出版社 出版发行

(100706 北京朝阳门内大街 166 号)

http://www.peoplepress.net

香河华林印务有限公司印刷 新华书店经销

2010 年 7 月第 1 版 2010 年 7 月第 1 次印刷

开本: 710 毫米×1000 毫米 1/16

印张: 15.75 字数: 268 千字

ISBN 978-7-5060-3929-1 定价: 34.80 元

邮购地址: 100706 北京朝阳门内大街 166 号

人民东方图书销售中心 电话: (010)65250042 65289539

菲茨杰拉德：一个时代的桂冠诗人和代言人

——代总译序

美国大作家菲茨杰拉德（F. Scott Fitzgerald，1896—1940），是近年来随着其《了不起的盖茨比》、《夜色温柔》等作品的中译本的传播，才渐为中国广大读者知悉的。然而，相对于菲茨杰拉德在文学史上的地位，中国对菲茨杰拉德的翻译和评论工作可说是远远不够。因此，《菲茨杰拉德文萃》的出版，就有着重要的意义。

菲茨杰拉德的一生及其创作，同追求时尚的美国东海岸地区有着千丝万缕的联系。他出生于家境不佳的小商人家庭，上学读书全仰仗亲友们的资助。进入普林斯顿大学以后，他积极参加学校的戏剧团体活动，并同当时著名的诗人毕肖普以及文学评论家威尔逊过从甚密。他这时已经如醉如痴地爱上了文学，他曾对文学评论家威尔逊说过："我要成为有史以来最伟大的作家之一，你呢？"[①] 他幻想着自己有朝一日真的成了一名声名赫赫的大作家，偕同美貌的金发女郎，出没于灯红酒绿的场所，过着终日纸醉金迷的生活。

第一次世界大战的炮火，打破了菲茨杰拉德的美妙幻想。人生价值的丧失，前途理想的渺茫，都给了他沉重的精神打击，致使他对中产阶级的精神价值发生了怀疑，终日迷惘、踯躅在"荒原"上。但他仍未失去当一名作家的信心和决心，他有足够的生活准备和技巧准备的，其中包括生活积累和技巧训练。在战时的军队训练营里，步兵少尉菲茨杰拉德以惊人的毅力奋笔疾书，写下了处女作《此岸天堂》（*This Side of Paradise*，1920）。

《此岸天堂》使菲茨杰拉德一举成名，其重大意义和成就，"证明了菲茨杰拉德有他自己的才能，如流利而富于形象性的叙事风格、喜剧感和天生善于捕捉他人对话语言的听觉本领等等。不过它令人难忘的特色还在于它宣告

① 转引自《世界文学》，1980 年第 6 期，第 195 页。

了标准的变化"[1]，也证明了菲茨杰拉德完全有资格成为他那个时代的代言人。今天，在美国各大学的文科，《此岸天堂》连同海明威的《太阳照常升起》，被公认为是研究"迷惘的一代"的必读书。当年的穷大兵菲茨杰拉德因为《此岸天堂》的成功，也得以与倾心已久的富家美小姐赛尔妲成婚，金童玉女俨然神仙伴侣，但天意弄人，后来赛尔妲得了精神病，严重地打击了菲茨杰拉德的身体和创作能力。

美国的1920年代，不只是幻想破灭和寻欢作乐的时代，也是思想异常活跃的时代。那个时代被称为"爵士时代（爵士乐时代）"，因为菲茨杰拉发表过《爵士时代的故事》（*Tales of the Jazz*，1922）等作品。菲茨杰拉德有"爵士乐时代的优秀编年史家"之称，取得了"作为爵士时代的首领和桂冠诗人"[2] 的地位。

菲茨杰拉德的小说创作只持续了十几年时间。我们可从其创作中找出一条发展线索，这就是"幻想—崩溃—毁灭"的过程，而《此岸天堂》是这条线索的开始。其后在短篇小说《戴立林坡错了》（*Dalyrimple Goes Wrong*）等作品中，菲茨杰拉德对社会的揭露更加深刻，对理想和价值幻灭的表现尤甚。随着创作日臻成熟，菲茨杰拉德对美国社会的厌恶、揭露和批判的程度也愈益强烈。菲茨杰拉德发表的《了不起的盖茨比》（*The Great Gatsby*，1925）成了"某种悲剧性的田园诗"[3]，通篇弥漫着一种悲剧性的压抑气氛。虽然在一系列描写中仍可看出旧时富于浪漫传奇色彩的痕迹，但整篇作品的基调却是严肃的，该小说"也许是对贵族团伙充斥的那个时代以及产生出这些团伙的社会条件的最深刻的小说式的分析。"[4]

《了不起的盖茨比》一般被认为是菲茨杰拉德最优秀的小说和代表作，体现了菲茨杰拉德精湛的艺术造诣。小说的篇幅不长，但构思巧妙，着意描写了人物的内在感情。菲茨杰拉德以凝炼、精确的风格，细致入微的描写，熟谙自如的象征比喻，以及散文诗一般的优美语言而蜚声美国文坛。我们从中

---

① 见马尔科姆·考利《菲茨杰拉德——金钱的罗曼史》，载《美国文学丛刊》1982年第3期。

② 参见伊恩·欧斯比（Ian Ousby）《美国五十部小说评介》（*An Introduction to Fifty American Novels*），伦敦和悉尼，1977年版，第208页。

③ 见《世界文学》，1980年第6期，第205页。

④ 见斯卡利·布雷德里（Sculley Bradley）等编《美国文学的传统》（*The American Tradition in Literature*）第2卷，纽约：诺顿，1967年版，第814页。

既可见到浓郁的现实主义生活气息，又可感觉出浪漫主义的神秘气氛。著名评论家卡津认为，《了不起的盖茨比》写出了“最动人心弦的美国悲剧”，而菲茨杰拉德的名字也和这部小说“永存于世”①。人物的悲欢离合体现出作者本人的忧伤心境，含蓄深沉的描写寄予着深刻的主题：上流社会虚伪空虚，必然要走向崩溃的境地。菲茨杰拉德作为“爵士时代”的歌手，为上流社会行将崩溃的命运唱了一曲无尽的挽歌。

继《夜色温柔》之后，菲茨杰拉德又发表了一系列中短篇小说，未完成的长篇小说《末代大亨》（*The Last Tycoon*，1941）在他死后也出版了。虽然这些作品仍不失其往日的艺术特色，但从中能够看出杰出文学家的菲茨杰拉德的创作已陷入了危机。

今天，我们站在历史的高度来看，至少可以把菲茨杰拉德作品的重要意义概括如下：

菲茨杰拉德的小说表明了“美国梦”的幻灭。作为“迷惘的一代”的重要作家，他的小说真实地揭示了一战后西方一代青年的精神危机。虽然他不像海明威那样亲身参加过战争，但是那个时代打在他心灵上的印记却是难以抹去的。正如斯比勒所指出的那样，“比较年轻的这一代作家，大部分出生于19世纪的最后十年里，在国家作为一个世界列强而成熟时成长起来，他们很容易认为自己在成年时就似乎陷入了西方文明的崩溃之中，他们自己也因此处于‘迷惘’的状态。”②

菲茨杰拉德的小说是“金钱的罗曼史”，是考察那个时代的重要历史资料，他本人也被恰当地称为“1920年代富人的分析家”。菲茨杰拉德不仅写了青年人对金钱的追求，如《戴立林坡错了》、《富家子弟》（*The Rich Boy*）等，而且还写了对金钱的幻灭（如《了不起的盖茨比》等），因此也带有对拜金主义的鞭挞和批判。作为勇敢地正视现实生活的作家，菲茨杰拉德在自己的小说中为上流社会的必然衰亡唱了“一曲无尽的挽歌”。在他的作品中既可见到他对上流社会人士“高雅风度”的追求和向往，又可见到他对这些道貌岸然的伪君子的赤裸裸的揭露，其后期的作品对资产阶级文明的鞭挞也愈益犀利和深刻。

---

① 参见阿尔弗雷德·卡津（Alfred Kazin）《在民族的土地上》（*On Native Grounds*），纽约：双重时代公司，1956年版，第246页。

② 罗伯特·斯比勒（Robert E. Spiller）《美国文学的周期》（*The Cycle of American Literature*），纽约：麦克米兰公司，1959年版，第185－186页。

菲茨杰拉德在美国和世界现代文学史上的重要地位已无可非议。菲茨杰拉德是“20世纪最优秀的美国作家之一”[①]；是“他那一代人的历史学家，并且长时间作为那个时代最突出的代表”[②]。确实，英年早逝的菲茨杰拉德是可以比肩与他同时代的获得过诺贝尔文学奖的美国作家海明威、福克纳的。

但对菲茨杰拉德究竟属于哪种文学传统，人们仍莫衷一是。有人说他属于现代主义中的“迷惘的一代”作家之列，而实际上“迷惘的一代”中大部分作家采用的是现实主义的创作方法；也有人说他的创作属于美国文学的浪漫主义传统，理由是他笔下的人物以及故事情节富有浪漫传奇色彩，而且他本人也承认受到浪漫主义诗人济慈的影响最大，持这一观点的论者占大多数。

菲茨杰拉德的创作一定程度上受到过批判现实主义作家杰克·伦敦和德莱赛的影响，一些批评家喜欢将《了不起的盖茨比》同杰克·伦敦的《马丁·伊登》以及德莱赛的《美国的悲剧》相比。菲茨杰拉德缺乏杰克·伦敦那样的愤怒抗议以及德莱赛那样的批判深度，但在菲茨杰拉德的笔下，悲剧性更加含蓄，更加耐人寻味，或者说，更带有中产阶级的价值观和情调。

菲茨杰拉德的小说在很大程度上，特别是在文体风格上，深深地受着亨利·詹姆斯的影响，这在《了不起的盖茨比》中也可找到不少印证。因此，艾略特称这部小说是“自从亨利·詹姆斯以来，美国小说所迈出的第一步”，就不足为奇了。一些评论也认为，菲茨杰拉德作品都是写上流社会人士的，他是上流社会的歌手，其创作“属于亨利·詹姆斯传统”，而詹姆斯的作品恰恰是描写资产阶级中上层人士的，属于“高雅的现实主义”。菲茨杰拉德确实也在相当一部分作品中，创造性地继承了亨利·詹姆斯揭露上流社会的虚伪和狡诈这个传统，这在《冰宫》（*The Ice Palace*）、《夜色温柔》（*Tender is the Night*）等作品中尤为突出，并有了更深的意义。如果说《此岸天堂》中阿默瑞在爱情上的悲欢离合还带有几分喜剧的色彩，《了不起的盖茨比》中盖茨比的毁灭仅仅是一出个人悲剧，那么，《夜色温柔》中人物的悲剧则富有更广泛的意义。

但应当看到，菲茨杰拉德的创作有着深刻的矛盾，“菲茨杰拉德并不崇拜财富或富裕人家，他仅仅生活在他们的金黄色眼睛里。他们是‘不同常人的’；青春时代始终生活在这一天地里的这位作家对他们是有着真正了解的；

① 见伊恩·欧斯比《美国五十部小说评介》，第208页。

② 卡津《在民族的土地上》，第250页。

他了解这些富人或财富，就如同海明威了解战争一样……”[1] 菲茨杰拉德年轻时曾迷恋过金钱，但成名后又挥霍无度，深受金钱的毒害，因此他对金钱的价值有着深刻的理解，并能够栩栩如生地描绘出一部上流社会的“金钱的罗曼史”[2]。

我认为，菲茨杰拉德的小说创作是复杂的，他既有着历史学家的那种客观性，试图真实地表现出“爵士时代”的时代精神，又同时具有浪漫主义诗人的气质，以浪漫主义的笔调勾勒出一幅幅动人的历史画面，塑造出一个个源于生活又高于生活的具有艺术真实的人物。同时，20世纪的西方文坛，现代主义各流派纷纷打起“反传统”的旗号，风靡一时的早期存在主义思潮以及弗洛伊德的精神分析学说不能不对菲茨杰拉德产生一定的影响。菲茨杰拉德小说中既有批判现实主义的传统成分，又富有浪漫传奇的色彩，还从现代主义作家那里学习了一些表现技巧。在某种程度上，菲茨杰拉德的创作可以说达到了现实主义和浪漫主义相结合的境地，这一点突出体现在他对人物形象的塑造上。

菲茨杰拉德在自己的作品中，描写了形形色色的中产阶级人物。“他写过轻佻的摩登女郎、骗子及缺乏男子气概的人们的行为举止。他对自己的童年进行过动人的描绘。他描写反目夫妻如何重归于好，描绘过北方与南方生活的悬殊差异，描述过美国人在欧洲怎么垮掉，描摹过富有天才的醉鬼们的自我折磨……”[3]

菲茨杰拉德作品的人物既有着相同或相似的共性，又有着鲜明迥异的个性，不少人物深深地打动着读者。在这些人物中，给人印象最深的是阿默瑞、盖茨比、戴弗夫妇、罗斯玛丽、汉森、哈珀、戴立林坡、德克斯特等，这些人物构成了“爵士时代”画廊里的人物群像。把他们的特征加在一起，也是菲茨杰拉德本人性格特征和风度气质的最好体现。他们的追求金钱、及时行乐，反映了作者早年的拜金狂热和罗曼蒂克式的个人生活。他们的迷惘虚无则揭示出作者本人对资产阶级价值标准的怀疑。他们对社会的幻灭和反叛也就是作者对美国社会的无声抗议。在这些人物群像中，我们时常可以看到菲

---

① 参见卡津《在民族的土地上》，第248页。

② 参阅马尔科姆·考利的文章《菲茨杰拉德——金钱的罗曼史》，载《美国文学丛刊》1982年第3期。

③ 参见《美国文学丛刊》，1982年第3期，第157－158页。

茨杰拉德夫妇那令人熟悉的身影和音容笑貌，我们同时也可以在菲茨杰拉德的身上窥见那些人物的个性特征之一斑。因此，菲茨杰拉德在谈到自己和书中人物之间的关系时承认：“我有时简直弄不清赛尔妲和我究竟是实有其人，还是我的哪部小说中的人物。”①

菲茨杰拉德作品中的人物都想往上爬，按照《富家子弟》中汉森的父亲所希望的那样，成为社会上的“成功者”，也就是要成为拜伦式的英雄或杰克·伦敦式的强者。但他们获得成功的道路不尽相同，因而成功后的命运也各有所异。盖茨比获得大量钱财而发迹归来靠的是非法买卖；戴立林坡走上鸿运则靠的是拦路抢劫的拙劣手段；而迪克·戴弗获得年轻姑娘罗斯玛丽的钦慕则既靠了高雅的风度魅力，又靠了那善于诱人的社交手腕……他们中大多数人成功后又遇到各种不同的不幸甚至厄运，只有戴立林坡成为州参议员人选，成了他们中的佼佼者。

菲茨杰拉德的人物之所以能给人深刻的印象，除去人物本身的言谈举止和风度魅力外，另一重要之处则在于人物描写上的独特技巧。菲茨杰拉德善于调动各种艺术手法，来刻画他笔下的人物，我这里仅主要概括为以下几点：

一是印象式的肖像描写。这种手法在《了不起的盖茨比》中尤为突出。菲茨杰拉德描写人物，不以具体、逼真的描绘见长，却善于捕捉人物的精神特征。例如对一些次要人物的描写，作者通过卡罗威的印象来勾勒，而对盖茨比这个主要人物的描写，则通过耳闻的间接印象和目睹的直接印象来完成。在参加酒宴之前，卡罗威就多次听到有关盖茨比的一些逸闻旧事，在他的印象中，这是一个神秘莫测的人物。而在酒席宴上同他偶然相识时，则一下得出了这样的印象：他“不过是一个风度翩翩的年轻汉子，三十一二岁年纪，说起话来文质彬彬，几乎有点可笑”。寥寥数语，就把一个人物的性格特征印象式地展示在读者面前了。

二是细腻微妙的心理分析。菲茨杰拉德的肖像描写尚较简洁，而对人物的心理分析则相当细腻，有时甚至达到了詹姆斯那样细致入微的程度。在他的几部长篇小说中，这样的例证就屡见不鲜。《戴立林坡错了》这个短篇小说不过一万五千多字，而贯穿其间就有好几段心理分析，特别是对主人公决心不择手段向上爬时的复杂的心理活动更是描写得细腻真实：

---

① 《美国文学丛刊》，1982 年第 3 期，第 149 页。

走捷径则意味着摒弃早在孩提时代形成的处世哲学：成功来自对义务的忠实，作恶必将受到惩罚，或者行善终将得到好报——诚实的贫困要比堕落的富裕更幸福。

那就意味着要横下一条心。

……

在我轻信他人的那些年月里——他思考着——他们对我说，恶是一种肮脏的东西，就像弄脏的衣领那样泾渭分明。但在我看来，恶似乎只是一种艰难命运的形式而已……

在同一段心理分析中，菲茨杰拉德就采取了直接和间接两种手法，通过客观的分析和自我意识分析，把主人公犯罪前从犹豫不决直到横下一条心的内心斗争过程表现得细致无遗了。《夜色温柔》里，妮可儿患精神病住院时给迪克的信中，充满了狂乱的、不合语法、不合逻辑的呓语，作者虽未加渲染，但一个精神病人的变态心理和潜意识便跃然纸上了。后来随着妮可儿病情逐步好转，她的语言也就逐渐恢复正常了。

三是对比的描写手法。通过二者或三者以上的依次对比，更加衬托出主要人物的优雅完美，这在《夜色温柔》中用得比较频繁。例如在第一部第六章中，作者站在罗斯玛丽的角度，将宴会上的两个人进行了一番比较：

……厄尔·布雷迪来了，他惊奇地发现罗斯玛丽也在场。他的举止显得比在电影制片厂更加温和，仿佛他的不同性格是在大门口才显出来似的，于是罗斯玛丽当即将他和迪克·戴弗比较，结果毫不含糊地倾向后者。相形之下，厄尔·布雷迪似乎略显臃肿，有点缺乏教养……

通过这番对比，精神病医生戴弗在罗斯玛丽纯洁的心灵里更加高大完美了，而她和布雷迪导演的关系，就如同“电影里男女演员亲吻”那样转瞬即逝。

四是环境描写的烘托。菲茨杰拉德着意描写环境场景，并非为了单纯写景，而是借不同的环境场景来烘托人物，表现人物的性格特征。例如，在《冰宫》中，菲茨杰拉德描写北方的冰天雪地和严寒气候，借以烘托表现出哈里的冷酷无情的心，最后写他在冰冷阴森的冰宫里突然甩开自己的情人哈珀时，更是显出了他那颗冷酷的心，并暗示着人情的淡薄。虽着墨不多，但通过这一系列环境描写的烘托，一个虚伪自私、缺乏人情味的人物的形象就跃然纸上了。

在当今全球化的时代，受到大众文化的冲击，纯文学处于不大景气的状态，但是我始终坚信，人类总是需要文学存在的空间的。多年来，我努力要编译一部经得起考验的菲茨杰拉德文集；在多位从事文学翻译、教学和研究的同行及崔人元编审的襄助下，现在终于克成其功。东方出版社慧眼识珠，决定出版这套多卷本《菲茨杰拉德文萃》。在此，我要对各位朋友和东方出版社表示感谢!

《菲茨杰拉德文萃》的面世，对热爱文学的读者朋友来说无疑是一大幸事，特别是对于中产阶级和小资情调的读者朋友来说，菲茨杰拉德的作品是相当有味道的盛宴；而对于喜欢村上春树和张爱玲作品的读者朋友来说，菲茨杰拉德的作品更是值得一读。菲茨杰拉德生活和创作的年代，正是美国高速发展并成为世界主要强国的年代，其时的人情世道，跟当下的我们也有较多的契合。

《菲茨杰拉德文萃》荟萃了菲茨杰拉德的全部精品和重要作品，译者也都可说是一时之选。《菲茨杰拉德文萃》分为如下五卷：

《此岸天堂》(第一个中译本)，《永恒之恋》(包括《了不起的盖茨比》和首次中译《致赛尔妲》)，《夜色温柔》，《爵士乐美人迷惘》(中短篇集)，《最后的大亨》(首次中译本)。

我拉杂写了这些，充作《菲茨杰拉德文萃》的总译序，更多的评论还是请广大读者朋友去做吧。

王　宁

2010 年春于北京清华园

目　录

第一部

浪漫的个人主义者

第　一　章

碧阿特丽丝之子阿默瑞

阿默瑞·布莱恩继承了他母亲的一切。他身上只有一小部分潜在的特征是他独有的，而恰恰正是这些特征才使他出类拔萃，不同凡响。他的父亲是个无所事事而又不善言辞的人，他对拜伦的诗情有独钟，平时闲来无事，就爱枕着《大不列颠百科全书》打盹儿。三十岁时，他的两个在芝加哥当股票经纪人的有钱的哥哥不幸去逝，他继承了遗产。从此他发了迹，开始飘飘然地觉得这世界就是他的了。他去了巴港，在那里遇到了碧阿特丽丝·奥哈拉。结果，斯蒂芬·布莱恩遗传给了儿子阿默瑞两样东西：一是他那不足六英尺的身材，二是遇事总爱往后缩的性格。许多年里，他在家庭生活中都只扮演着一个陪衬人的角色。他那毫不出众的身材、毫无生气的灰发和毫无特色的面孔，注定了他只能扮演这样的角色。他整天从事的就是"照顾妻子"这一项工作，但与此同时，他却始终因无法理解妻子而烦恼不已。

可碧阿特丽丝是怎样的一位女性啊！她早年在她父亲威斯康辛州日内瓦湖城的别墅前及罗马的圣心大教堂前照过许多照片。从这些照片上就可以看出，她身上所带有的是一种受过上等教育才具有的气质。这是那种富家千金特有的气质。它不仅表现在她那娇好精致的容貌上，更表现在她那恰到好处、简单却颇具品味的穿戴上。她受到的教育可以说是无与伦比的——青少年时代她耳濡目染的文艺复兴的辉煌，对罗马教皇家族的各种最新传闻她能如数家珍。作为一个美国富豪的千金小姐，她还熟知维多利亚红衣主教①和玛格丽特女王②以及更加隐秘而有地位的人士的内幕详情。而这对于普通人来说，即便听说过这些名字也是需要有很高水准的。在英国，她学会了喜爱威士忌和苏打水而讨厌葡萄酒。有一年冬天在维也纳她还学会了说话时话中有话。总的来说，碧阿特丽丝·奥哈拉所受的是一种绝无仅有的教育，是那种普通人

---

① 维多利亚红衣主教：当指英国维多利亚女王（1819～1901）时期的红衣主教亨利·爱德华·曼宁（1808～1892 年，他曾任威斯敏斯特大教堂的主教 10 年，当时其言行对英国皇室和罗马天主教会都有强大的影响力。——译注

② 玛格丽特女王：当指玛格丽特一世（1353～1412），她 1338 年正式登基为丹麦女王，曾建立了统一丹麦、瑞典和挪威的卡尔马同盟并任同盟的女王。——译注

既鄙视又向往的，用经历的次数来衡量的教育。这种导师制的教育赋予了她所有的艺术与传统，但却没有赋予她半点思想。在最后的那段日子里情况就更为特别，有点像一个伟大的园艺师为了培育一个完美的花蕾而要剪掉所有略为逊色的玫瑰花瓣一样。

在学业的间隙，她回到了美国，遇见了斯蒂芬·布莱恩并嫁给了他。她这么做几乎完全是出于自己有些疲倦、有些伤心而已。她在漫长的秋冬季里孕育着胎儿，然后在 1896 年的春天把他带到了人间。

阿默瑞五岁时就已经成为母亲的伙伴，会逗她开心了。他是个长着茶褐色头发的男孩，大大的眼睛很漂亮。后来，他的头脑也发育得机智且富于想象力，并对漂亮的服装有着很好的眼光。这一切都与他的相貌配合得完美无缺。从四岁到十一岁这几年中，他随母亲坐父亲的私家车游遍了全美国，从让他母亲精神崩溃、最后住进一家豪华旅馆中休养的科罗拉多到让她染上轻度肺炎的墨西哥城。只是后来的这场小病反倒称了她的心，从此之后，每次她都用它作为各种事情的借口——特别是在几杯烈酒下肚之后。

就这样，就在其他的富家子弟还在纽波特的海滩上朝着家庭教师撒气，或者是挨板子、受管治、由家庭教师给他们读《做与敢做》、《密西西比河上的弗兰克》这类书籍时（不管他们是比他更幸运还是更不幸），他正在沃尔多夫旅馆里吆那些挨吆却不敢吱声的服务生呢！他天生就讨厌室内乐和交响乐。他从母亲那里也接受了一种不同寻常的教育。

“阿默瑞。”

“是，碧阿特丽丝。”（对母亲的这种叫法并不常见，但她喜欢让他这么叫。）

“亲爱的，先别忙着起床，我一直怀疑小孩子起床太早是不是会令人神经紧张。克劳西尔德一会儿就会把早餐给你送上来。”

“好吧。”

“今天我觉得自己很老，阿默瑞。”她有时叹着气说。说话时她就像一尊哀婉的珍贵浮雕声音微微变了调，双手如贝尔哈特①的一样优雅。“我的神经都快要断了——断了。咱们必须明天就离开这个可怕的地方，去找地方晒晒太阳。”

这种时候，阿默瑞就会从他那乱蓬蓬的头发中抬起一双绿色的、能看穿一切的眼睛。小小年纪的他竟能明白母亲的心思。

---

① 罗西纳·贝尔哈特（1844～1923）：法国女演员。——译注

“阿默瑞。”

“哎，我在这儿。”

“我想你该去洗个热水澡——水越热越好。热水澡能让人放松神经。你要是愿意还可以在浴池中读点什么。”

她在他十岁之前就给他读了《欢乐的节日》这本书，他十一岁时已经能够对伯拉姆斯、莫扎特和贝多芬高谈阔论了。一天下午，他被单独留在了温泉旅馆里。他打开母亲的杏仁甜酒尝了尝，觉得很好喝，于是就一直喝到了有些微醉。兴奋之余，他又试着点了根烟，结果抽出了一副粗俗不堪相。虽然这件事使碧阿特丽丝感到害怕，但她暗地里又觉着好笑——事后，这在后代人的眼里也成了“像她”的一部分。

一天，他听到母亲对着一屋子对她崇拜得五体投地的女人说：“我这个儿子是绝对的深沉，很迷人——但也很脆弱——我们都很脆弱，是这儿脆弱。”她激动得双手在胸前晃来晃去，然后把声音压得低低的，把杏仁甜酒的事儿讲了出来。大家听了都笑了起来，因为她讲得是那么绘声绘色。但当天晚上，许多柜橱的门都被锁得紧紧的，以防一个叫鲍伯呀或是芭芭拉什么的孩子……

家庭中的这些琐事总是轰轰烈烈的。他们周围总是围着一大群人：两人女仆、一辆轿车。若是布莱恩先生在家他也会陪着，通常还会有位医生伴随左右。阿默瑞得百日咳的那次，他的床边站着四名讨厌的专家，他们大眼瞪小眼地你看着我、我看着你。得腥红热的那次，他身边围着的人，如果把医生和护士都算在内的话，共有十四位之多。毕竟是血浓于水，他最终是给救了过来。

布莱恩一家并不在某个地方固定地常住。他们属于日内瓦湖。由于亲戚众多，所以他们的朋友也大多都是亲戚。从帕萨迪那到鳕角，每到一处他们都占据着令人羡慕的地位。但是碧阿特丽丝却越来越喜欢与新结识的朋友打交道了，这是因为每隔一段时间她都要向人重复她的一些老故事，比如她的身体状况以及改善的情况，或者是她在国外生活的回忆。这些故事就像弗洛伊德所讲的梦一样，必须抖落出来，否则会沉淀在一起对她的神经构成威胁。不过，碧阿特丽丝不喜欢美国女人，特别是从前西部的那些到处游荡的女人。

她告诉阿默瑞：“她们说话时有一种口音，既不是南方口音，也不是波士顿口音，而是一种不属于任何地方的口音。”说到这儿，她会神情恍惚起来，“她们操的是一种伦敦腔，是那种倒霉的、没人用的伦敦腔。那腔调活像是一个在芝加哥大歌剧院里混了几年的英国男管家的腔调。”她说着说着，有时甚至会前言不搭后语，“想想西部女人这一辈子吧！她还以为她丈夫有的是钱，供得起她拿腔拿调地说话呢，亲爱的——”

她总是认为她的身体弱不禁风，灵魂也不怎么经得起风雨，所以这一点在她的生活中就变得格外重要。她信奉过天主教，但她发现只有当她对因教会的信仰不太坚定时神甫似乎才对她特别关注，因此，她对宗教一直就保持了这种犹豫不定的态度。她经常为美国天主教神甫身上的资产阶级情调感到痛惜，并且肯定如果她生活在欧洲天主教堂的阴影之下的话，她的生活也不过只能是罗马神坛上的一粒小小的火苗而已，但无论怎样，除了医生之外，她就顶爱和神甫们玩这种浪漫游戏了。

“啊，威斯顿主教，”她说，“我不想谈论我自己。我能想象挤在你门口的那群歇斯底里、请求你同情的女人的样子。”神甫插了一段话之后，她又接着说：“可是很奇怪，我和她们就是不一样。”

她只和主教级别以上的神职人员抒发这样的浪漫情怀。当她第一次重归故里的时候，那里曾经有一位异教徒，一个阿什维尔的斯文本恩[①]式的年轻人。她曾一度醉心于他那充满激情的吻与两人之间不带伤感色彩的谈话。他们曾用一种知识分子所特有的理智的态度讨论这段恋情的得与失，绝不带任何感情色彩。最终她还是决定找个家庭背景好的人嫁出去。阿什维尔的年轻人经历了一场精神危机。他最后皈依了天主教——现在他的身份是达西主教。

“说真的，布莱恩夫人，他还是一位令人愉快的伙伴，是红衣主教的得力助手。”

“阿默瑞有朝一日会去找他的，我知道。”这位美丽的夫人说，“而且达西主教会像理解我一样理解他。”

阿默瑞已经长到十三岁了。他个子很高，但却略显单薄。他越来越能理解他那凯尔特血统的母亲的心思了。他偶尔也有过几个家庭教师，他母亲的想法是想让他的功课“别落下”。每到一个地方，他都要“从上次停下来的地方接着学起”，但由于没有一个家庭教师能弄明白上次是从什么地方停下来的，所以他的脑子基本上还是处于很好的、待开发的状态。不过，再过几年这种日子，他会怎么样就很难说了。一次在与碧阿特丽丝一起去意大利的途中，船离岸四小时后，他突然阑尾炎发作了，这大概是由于他在床上吃饭的次数太多的缘故。不管怎么说，在他母亲疯狂地在美国与欧洲之间来回发了

---

① 阿尔哥蒙·查尔斯·斯文本恩：(1837～1909)，英国诗人。——译注

几封电报之后，船上的旅客惊奇地发现这艘巨轮竟然慢慢地掉了个头，朝纽约的方向开了回去，把阿默瑞送回了岸上。你不能不承认生活中有的事真是莫名其妙。

手术之后碧阿特丽丝又经历了一次精神崩溃，其性质很像震颤性谵妄症。这样，阿默瑞就被留在了明尼阿波利斯①，与他的姨妈、姨父一起度过了这以后的两年。在那里，他第一次被西部文明中粗犷的气质所吸引了——这主要表现在内衣的穿法上。

阿默瑞的一吻

当他读到下面这张请柬上的字时，他的嘴唇向外翘了翘：

> 兹订于下周四（12 月 17 日）下午五点举行一个雪橇晚会，如您能光临，我将深感荣幸。
>
> 盼请回复。
>
> 忠实于您的迈娜·圣克莱尔

他已经在明尼阿波利斯住了两个月了。这段时间里，他一直致力于如何不让自己在“学校的其他人”中流露出自己那非凡的优越感。可惜这种努力效果不大。他有一天在法语课上还是不小心露了一手，这让里尔登先生直发愣。阿默瑞很是看不上里尔登先生的发音，而这件事却让班上的其他同学感到高兴。十年前仅在巴黎呆过几个星期的里尔登先生开始用动词报复他，每次打开课本总是不停地讲动词。另一次，阿默瑞又在历史课上显山露水了一番，可这次结果却是灾难性的。接下去的整个一星期里，同学们都尖叫着互相嘲笑、讽刺，那是说给他听的。

“啊，知道吗？我认为美国的革命主要是中产阶级的革命。”或者“华盛顿的出身很好，我认为是非常的好。”

从此，阿默瑞只好故意出错，借此来摆脱这样的处境。其实两年前他就开始学习美国历史了。虽然只学到了殖民战争那一段，但母亲说他已经学得

---

① 明尼阿波利斯：美国明尼苏达州的最大城市，位于该州东南部，跨密西西比河两岸。——译注

相当不错了。

他主要的弱项是运动。但是，当他发现要想在学校里有地位、有影响就一定要运动好时，他就开始发疯似地坚持锻炼，想在冬季运动项目上出人头地。虽然由于练得太狠使脚弯起来疼痛难忍，但每天下午他还是勇敢地在洛琦里冰场上绕着圈滑，心里琢磨着再过多久他才能潇洒地在冰场上挥舞曲棍球棒，而不至于不小心把它们插到冰鞋里去。

迈娜·圣克莱尔的请柬被他装在了上衣口袋里，那里面还有一块沾了土的松脆花生薄片糖。请柬被牢牢地粘在了糖上。下午他把它从口袋里掏了出来，叹了口气，想了一会儿之后，他在柯勒与丹尼尔编的《初级拉丁语》课本后面起草了一封回信：

亲爱的圣克莱尔小姐：

今晨，我万分欣喜地收到了您邀我下星期去参加晚会的迷人的请柬。届时我将荣幸之至地赴邀。

忠实于您的阿默瑞·布莱恩

于是，周四那天，他心事重重地踏上了通往迈娜家的那条用铁锹铲过的湿滑的人行道。五点半时，他走到了迈娜家的门前。他想，晚半个小时，这是他母亲一贯欣赏的做法。他不经意地闭着双眼站在了门口的台阶上，精心地准备着进去的台词。他要穿过大厅去见圣尔莱尔太太，但步子不能迈得太快，然后用标准的声调对她说：

“亲爱的圣克莱尔太太，实在抱歉我来晚了，可我的女佣——”他停顿了一下，然后接着说，“可我得和姨父一起去看个人。——对，我是在学校的舞会上认识您可爱的女儿的。”

然后和那些腼腼腆腆的小女士们握手，再鞠上一个略带异国风情的躬，最后向那些羞怯得站得远远的、聚成一团以相互壮胆的人们点点头。

一位面包师（明尼阿波利斯那个地方只有三位面包师）把门打开了。阿默瑞走了进去，脱掉了帽子与外衣。他感到很奇怪：隔壁的屋子里没有传出叽叽喳喳的说话声。但转念一想，也许这是比较正式的聚会。他很赞赏这种做法，就像他赞赏眼前这位面包师一样。

“找迈娜小姐。”他说。

面包师只是难看地朝他咧嘴笑了笑，这让他感到很吃惊。

“噢，好的，”面包师说，“她在。”

阿默瑞意识到面包师的口音中没有伦敦味儿，这无形中降低了他的身份，因此对他有些不以为然了。

这时面包师的声音又出乎意料地响了起来："但就她一个人在这儿。其他的人都走了。"

阿默瑞一时被吓得喘不过气来。

"什么？"

"她一直在这里等阿默瑞·布莱恩，你就是她等的人，对吗？她母亲说如果五点半能到，你们俩就坐帕卡特车去追她们。"

这时迈娜走了进来，这使阿默瑞绝望得更加无地自容了。她身穿一件立领的马球衬衫，脸色十分阴沉，声音中勉强露出了一丝喜悦。

"你好，阿默瑞。"

"你好，迈娜。"他打起精神说。

"好了，不管怎么说你总算来了。"

"我告诉你，你根本想不到这场车祸的样子。"他开始编故事了。

迈娜的眼睛睁得大大的。

"谁出了车祸？"

"啊，是我，我姨父和姨妈。"他绝望地说。

"有谁被撞死了吗？"

阿默瑞顿了一下，然后点点头。

"你姨父？"——惊愕。

"噢，不是，只是——一匹马，一匹灰马。"

这时那位苏格兰面包师笑了起来，说道："也许是发动机被轧死了。"

如果有可能，阿默瑞真想毫不犹豫地把他推上绞刑架。

"现在我们走吧。"迈娜冷冷地说，"你知道，我们订了五个人的雪撬；大家伙儿都来齐了，我们没办法再等了。"

"可我也没办法，是不是？"

"所以妈妈说让我等你到五点半。在他们到达明尼哈哈俱乐部之前我们还能追上他们，阿默瑞。"

阿默瑞身上残存的那点矜持不见了。他能够想象铃儿叮当的雪撬队在街上的雪中行驶的快乐景象以及汽车一到他和迈娜在六十双责备的目光注视之下下车时的难堪。到时候他还得道一次歉——这一次可是真的道歉。想到这里，他叹了口气。

"怎么啦？"迈娜问。

“没什么，我只是打个哈欠。我们真能在他们达到之前追上他们吗？”他在暗暗希望他们俩先到明尼哈哈俱乐部，到那儿去和其他人碰头，但无奈之中他感到迈娜不会同意这个建议，于是又打消了这个想法，重新消沉起来。

“是的，我保证，麦克。我们一定能追上他们的。我们快点儿吧！”

他开始注意起自己的胃来。一跨入车中，他就照着自己早已想好的一个计划说了起来，这是他从学校舞会上的一个叫作“相互恭维”的游戏中学来的。他所听到的对他的恭维是他“长得很帅，有种英国味儿”。

“迈娜，”他压低了声音，字斟句酌地说，“我请求你原谅。你能原谅我吗？”

她严肃地看看他，他那双绿色的眼睛中流露出的迫切的神情，还有他的嘴唇，这对十三岁、还未有多少见识的她来讲，无疑是一种极浪漫的感受。是的，原谅他对迈娜来讲很容易。

“啊，可以，我肯定。”

他又看了看她，然后垂下了眼睛。他长着长长的睫毛。

“我太糟糕了，”他伤心地说，“我太过分了。我不知道自己为什么老出毛病，我想是因为我太小心了吧？”之后他又不顾一切地说，“我烟吸得也太多，心脏都熏成烟味儿的了。”

迈娜的脑子里出现了一个整夜吸烟的烟鬼形象，那是阿默瑞因尼古丁侵入肺部而显得苍白、憔悴的脸。她叹了口气。

“噢，阿默瑞，别再吸烟了，它会影响你长身体的。”

“我不在乎，”他表情忧郁地坚持着，“我已经上瘾了。我还做过许多可怕的事情，如果这些事让我家里知道了——”他迟疑了一下，留出时间让她想象那些可怕的事情，“上周我去看脱衣舞表演了。”

迈娜吓呆了。他又把目光转到了她身上。

“你是这城里我唯一喜欢的姑娘，”他冲动地说，“你令人非常愉快。”迈娜一时不能肯定这是不是真的。虽然这话有些不太适当，但却很有味道。

车外的天色已经黑下来了。突然，车在拐弯的时候颠了一下，她倒在了他的身上，两人的手碰到了一起。

“你不该吸烟，阿默瑞。”她小声地说，“难道你不知道吗？”

他摇了摇头。

“没人在乎这种事。”

迈娜迟疑着。

“我在乎。”

阿默瑞心中一动。

“啊，你在乎？你喜欢的是青蛙帕克，我想这是人人都知道的事情。”

“不，我不喜欢他。”这话说得很慢。

寂静之中，阿默瑞的心中一阵激动。车窗把外面阴冷、潮湿的空气和车内温暖舒适的他们分隔开了。迈娜身上穿得很单薄，头上的滑雪帽下露出了一缕金黄色的卷发。

“我也有自己喜欢的人。”他停了下来，因为他听到了远处传来的年轻人的笑声。透过浓雾迷漫的车窗，他辨认出了街灯下雪撬队的轮廓。他必须迅速采取行动。在颠簸之中，他猛地抓住了迈娜的手——准确地说是抓住了她的大拇指。

“让司机把车直接开到明尼哈哈去，”他小声地说，“我有话和你说，一定得说。”

迈娜也看到了前面的雪橇队，她飞快地向她妈妈看了一眼，然后又把目光习惯性地转向了身边的那双眼睛。

“拐到旁边那条街上去，理查德。把车直接开到明尼哈哈俱乐部！”她通过对讲器对司机喊道。阿默瑞松了口气，一下子靠回到了靠背垫上。

“我能够吻她了，”他想，“我敢说我可以吻她了。我肯定能。”

头上的天空一半月明星朗，一半雾霭蒙蒙。四周的夜色寒冷而特别令人震颤、激动。许多条小路从这家乡村俱乐部向四周伸展开去。黑暗就像是堆在白雪绒毯上的一道道皱褶。大堆大堆的雪堆积在路的两边，宛如巨大的堤坝。他们在俱乐部的台阶上走了一会之后，抬头看了看天上节日里的月亮。

“这样的白色月光使人看上去很神秘。”阿默瑞打了个不太清楚的手势，“你看上去像个脱去了帽子、头发散下来的女巫。”——她把手插到了头发里——“噢，别动，这样挺好的。”

他们又走上楼梯，迈娜在前边带路，两人一起走进了他梦中的那个小穴。屋里点着一炉暖暖的火，火炉前边是一张深陷进去的长沙发。几年之后，这里将是阿默瑞活动的一个重要场所，是许多次感情危机发生的地方。此刻，他们又谈论起了这次滑雪晚会。

他议论说：“这种晚会上总是有那么一群胆小害羞的人，坐在雪撬的后面一起说悄悄话。在颠簸不停的雪撬上打打闹闹，互相想把对方推下车去。这种场合还总有个斗鸡眼的女孩子，”——他边说还边模仿出一个极难看的样子——“她总是和同来的大人说个不停。”

“你这人真有意思。”迈娜迷迷糊糊地说。

“你说什么？”阿默瑞立即提起了注意，总算是说到了他感兴趣的话题。

“噢，你总是说一些稀奇古怪的事情。明天你来和我还有玛丽莲一起滑雪怎么样？”

“我不喜欢白天的女孩子。”他简短地回答道，之后又觉得有些不合适，于是又补上了一句，“但我喜欢你。”他清了清嗓子，“我喜欢的第一个、第二个、第三个姑娘都是你。”

迈娜的眼神变得迷濛了。这情景要是让玛丽莲知道了该有多妙！在这温暖的火边，在长沙发上与这么个帅哥坐在一起，而且整幢楼里就他们俩个人——这感觉——迈娜的心被融化了，这气氛实在是再合适不过了。

她真心地说：“我喜欢的前二十五个人都是你。”她的声音颤抖着，“青蛙帕克排第二十六个。”

一个小时之内青蛙落到了第二十五名后面，而他自己对这个巨变还毫不知情呢！

阿默瑞呢？他就在现场，他飞快地靠过去吻了一下迈娜的脸，就像是在品尝一种从未吃过的水果一般，刹那间两人的嘴唇都红了，就像飘摇在风中的野花一样鲜艳。

“这太妙了！”迈娜低喃着。她兴奋极了。她把手插到他的手中，头也靠在他的肩上。突然，一种反感、恶心、想诅咒的感情袭上了他的心头。他发疯似地想逃掉，再也不想见到迈娜了，再也不想吻谁了。他意识到他俩的脸和握在一起的手。他想逃出自己的身体，找个人们看不到的安全的地方藏起来，藏到自己大脑的某个地方去。

“再吻吻我。”这声音好像来自一个巨大的空间。

“我不想吻。”他听到自己这么说，然后是一片寂静。

“我不想吻你。”他又激动地重复了一次。

迈娜跳了起来。她的脸因自尊心受挫而气得发红，脑后发辫上的蝴蝶结也同情般地抖动起来。

“我恨你！”她大叫一声，“看你还敢再和我说一句话！”

“什么？”阿默瑞喃喃地问。

“我要告诉妈妈你吻了我！我要！我一定要！我要告诉妈妈，那样她就不会再让我和你玩儿了。”

阿默瑞绝望地看看她，就像她是地球上的一种他从未见过的动物一般。

突然，门开了，迈娜的母亲出现在了门口，手里摆弄着眼镜腿儿。

“啊，”她说话了，语气尽可能地和善，“前面的人告诉我你们两个孩子在这儿。你好，阿默瑞?”

阿默瑞看着迈娜，他等待着她的爆发——但是没有，气消了，脸上的红晕也不见了，迈娜回答母亲时的声音如夏日湖水般的平静。

“噢，妈妈，我们出来的太晚了，我想也许我们最好——”

在跟着迈娜和她母亲下楼的时候，他听见下面传来了尖嗓门的笑声，闻到了热巧克力奶与点心的味道。留声机的声音与姑娘们的笑声混合在了一起，迷漫在空气中，一束昏暗的灯光亮起，照在了他的身上：

凯西—琼斯登上了船，
凯西—琼斯向军队发出了号令。
凯西—琼斯登上了船，
向大家告别驶向那希望的彼岸。

年轻的个人主义者素描

阿默瑞在明尼阿波利斯住了近两年的时间，第一个冬天他穿的是些黄色的鹿皮鞋。黄色是鹿皮的本色，但在蹭上了许多油污和泥土之后，鞋子就呈现出了成熟的颜色——一种发绿的、脏兮兮的颜色。他的外套是紫色的方格呢，头上戴一顶红色滑雪帽。他的那条名叫戴勒·蒙塔伯爵的狗咬破了这顶帽子，于是他姨父又给他一顶灰色的。这顶帽子他戴着太大，能遮住脸，而且麻烦的是在里面呼吸之后哈气会冻成冰。有一天这顶该死的帽子把他的脸冰坏了，他用雪使劲儿往脸上搓，但脸还是变成了青黑色。

戴勒·蒙塔伯爵一次吃了一盒上蓝剂，但那并没有给它带来任何损害。而它后来又一次发疯似地冲到街上，撞到栏杆上又滚到了沟里。从此，它那奇异的轨迹便从阿默瑞的生活中消失了。阿默瑞扑在床上痛哭失声。

“可怜的小伯爵，”他哭着，“可怜的小伯爵。”

几个月后，他甚至怀疑起伯爵这是不是演戏给他看的。

阿默瑞和青蛙帕克都认为所有文学作品中最伟大的句子是《亚森·罗平①》一剧的第三幕中的一句话。

---

① 亚森·罗平：法国作家勒布朗（1864～1941）笔下的法国老牌怪盗，他擅长易容术、能讲多种语言及腔调、熟悉各种社会习俗与阶级礼仪，是一个地下黑帮的头领，也是为百姓伸张正义的“绅士大盗”。——译注

每个星期三和星期六下午他俩都到剧场去，坐在前排看午场演出。那句话是这样的：

如果一个人不能成为伟大的艺术家或军人，那么他就应该成为伟大的罪犯。

阿默瑞又坠入情网了，他借诗抒发情怀。诗中写道：

玛丽莲和莎丽，
她们都是我的姑娘。
玛丽莲高高在上，
莎丽却坠入了甜蜜的情网。

他这段时间的兴趣是明尼苏达的麦克格文是一流还是二流的美国人，如何玩扑克游戏、硬币游戏、变色领带什么的，还有婴儿是怎么出生的，只有三根指头的布朗是不是比克里斯蒂·马休森棒球投得更好。

在他所读的书中有这样一些：《为了学校的荣誉》、《小妇人》（此书读了两遍）、《习惯法》、《萨福》、《危险的丹·麦克格鲁》、《宽广的大路》（读了三遍）、《厄舍古屋的倒塌》、《三个星期》、《玛丽·威尔》、《小个子上校的好友》、《昆加·德宾》、《加泽特警官》和《吉姆·贾姆·泽姆》。

他对历史有着享蒂式的偏见，而且特别喜欢玛丽·罗伯兹·里内哈特的那些逗人开心的侦探故事。

学校的教育使他的法语大大退步了，而且他也不再喜欢那些正经的作家了。他的老师们觉得他懒散、靠不住，而且徒有些小聪明而已。

他积攒了许多女孩儿的头发，手上戴着好几个向别人借来的戒指，但由于他有咬戒指的毛病，戒指变了形，别人就不再借给他了。这似乎还引起了后面再借的人的嫉妒与怀疑。

整整一个夏天，阿默瑞和青蛙帕克两人都在一起到巡回演出的剧团去看戏，看完戏就沿着8月的夜晚里香气袭人的赫内滨和尼古拉大道，穿过熙熙攘攘的人群往家走。阿默瑞心里感到很奇怪，为什么当人们回过头带着一种野心勃勃的眼神看他时，怎么他们就看不出他是个与众不同的出色男孩。在大街上行走时，他脸上是一副极富浪漫色彩的表情，他脚下是十四岁少年铺满鲜花的大道。

每天晚上躺在床上，他都会听到窗外的一些飘忽不定、时隐时现但又颇具诱感力的声音，半睡半醒之间，他总是梦到他平时最爱做的一个白日梦——梦见他要成为一名了不起的中卫，或者他在抵抗日本侵略的战争中作为世界上最年轻的将军被授予奖章的情景。他梦见的总是他将要成为什么什么，而不是已经成为了什么什么。这也就是阿默瑞区别于他人的特点。

年轻的个人主义者的准则

在被召回日内瓦湖城之前，阿默瑞是这样一副样子：他看上去有些羞怯，但内心却充满激情。第一次他穿上了长裤，上身与之搭配的是一条紫色折叠领带和领口紧紧扣住的衬衫。紫色的袜子，还有胸兜里露出来的紫色边儿的手帕。除此之外，他还形成了自己的一套生活规则，用最贴近的词来形容的话，它可以被称为贵族式的个人主义原则。

他意识到他总是对一个变幻不定的人感兴趣。为了和他过去的一切联系起来，这个人的名字就只能是阿默瑞·布莱恩。阿默瑞认为自己是个很幸运的年轻人，他向好的方向发展前途无量，往坏的方向发展亦是如此。他认定自己不具备“持之以恒的个性”，他所依赖的是自己的能力（学东西很快）和出色的脑力（能读深奥的书）。他对自己不能成为机械或科学方面的天才颇感自豪，但除此之外，他的前途是无可限量的。

身体方面，阿默瑞认为自己极为英俊。这是事实。他认为自己有可能成为运动健将和出色的舞者。

在社交方面，也许他的情况最为危险。他有性格，有魅力，有吸引力，有风度，有统帅当今所有男性的气魄，还有使所有女性着迷的天赋。

至于智力方面，他智力完善，绝对是出类拔萃。

在这里必须把一点交待清楚，那就是阿默瑞有一种近乎清教徒的意识，这倒不是他向这种意识屈服了——实际上在以后的生活中他几乎彻底消灭了它——而是十五岁的时候这个意识使他认为自己比别的男孩差得多……他无耻……有在各方面向别人施加影响的欲望，甚至是罪恶的影响……他冷漠，缺乏爱心，甚至有时是冷酷……荣誉感不坚定……有一种见不得人的自私心理……对一切与性有关的东西都怀有一种朦胧不清、偷偷摸摸的兴趣。

他的性格中还有一丝软弱的东西，这是从一个比他大一些的男孩嘴里说出的一句难听的话（大男孩儿们总是瞧不起他），这句话足以让他风度全无，陷入彻底的敏感、怯懦的愚蠢境地。他是自己情绪的奴隶。他觉得自己虽然也能做出大胆、鲁莽之事，但他既没勇气，又没毅力和自信去做出这种事来。

一种夹杂了自我怀疑（如果不是自知之明）的虚荣心，一种大家都会自动地屈服于他的意志的感觉，还有一种尽可能多地超越别的男孩、冲到世界顶峰的欲望……阿默瑞就是这样的心态之下进入了青年时代。

为伟大的历险做准备

火车在盛夏沉闷的气氛中到达了日内瓦湖城。阿默瑞一眼就看见了坐在车站石子路上的电动车中等他的母亲。这是一辆老式的电动车，很早以前的样式，灰色。看到她苗条的身体笔直地坐在那里，以及她脸上由美丽和尊严化成的梦一般的微笑，他心中油然升起为母亲感到的骄傲。当他们淡淡地亲吻过后，在他跨入车内的那一刻，他突然之间感到害怕，他怕自己已经失去了往日的那种优雅与迷人的一面，已经够不上和她交谈的水准了。

“亲爱的孩子——你已经这么高了……看看后面有没有别的车……”

她左右看看，小心地以每小时两英里的速度慢慢地开着车，让阿默瑞给她充当侦察兵。有一次在开过一个繁华的路口时，她让他下车，跑到前面像交通警察一般指引她向前开。碧阿特丽丝真称得上是位谨慎的司机了。

“你这么高——但还是很帅气——你已经跳过了那个令人尴尬的年龄。那是十六岁吧？也许是十四或十五岁。我记不得了，但你已经跳过了那个年龄。”

“别让我出丑了。”阿默瑞小声说。

“可你穿的这是什么衣服啊！看起来是一套——是不是？你的内衣是也是紫色的吗？”

阿默瑞不顾礼貌地小声埋怨起来。

“你必须到布鲁克服装店去买几套像样的西服。噢，咱们今天晚上或明天晚上再说这件事，我想先和你谈谈你的心脏。你也许一直都没注意过你的心脏——你是不知道。”

阿默瑞在心里暗暗想：他这一代人是多么浅薄啊！他除了觉得有些腼腆之外，那种从前在他与母亲之间的冷嘲式的亲密关系一点儿都没变。虽然如此，在最初的几天中他还是十分孤寂无奈地在花园里和河边走来走去，有时无聊之中就去车库找个司机一起抽布尔牌香烟解闷。

在这方圆六十顷的庄园里，遍布着各式的新旧凉亭、喷泉，以及藏在巨大树荫之下的、走近才能发现的白色长椅。庄园内猫的家族兴旺发达，众多的白猫在密布园中的花圃内爬进爬出，当夜色降临之后，它们的影子有时会突然映在黑暗中的树干之上。这天晚上。当布莱恩先生像往常一样走进了他的私人图书馆之后，碧阿特丽丝终于在花园中的一条浓荫掩映的小路上找到了阿默瑞，她责备他老是躲着她，之后拉他在月光下进行了一次长时间的密谈。他怎么也无法使自己适应她的美丽，那是他自己的母亲，那个长着优雅的颈与肩、有着三十岁的女人特别韵味的幸运女人就是自己的母亲。

“阿默瑞，亲爱的，”她伤感地低声说，“自从离开了你，我一直无法适应，过得很特别。”

“是吗，碧阿特丽丝？”

“我第一次神经崩溃的时候——”她谈起这个竟显露出一种自豪，就像在谈论一件功勋似的。

“医生们告诉我——”她用说悄悄话似的口气说，“如果世界上任何一个人像我那样不停地喝酒，他早就该喝死进棺材了，早就进棺材了。”

阿默瑞身子缩了一下，他不知道青蛙帕克对此会作如何感想。

“没错，”碧阿特丽丝伤心地说，“我有时做梦，梦到一些奇妙的幻景。”她双手掩住眼睛，“我看见古铜色的河水漫到大理石的堤岸上，巨大的鸟儿在空中飞翔，那是一种长着彩虹般鲜丽羽毛的杂色的鸟儿。我听到很奇怪的音乐和一阵野蛮人吹出的喇叭声——那是什么？”

阿默瑞偷偷笑着。

“你说什么，阿默瑞？”

“我说你接着说下去，碧阿特丽丝。”

“说完了——只是这种梦经常出现——一次又一次——花园中的颜色斑斓，变幻不定，非常沉闷，月亮有时转动，有时左右摆动，比冬夜苍白的月亮更白，比秋夜金黄色的月亮更亮——”

“你没事儿吧，碧阿特丽丝？”

“我很好——一直都很好。只是没人理解我，阿默瑞。我知道这么说你不明白，阿默瑞，可是，就是没人理解我。”

阿默瑞被感动了，他把胳臂搭到母亲的肩上，头轻轻地在她肩上蹭着。

“可怜的碧阿特丽丝——可怜的碧阿特丽丝。”

“给我讲讲你自己吧，阿默瑞。你这两年也过得这么糟吗？”

阿默瑞想撒谎，但又改变了主意。

“不，碧阿特丽丝，我过得很好。我适应了中产阶级的生活，我变得平凡多了。”他很惊讶地听到自己说出这番话，他想如果青蛙帕克听到这话一定会惊得目瞪口呆。

“碧阿特丽丝，”他突然说道，“我想去上学，明尼阿波利斯那边的人都去上学。”

碧阿特丽丝露出了惊讶的神色。

“可你才只有十五岁。”

“是的，可十五岁的人都在上学，我也想去，碧阿特丽丝。”

在碧阿特丽丝建议之下，他们当晚散步时没有再谈这个话题。但过了一个星期之后，她给他带来了令他高兴的消息：

“阿默瑞，我已经决定让你按自己的想法去做。如果你还想去上学，你可以去。”

“是吗？”

“去康涅狄格的圣莱基中学。”

阿默瑞感到一阵快活。

碧阿特丽丝接着说道：“一切都安排好了，你最好还是走吧。我本来想让你先去伊顿公学，然后再去牛津的神学院，但现在看来这不现实——目前先把大学的事往后放放吧。”

“那你有什么打算，碧阿特丽丝？”

“天知道。我好像命里注定是要在这个国家度过一生了。我对自己生为美国人一点都不感到遗憾——实际上，只有粗俗的人才有遗憾。我敢肯定我们这个国家一定会变得很伟大——但是，”她叹了口气，“我总觉得我该在一个更古老、更文明的国家里度过自己的一生——一个春季绿草茵茵、秋季黄叶飘落的国家——”

阿默瑞没有回答，于是他母亲又接了下去：“我很遗憾你没能到国外去，但既然你已经长成了个男子汉，你最好还是在雄鹰之下成长——那个词儿是这么说的吧？”

阿默瑞说对，她是不会喜欢日本人的入侵的。

“我什么时候动身？”

“下个月。你要早些到东部去考试。考完试会有一星期的空闲时间，所以我想让你到哈得逊去拜访一个人。”

“拜访谁？”

“达西主教，阿默瑞。他想见见你。他先上的是哈罗大学，然后又进了耶鲁——成了一名天主教徒。我想让他和你谈谈，我觉得他能帮你的大忙。”她轻轻地抚弄了一下他茶褐色的头发。“亲爱的阿默瑞，亲爱的阿默瑞——”

“亲爱的碧阿特丽丝——”

于是，在9月初，阿默瑞向着新英格兰的学校出发了。他带了“六套夏装加内衣，六套冬装加内衣，一件毛衣或叫T恤，一件运动衫，一件外套，还有一件冬季运动衬衣和许多诸如此类的衣物”。

这里有安德福和埃克斯特中学，它们那宽阔得像大学一样、带着民主气息的校园很容易让人联想起新英格兰旧时沉闷的空气；圣马克、格罗顿和圣莱基中学，这些是从波士顿与纽约的尼克伯克家族得到资助的学校；圣保罗中学拥有一个巨型滑冰场；波姆弗莱特与圣乔治中学豪华体面，塔夫特和荷特基斯中学专门培养中西部的富家子弟进耶鲁大学，以便将来成就他们的辉煌事业；波令、西敏斯特、乔阿特和肯特，还有周围一百多所学校，它们年复一年地竞相展示着自己完善的设施、悠久的传统和强大的优势。它们那极富挑战性的大学入学考试，还有那些广为流传的宣传材料上倡导的总的治学原则——“培养德智体诸方面健全、信奉天主教的绅士，使学生能够面对所处的时代和同龄人，在艺术与科学方面打下牢固的基础”。这些都是这些学校的过人之处。

阿默瑞在圣莱基中学逗留了三天，以蔑视一切的自信参加了考试，然后又折回纽约去拜访他的监护人。浮光掠影之中，他对这座大都市并没留下多少印象，反倒是从哈德逊河中的船上看到的那些白色的高楼大厦的一尘不染之洁净让他颇为赞叹。说实在的，他心里一直在琢磨如何在学校成为优秀的运动健将，因此，他只把这次拜访看成此次伟大历险的一个不太令人愉快的前奏。但是，事实证明他错了。

达西主教的家是一座随意建造在一个临河的小山坡上的旧宅。它的主人在周游各地罗马天主教教区的间隙时居住在这里，那情形颇似当年被流放的斯图亚特王①被召回来统治他的国家一样。达西主教那年四十四岁，很爱热闹。他体态胖得有点儿失调，长着一头细软的金黄色头发，性格很好，很宽厚。进屋时只见他一身紫色的长袍，从头到脚穿了个严严实实，就像透纳②的落日一般，引人注目，令人肃然起敬。他写过两部小说：一部写的是激烈反

---

① 斯图亚特王：当指英国斯图亚特王朝的国王查理二世（1630～1685），他在克伦威尔革命后流亡法国，后来成功回国复辟。——译注

② 约瑟夫·马洛德·威廉·透纳（1775～1851）：著名英国画家，当时英国学院派画家的代表之一，是最杰出的技艺精湛的风景画大师之一。——译注

对天主教内容的，那是在他人教前不久写的；五年之后他又写了一部，在这本书中他把原来对天主教机智的嘲弄都改成了对主教派更加机智的影射。他特别注意仪式，也活得极为戏剧化，他对天主这个概念痴迷到了终身未娶的地步。他还很喜欢邻居。孩子们喜欢他，因为他就像个孩子；年轻人也喜欢他，因为他也像个年轻人，不会因他们的举动而受到惊吓。如果是在 15 世纪或 16 世纪的法国，他一定会是一位黎希留[1]那样的政治家和红衣主教。而现在，他只是个很讲究道德、很虔诚的神甫（如果不是过份虔诚的话），喜欢拿着根生锈的电线故弄玄虚。虽然他没有完完全全地享受生活，至少他对生活也是极为热爱的。

他和阿默瑞简直是一见如故——一个是快乐的、能够以他的魅力迷倒大使馆舞会所有人的令人尊敬的大主教，另一个是位严肃认真、碧绿眼睛、第一次穿长裤的美少年。他们在半个小时的谈话之后彼此心中就建立起了一种父子般的关系。

“我亲爱的孩子，很多年了，我一直渴望见到你。搬张大椅子过来，我们好好谈一谈。”

“我刚刚从学校来——圣莱基中学，你知道。”

“你母亲是这么说的——她是一位了不起的女性。来支烟吧——我敢肯定你会吸烟。啊，如果你像我的话，你一定也憎恨所有的科学，还有数学——”

阿默瑞拼命地点了点头。

“我恨所有那一切。我喜欢英语和历史。”

“当然了。你还会有段时间讨厌学校，但我很高兴你能到圣莱基去上学。”

“为什么？”

“因为那是所绅士学校，你不会过早接触到民主之类的思想。但你在大学里可就逃脱不掉了。”

“我想进普林斯顿。”阿默瑞说，“我也不知道为什么，但我觉得哈佛的人都有些女人气，就像我从前那个样子，而耶鲁的人都是些穿着大蓝外套毛衣、嘴里叼着烟斗的家伙。”

主教笑了。

“你知道，我就是这样一个人。”

“噢，你不同——我认为普林斯顿有些懒散，它漂亮，有贵族气，就像春

---

① 阿尔芒·让·迪普莱西·德·黎希留（1585～1642）：法国政治家、红衣主教。——译注

天一样。哈佛呢，它室内味太浓——”

“而耶鲁是11月，清新而富于活力。”主教替他说了。

“就是这么回事。”

他们一下子就变得亲密起来，而且这种亲密感从未失去过。

“我赞赏查理王子，”阿默瑞郑重地说，“当然，还有汉尼拔①。”

“对，还有南部联邦。”他对爱尔兰的爱国主义者持怀疑态度，他怀疑做个爱尔兰人是件很平庸的事情，可主教说爱尔兰是一项失败的事业，但是很浪漫的；爱尔兰人也很可爱，这可以说是他的一大偏见吧。

他们又紧张地交谈了一个小时，中间又吸了几支烟，而在这段时间里主教不无惊奇地发现阿默瑞还没有入教。他宣布自己还有另一位客人来访——这就是波士顿来的尊敬的桑顿·汉考克先生，他曾担任过海牙地区的神甫，撰写过一部关于中世纪历史的恢宏巨著，同时也是一个显赫的爱国家庭的最后一位传人。

“他是来这儿休息的。”主教把阿默瑞当作同辈人一样悄悄地对他说，“我充当的角色，就有如逃脱他那令人厌倦的不可知论的避风港。我知道他那死板的老脑筋在大海里是如何拼搏、如何渴望抓住教会这根圆木上岸休息一下的，我想我是唯一理解他的人。”

他们第一次在一起用的这顿午餐是阿默瑞早年生活中记忆最深的一件事，那天他英姿勃勃，显露出了一种特别的智慧与迷人的风采。主教用建议和提问的方式调动出了阿默瑞最优秀的一面，阿默瑞也毫不顾忌酣、畅淋漓地说出了自己无数个冲动、愿望、反感、信仰和恐惧。他和主教唱主角，而那位年长的客人则以他固执但却绝不冷漠的态度满足于只当个听众，独自在这两个人之间的柔和的阳光之中自得其乐。主教给许多人的感觉就像这温暖的阳光，而阿默瑞给人的是年轻人天真纯朴的感觉，甚至在他年长许多了之后，在某种程度上他还是这样，只不过再没有这般自然的流露了。

“他是个有感染力的男孩。”桑顿·汉考克这样想。他是个在欧美两块大

① 汉尼拔·巴卡（前247～前183）：北非古国迦太基的著名军事家、战将，其生长时代正逢古罗马共和国势力崛起，汉尼拔多次打败罗马军队，后来昏庸的国王要将其送交罗马，汉尼拔服毒自尽。——译注

陆上见过世面的人，曾与巴奈尔[①]、格莱斯顿[②]和俾斯麦[③]谈过话。之后，他又对主教加了一句："但他不该是在学校或学院里受教育。"

然而，在这以后的四年中，阿默瑞把他的聪明智慧都用在怎样在学校出人投地，以及通过品巴提摩尔茶和玩儿温泉高尔夫了解学校和美国社会的复杂关系上了。

……就这样过了一个美妙的星期，阿默瑞的思想从里到外变了个样，他很多的理论得到了证实，他生活的乐趣更明朗了，变成了无数个伟大目标。这次谈话并不是学术性的——绝对不是！阿默瑞连萧伯纳[④]都还不知道是何许人——但是主教居然把《可爱的流浪汉》和《奈基尔爵士》两部书给他讲了个明明白白，而且保证一点深奥得让他无法理解的地方都没有。

但是，离别的号声吹响了，阿默瑞该回到他要初次与之相处的同辈人中去了。

"你当然是不愿离开了，但我们这种人是不属于家庭的。"主教说道。

"很遗憾——"

"不，不用感到遗憾，你和我都不需要任何其他的人。"主教说。

"好吧——"

"再见。"

个人主义者失败了

阿默瑞在圣莱基的两年是在痛苦与成功的交替中度过的。受大学压制的预科学校对于普通的美国人来讲没有什么实际意义，对于阿默瑞来讲就更是如此了。美国没有像英国的伊顿公学那样的培养领袖阶层意识的学校，有的

---

① 查尔斯·斯图尔特·巴奈尔（1846～1891）：曾任英国议员，以主张爱尔兰自治而成为当时风云人物。——译注

② 威廉·尤尔特·格莱斯顿（1809～1898）：英国政治家，曾四度担任英国首相，主张自由贸易，并几次出任财政大臣，以善于理财闻名。——译注

③ 奥托·冯·俾斯麦（1815～1898）：德国近代史上杰出的政治家和外交家，有"铁血宰相"之称，他通过一系列成功的战争统一了德国，曾任德意志帝国第一任首相。——译注

④ 乔治·萧伯纳（1856～1950）：著名爱尔兰剧作家，1925年获诺贝尔文学奖。——译注

只是整洁、软弱、起不了多大作用的预科学校。

他在学校的生活一开始就不太顺利，大家都认为他自负、傲慢，都讨厌他。他狠命地踢球，一面不顾一切地想展示自己出色的球技，另一方面也在面子允许的情况下尽量使自己身体不受伤。一次，他慌乱之下竟没有和一个与自己身量差不多的男生抢球，这引起了一阵蔑视的叫喊声，而一星期之后，他却和一个身材比他高大多了的男生拼抢起来，结果，他被严重踢伤了。但他却为此颇感骄傲。

他对所有权力在他之上的人都心怀不满，而且由于懒散惯了，他对功课也不很上心，还激怒了学校的每一位老师。他的信心大受挫伤，幻想自己是个被人遗弃的流浪儿。他整天闷声不响地钻到角落里，在灯光下读书。孤独之中他也交上了几个朋友，但由于这几个人并不是学校里的什么拔尖的人物，他也就只把他们当做自己的一面镜子，或者是供他在其面前表演自己重要节目做做姿态的观众。他孤独，孤独得难以忍受；他痛苦，痛苦得近乎绝望。

总算还有一丝安慰。每当阿默瑞被埋没的时候，他的虚荣心总还是漂浮在水面上，所以当那个口齿不清、耳朵又聋的老管家对他说他是她见过的最帅的男生时，他还是觉得心里美滋滋的。他是第一足球队里最灵巧、最年轻的队员，这让他欣喜；在一次紧张的讨论会之后，他听到道格拉斯博士说只要他愿意，他能拿到学校的最高分数，这也让他颇为高兴。但道格拉斯博士错了，在学校拿到最高分数对阿默瑞来讲基本上是不可能的。

悲伤、受约束，既不得老师的欢心又不受同学的欢迎——这就是阿默瑞的第一个学期。圣诞节时，他回到了明尼阿波利斯，对学校的情况他守口如瓶，并且表现得异乎寻常的快乐。

“噢，我开始时有些不习惯，”他以一副见过世面的口气对青蛙帕克说，“但过后就好了——球队里最灵巧的队员嘛！你也应该到外面去上学，青蛙，那真是棒极了。”

好心的教授所做之事

第一学期的最后一个晚上，教高年级的马戈特森先生叫人带话到自习大厅，让阿默瑞九点钟到他房间去一趟。阿默瑞猜想肯定是要挨训了，但他决定还是要有礼貌一些，因为马戈特森先生一向对他还不错。

老师一脸严肃地接待了他，并指着一把椅子让他坐下。他清了几次嗓子，表情特别的和善——但凡知道自己有难以启齿的话要讲的人，大多是这个样子。

“阿默瑞，”他开口了，“我叫你来是有件私事。”

“好的，先生。”

“这一年我一直在注意你，而且我——我喜欢你。我认为你有成为一个优秀人材的条件。”

“是的，先生，”阿默瑞尽力使自己应和着。他讨厌别人像对待一个失败者一样和他讲话。

“但是我也注意到你在男孩子里面不太受欢迎。”老先生口不择言地接着说道。

“是的，先生。”阿默瑞舔了舔嘴唇。

“呃——我想你可能还不大明白他们到底不喜欢你身上的什么。我想告诉你，因为我认为如果一个孩子明白自己面临的困难，他就能更好地克服它——实现别人对他的期望。”他又清了清嗓子，小心翼翼地说，“他们好像觉得你——呃——你有点太冒失了——”

阿默瑞再也坐不住了，他站起身来，语气中带着掩饰不住的怒气。

“我知道——噢，你还以为我不知道吗？”他提高了声音，“我知道他们是怎么想的。别以为你能告诉我！”他停顿了下，“我——我该回去了，希望我没有太失礼——”

阿默瑞急匆匆地离开了那间屋子。走到外面寒冷的空气中，他一边往回走，一边为自己拒绝了老师的帮助而高兴。

“这个该死的老笨蛋！”他大叫着，“他还以为我不知道！”

而后，他把这事当作了当晚不回自习厅的好借口。他舒舒服服地坐在宿舍里，一边嚼着饼干，一边看完了《白人伙伴》这本书。

美妙姑娘的小插曲

2 月的天空闪烁着一颗明亮的星星。虽然是盼望已久的一件事，但华盛顿的生日还是突然间降临到了纽约和他的面前。以往当他把这映在深蓝色天空背景下的纽约这个白色世界收入眼底时，他一直觉得这景象只有在《阿拉伯之夜》的梦幻故事中才能找到；而今天，他是借助了电灯、百老汇大街上马车竞赛的招牌和阿斯特餐厅中女人们的眼神儿看出来的——阿默瑞和他圣莱基中学的同学帕斯克经常光顾这家餐厅。走在剧院的过道里，他听到的是一阵阵弦没调准的小提琴拉出的不和谐声音，闻到的是一阵呛人的油漆和胭脂混合的香气。他陷入了一种享乐的愉悦之中，这里的一切都令他着迷。舞台上上演的是乔治·M·科汉主演的《年轻的百万富翁》。舞台上还有一位极漂亮的、皮肤微黑的女演员，她的表演让他神魂颠倒，不能自已。

噢，你呀，美丽的姑娘，
你是多么地美妙——

男高音这样唱着，阿默瑞在心中默默地但又充满激情地赞同着。

你句句美妙的言语，
让我激动不已。

小提琴的声音达到了高潮，又在最后几个音符上发出了颤音，那姑娘一下子坐在了台上皱皱巴巴的蝴蝶上面，全场掌声雷鸣。啊，伴着这令人晕眩、具有魔力的乐曲爱上一个人，这是什么感觉啊！

戏剧最后一幕的场景是一个屋顶花园，大提琴对着月亮如泣如诉地低吟着，舞台上上演着一个个轻松随意的历险故事和泡沫般毫无意义的轻喜剧。阿默瑞激动得难以自制，他渴望着能够经常光顾那屋顶花园，去见那位如此美丽的姑娘。台上的姑娘秀发沐浴在金色的月光之中，台下的他身边有看不清面目的侍者为其斟满美酒。当大幕最后一次落下来的时候，他长长地舒了口气，引得前面的人转过头来盯着他看了一会儿，然后用他听得见的声音说：“这小伙儿长得多俊啊！”

这句话让他心猿意马起来，他不知道自己在纽约人中是否真称得上是英俊。

帕斯克和他两人默默地向他们所住的旅馆走去。帕斯克先开了口，他那十五岁少年迟疑不定的声音在沉思的阿默瑞心中引起了一阵忧伤：

“我今晚就要和那姑娘结婚。”

无需追问他指的是哪位姑娘。

“我会骄傲地把她带回家，把她介绍给我的家人。”帕斯克又说。

阿默瑞被震住了。他希望说这话的是自己，而不是帕斯克。这话听起来是那么的成熟。

“我不了解女演员，她们是都不怎么样吗？”

“谁说的？根本不是那么回事。”这位世故的少年强调着，“我了解这个姑娘，她和金子一样美好，我能看出来。”

他们在百老汇的人流中继续向前走着，伴着从咖啡馆传出的音乐声幻想着。一张张不认识的面孔在眼前一闪而过，就像流星一般。这些面孔有的苍白，有的涂了胭脂，还有的疲倦不堪，但疲倦之中都保持了一种兴奋。阿默瑞饶有兴趣地看着他们。他在盘算着自己的生活，他要来纽约，成为每家餐厅和咖啡馆的名人，每晚都穿着大礼服玩个通宵，再把上午没事干的几个小时都睡过去。

“没错，先生，今晚我就要和那姑娘结婚！”

总的来说还算英雄

阿默瑞在圣莱基的第二年，也就是最后一年的10月，是他记忆中的一个辉煌的时期。和格罗顿中学的一场橄榄球比赛从天高气爽、激动人心的下午三点一直持续到了令人振奋的傍晚。

阿默瑞担任四分卫，他高声而无奈地提醒着自己的同伴，奋力阻挡强大的对手，并向自己人喊着暗号。他声嘶力竭的叫喊最后变成了嘶哑、愤怒、耳语般的声音。尽管如此，他还是念念不忘为自己头上浸着鲜血的纱布和与对手的奋力冲撞感到扬扬得意，甚至连酸痛的四肢也变成了他得意的资本。在那段时间里，勇气就像是11月黄昏的酒一般流淌着，他成了一位永恒的英雄，是与海盗船船头瞭望台的船长一起乘风破浪的英雄，是具有罗兰骑士①的风采和贺拉斯②诗人气质的英雄，是奈基尔爵士或特德·考伊式的英雄。

他在对手中间左右冲击，看准时机单枪匹马地冲进了一个缺口，甩开对方潮水般的追击，同时听到了远处场外观众雷鸣般的喝彩……他已是浑身伤痕累累，精疲力尽，但还是躲闪着，转动着，左右扭动身体，变换步伐，伸出双臂挡住对手……终于，他一下子扑到了克罗顿的球门的后面，在整场比赛中实现了唯一的底线得分——在他扑倒的时候他的腿上还压了两名对方球员。

---

① 罗兰骑士：追随法国国王查里曼大帝（742～814）征战罗马并立下大功的十二位战士，被称为十二圣武士或圣骑士，其中名列第一的是罗兰。——译注

② 昆图斯·贺拉斯·弗拉库斯（前65～前8）：著名的古罗马诗人、文艺批评家。——译注

以六年级傲视一切的优越感和成就感来回首前一年的表现，阿默瑞觉得有些奇怪和不以为然。他已经和以前的那个阿默瑞·布莱恩完全不同了。阿默瑞加碧阿特丽丝再加明尼阿波利斯的两年——这就是初进圣莱基时的他的全部内容。然而，在寄宿学校的那些窥探的眼光中明尼阿波利斯的两年对他的影响还不足以掩盖他身上“阿默瑞加碧阿特丽丝”的那一部分。于是，圣莱基的日子让他消除了碧阿特丽丝的影响——虽然这有些痛苦，同时，它也在阿默瑞的本色之上增加了一些世俗的色彩。但无论是圣莱基还是阿默瑞，都没有意识到本质的那个阿默瑞一点都没变。他身上的那些让他饱受其害的品性，如忧郁、喜欢卖弄、懒惰、干蠢事等等现在大家都习以为常了，认为这是一位名星四分卫、一位高明的演员和圣莱基中学《泰特勒》杂志编辑的古怪特色。更让阿默瑞吃惊的是那些易受影响的低年级男孩子竟然在模仿他的那些虚荣的举动，而不久之前这些还被当作让人看不起的缺点呢！

橄榄球季节一过，他就陷入了一种似真似幻的满足之中。节日前的舞会之夜，他早早地爬到床上，为的是静静地享受从窗外草坪那边飘来的小提琴的音乐声。许多次，他晚上躺在那里，脑子里浮现出的是貂皮山上的秘密咖啡馆中的情景：乳白色皮肤的女人们与外交官和有钱的士兵小声地谈情说爱；乐队演奏着匈牙利华尔兹，空气中迷漫着神秘、月光和历险般的异国情调。春天，他读了别人推荐给他的米尔顿的《快板》，被阿卡狄亚田园牧歌式的气氛和潘神的排箫激起了无限的灵感。他把床移了移地方，以便让黎明的太阳把他唤醒，这样他就可以穿上衣服到六年级宿舍旁的一棵苹果树上垂下的古老的秋千上荡上一会儿。坐在秋千之上，他越荡越高，在空中的感觉飘飘欲仙，就像到了吹着笛子的森林之神与仙女们的童话世界。在那里，他与美丽的金发女郎们一起在伊斯特彻斯特大街上招摇过市。当秋千荡到最高点的时候，阿卡狄亚似乎就在一座小山的山顶之上了。褐色的道路在他眼前缩小了，缩成了一个金黄色的小点儿。

这年春天他长到了十八岁。整个春天他如饥似渴地看了大量的书：《印第安那的绅士》、《新天方夜谈》、《马库斯·奥狄安的道德》；《星期四的人》——这本书他很喜欢，但却不太懂；《耶鲁的斯托弗》——他几乎像读课本一样读了这本书；《董贝父子》——他读这本书是因为他觉得自己该读点好东西，还有罗伯特·钱伯斯[1]、大卫·格林姆·菲利浦斯、E·菲浦斯全集和一些丁尼生[2]与吉卜林[3]的书。在所有的课堂阅读书目之中，只有《快板》和几何学中的一些严密清晰、实实在在的东西让他在无精打采之中提起了一点儿精神。

快接近6月份的时候，他感到自己特别需要找人聊聊，以整理整理自己的思想。让他吃惊的是他发现六年级学生会主席拉希尔也是个和他一样的哲学家。他们谈过很多次，有时是在马路上，有时趴在菱形的垒球场边上，或是深夜吸着烟，在那漆黑的夜色之中看烟头上的亮光一闪一闪。这种时候，他们总是把学校的各种问题拿出来反复讨论。“老油条”这个词就是他俩在这种场合下想出来的。

“有烟吗?”有天晚上在熄灯五分钟之后，拉希尔探进头来小声地问。

“有。”

“我进来了。”

“拿几个枕头，躺窗户边的沙发上吧!”

阿默瑞在床上坐起身来，点上了一支烟，等着拉希尔安顿下来好开始谈话。拉希尔最喜欢谈的话题是六年级每个同学今后的前途，阿默瑞也总是不厌其烦地为其勾勒每个人的未来。

“特德·康弗斯?这好说。他考试肯定及不了格，然后会在哈斯特拉姆花一整个夏天请家庭教师辅导，再带着四门不及格的分数进谢夫大学，第一年都上不下来就得回他的西部去，晃上它一年，最后他爸爸就会让他进他的油漆厂。他会结婚，生四个儿子——个个都是大笨蛋。他会一直认为是圣莱基毁了他，因此会把他的儿子们送到波特兰的日间学校。四十一岁的时候他会得运动失调症死掉，他的太太会在长老会的教堂边给他立一块碑，把他的名字刻在上面——”

“别说了，阿默瑞，这太惨了。你自己呢?”

“我的层次高。你也一样，我们是哲学家。”

“我不是。”

“你当然是。你长了副好脑袋瓜。”但是阿默瑞清楚，如果不拿出具体的

---

① 罗伯特·钱伯斯（1865～1933）：美国作家。——译注

② 阿尔弗雷德·丁尼生（1809～1892）：英国维多利亚时期的著名诗人。——译注

③ 约瑟夫·鲁德亚德·吉卜林（1865～1936）：著名的英国小说家、诗人，1907年诺贝尔文学奖获得者。——译注

例子来，任何抽象的、理论的、笼统的东西都说服不了拉希尔。

“不对，”拉希尔坚持自己的观点，“在这儿我总是被别人利用，而且一点办法都没有。我成了别人的工具——他妈的——给他们做功课，替他们消除麻烦，夏天还傻乎乎地去看他们，哄他们的小妹妹玩儿。他们自私的时候我还得忍着不发火。然后呢？他们会选举我，告诉我我是圣莱基的‘大人物’。我就是想让每个人都做自己的事情，我可以告诉他们怎么做。我讨厌对学校里的所有人都点头哈腰的。”

“你不是个老油条。”阿默瑞突然地说。

“什么？”

“老油条。”

“那是什么鬼东西？”

“呃，是——是——，世界上有很多这种人，可你不是，我也不是，虽然我比你强点儿。”

“那谁是呢？你怎么比我强的呢？”

阿默瑞想了想说：“啊，我想有一个特征，就是那种人用水把头发梳得油光水滑的。”

“就像卡斯戴尔那样？”

“对——当然了，他就是个老油条。”

他们花了两个晚上来讨论这个词的确切定义。老油条的长相得好，或者说得会打扮。他得有头脑，就是说有社交本领。他会在诚实的前提下利用各种手段出人头地，还从不惹麻烦。他穿着体面，特别讲究干净整洁，头发剪得较短，用水或补药水浸湿，中分缝儿，按当时流行的样式向后梳得光滑油亮。这也是他们这个名字的由来。那一年的老油条们都戴一种玳瑁壳色的眼镜，这成了他们共同的标志。这种标志非常显眼、好认，阿默瑞和拉希尔绝不会错过任何一个。学校里有许多老油条，他们比同龄人更聪明也更精明，总是能挤进这个队或那个队，而且还能保证不让别人看出他们的聪明之处。

直到上大学三年级，阿默瑞才发现“老油条”这种对人的分类具有多大的价值；慢慢地，这个词的界线变得模糊、不确定了，需要很多次更细地划分。它变成了一种性格。阿默瑞心中的理想就是使自己具备老油条这种人身上的所有品质，同时再加上勇气与超人的智慧和才华。除此之外，阿默瑞又为老油条增加了一种奇特的特征，这特征与原来意义上的老油条有些格格不入。

这是有史以来第一次与学校的那一套传统上的虚伪划分不同的分类，老油条身上有着必胜的因素，他从本质上就不同于预科学校中的“大人物”。

"<u>老油条</u>"

一、很明白社会价值是怎么回事。

二、穿着得体，表面上装作不把穿着当回事，实际不然。

三、只参加自己能露脸的那些活动。

四、上大学，用世俗的眼光看是成功人士。

五、头发梳得油光水滑。

"<u>大人物</u>"

一、意识不到社会价值，容易办傻事

二、认为穿着没什么了不起，因此随随便便。

三、出于责任感，什么活动都参加。

四、上大学，但前途并不乐观。离开了伙伴就感到孤独，总说在中学的日子是最快乐的日子。回圣莱基给在校的中学生讲话。

五、头发不油光水滑。

虽然阿默瑞将是唯一从圣莱基进入普林斯顿的人，但他进该校的决心坚定不移。在明尼阿波利斯时他听说耶鲁浪漫而有魅力，圣莱基的学生又常常被"骷髅会①"选中，但普林斯顿对他的吸引力最大，这不仅是因为它那富于色彩的环境，还因为它那"快乐国家俱乐部"的美名。和令人望而生畏的大学考试比起来，阿默瑞的中学时代已成为过去。许多年之后，当他又回到圣莱基的时候，他似乎已经忘记了他六年级时的成功，脑子里剩下的只是一个在走廊上急匆匆地赶路的无法适应新环境的男孩的形象，一个被一群不讲道理、俗不可耐的同龄人嘲笑的男孩的形象。

第　二　章

塔尖与滴水嘴

一开始，阿默瑞注意到的只是在长长的绿色草坪上爬行、在窗棂上起舞与在塔尖、塔身和城垛围墙上漂荡的充足的阳光。渐渐地，他意识到自己的

① 骷髅会：美国耶鲁大学里的一个秘密社团，有悠久的历史传统，组织严密，其成员均为有来头的美国精英学子，其成员终身互相提携，出校后在社会上混想不发达都难。——译注

确是走在了大学的校园里，他也意识到了自己的提箱，并有意地在与每个人擦肩而过时都昂首挺胸，目不斜视。有几次他都确定地感觉到有人回过头来以审视的目光看他。他有些惶感，不知自己是否穿着上有问题。他暗自希望自己早晨在火车上刮过胡子了。在这群穿着白色法兰绒衣服、头发剃得光光的年轻人中间，他感到一阵无谓的拘谨和手足无措。从他们走路的那种熟练的姿势来看，这些人一定是三、四年级的学生。

他发现校园里“十二楼”是一座大而破旧的楼房，眼下显然没人居住，但他知道以前有不少一年级的新生在这儿住过。他匆匆忙忙跟女房东吵了几句，然后走出住所到外边去侦察一番。还没走完一个街区，他就惊恐地发现自己是城里唯一戴帽子的人。他急忙又回到十二楼，摘下他的圆顶礼帽，然后光着脑袋走到了那索街上，先是在一家商店的橱窗里看了一会儿体育摄影展——这里面有一张是橄榄球队队长阿伦比的照片，之后他又被一家糖果店橱窗中的“冰淇淋店”招牌所吸引。这名字听起来挺熟悉，于是他走进去，坐在了一张高椅上。

“来一杯巧克力圣代。”他对一个黑人店员说。

“一份双杯巧克力冰淇淋？还要什么吗?”

“啊——好的。”

“烤面包?”

“行。”

他一连吃了四份，觉得味道不错，又点了一份双杯巧克力圣代，这才感到心满意足。之后，他又草草看了看枕套、皮锁和挂在墙上的美女画，接着双手插在兜里又走到了那索大街上。慢慢地他已经能够区分出哪些是高年级学生，哪些是新生了——虽然新生的帽子要等到下周一才能发下来戴上。那些特别明显、特别紧张地想表现自己对这里一切都熟的人就是新生，因为每列火车都把一群新人带到这里，他们很快就溶入了那些不戴帽子、穿白鞋、抱着书本的人群之中。他们来这里的目的似乎就是在大街上没完没了地走来走去，用新新的烟斗喷出大团大团的烟雾。到了下午，阿默瑞感到那些后来者已经把他当作高年级的了。他努力表现出很玩儿得转并且也能用审视的眼光看别人的样子，这是他所能琢磨出来的最近乎于那种时髦表情的表情了。

五点钟时，他感到自己需要说说话了，于是他回到了住所，想看看有没有新来的人。他爬上摇摇晃晃的楼梯，用听天由命的眼光再次看了看自己的房间，最后认定这房间再怎么布置也就如此了，最多插上几面班级的旗子，贴上几张老虎画。这时门口有人敲门了。

“进来！”

一个长着窄脸、灰眼睛，带着滑稽面容的人出现在了门口。

“有锤子吗？”

“没有——抱歉。也许退尔夫太太或什么太太来着，她或许会有。”

陌生人走进了房间。

“你是这座疯人院的住户吗？”

阿默瑞点了点头。

“住这地方咱们可真没少挨宰。”

阿默瑞不得不承认这是事实。

“我是想来这儿上学的，”他说，“但他们说这儿新生太少，不知该怎么安排，暂时只好到处看看，看能找点儿什么事做。”

灰眼睛的人决定自我介绍一下。

“我叫霍利德。”

“我叫布莱恩。”

他们俩用当下时兴的低姿式握了握手。阿默瑞笑了。

“你在哪儿上的预科？”

“安德弗——你呢？”

“圣莱基。”

“噢，是嘛？我有个表哥在那儿上过学。”

他们俩把这位表哥详细地讨论了一番，然后霍利德说他六点钟要和他弟弟一起去吃饭。

“来和我们一起吃吧？”

“可以。”

在肯尼沃斯餐馆，阿默瑞见到了伯恩·霍利德，他也长着和凯瑞一样的灰色眼睛。他们一边吃着这顿由清汤和缺滋少味的蔬菜构成的晚餐，一边盯着其他的新生看：他们有的三五成群，看起来很不习惯的样子，有的则成帮成伙，很是自得其乐。

“我听说学校的公共食堂特别差劲。”阿默瑞说。

“大家都那么说，可你还是得在那儿吃啊——要么就是花钱却什么也吃不到。”

“这是犯罪！”

“是强买强卖！”

“噢，在普林斯顿，第一年你就得有什么吃什么。这很像那些该死的预科学校。”

阿默瑞表示赞同。

“但这儿很有活力，”他坚持说，“给我一百万我也不去耶鲁。”

“我也是。”

“你想参加什么活动吗?”阿默瑞问哥哥。

“我不想，伯恩想加入《普林斯顿人》——就是普林斯顿大学校报，你知道吧。”

“是的，我知道。”

“你打算参加什么活动吗?”

“对，我想试试参加新生的橄榄球队。”

“你在圣莱基打过?”

“打过一点儿，”阿默瑞不屑一顾地说，“但我现在太瘦了。”

“你不瘦。”

“可是我去年秋天特壮实。”

“噢!”

吃完晚饭他们一起看了场电影，阿默瑞对坐在他前面的一个人口若悬河的评论和观众疯狂的叫喊惊讶不已。

“唷嗬!”

“噢，甜蜜的宝贝儿，你这么高大，却还是这么温柔!”

“抱住!”

“噢，抱住!”

“亲她，亲那姑娘，快呀!”

“噢!噢!噢!”

一群人开始吹口哨，吹《在海边》那支歌，随后观众一同大声地唱了起来。这支歌唱完后，观众又一窝蜂地唱起了另一支听不太清楚的歌，同时还伴随着跺脚的声音。最后是一支很不连贯的、没完没了的哀曲：

> 噢，噢，噢，
> 她在一家果酱厂干活儿，
> 那不错呀，不错呀，
> 但你别想骗我，
> 我知道得一清二楚：
> 她可不是每晚都做果酱!

噢，噢，噢！

当他们从电影院里挤出来，互相用好奇、不能自制的眼光对视时，阿默瑞认定自己是喜欢这种电影的，他想象前排的那些高年级学生那样享受：把胳臂放在椅子背上，用带盖特口音的刻薄语调来评论电影。他们那高谈阔论既品头论足，妙语不断，又宽容大度，生动有趣。

“想要个圣代——我是说想要个巧克力冰淇淋吗?”

“好啊。”他们又饱餐一顿，然后慢悠悠地往十二楼走去。

“今天晚上过得真不错。”

“是挺棒的。”

“你们是要回去拆行李吗?”

“是啊，来吧，伯恩。”

阿默瑞决定在门口的台阶上再坐一会儿，于是他和他们道了晚安。

巨大的树荫在入夜之时黑得像魔鬼一般。月亮早已将拱形门浸透在了蓝白色的月光中，这月光在黑夜里飘来飘去，忽明忽暗，送来了一支忧伤的歌——一支转瞬即逝、悔恨无限的歌。他记起一位1890届的校友给他讲过的一个布斯·塔金顿的趣事：这人曾在子夜时分站在校园中对着星星用男高音歌唱，他根据那些早已睡下的本科生的情绪歌唱，在他们心里激起各种感情的波澜。

这时，从校园远处黑漆漆的夜色里走出了一个白色装束的方阵。他们上身穿白衬衫，下身是白裤子，手挽手，头向后甩着，边唱边踏着节奏走到了大街上，打破了黑夜中的忧伤气氛：

回去了——回去了，
回到那索教学楼。
回去了——回去了，
回到了那个最好的老地方。
回去了——回去了，
离开这个讨厌的大舞场
我们往回走，我们齐开道，
回到那索的教学楼。

当那支鬼影绰绰的队伍走近他时，阿默瑞闭上了眼睛。他们歌唱的调门儿是那么高，到最后除了男高音以外谁都唱不上去了。男高音成功地把最难唱的高音部分唱了过去，又把歌儿带回到了那古怪的合唱部分。阿默瑞睁开了眼睛，但还是心有余悸，生怕眼前的景象破坏了他脑子里那些和谐的丰富幻觉。

他很快舒了口气，因为走在那方阵前面的是橄榄球队长阿仑比。他块头不大，但极富挑战性，就好像他知道今年校队的希望全都落在了他一个人身上、就得靠他那一百六十磅的身体闯过那深蓝和深红色的线才能取得胜利一般。

惊愕不已的阿默瑞眼看着方阵的每一排从自己眼前手拉手地走过去，穿马球衬衫的这些人面目看不太清，但歌声中传达出的是凯歌般的胜利的喜悦。一会儿，方阵走过了坎普贝尔拱型门，一直转弯向校园东边走去，他们的歌声也渐渐弱了下去。

几分钟过去了，阿默瑞还是静静地坐在那里。他怨恨学校的校规不许新生在宵禁后出门，他很想在那些树影横斜、暗香浮动的小径上散散步。那里，韦色斯彭的雕像在黑暗中像慈母一般沉思地注视着她心爱的孩子——辉格和克里奥两栋教学楼。一条黑色的令人恐怖的蛇形小路弯延到了奎勒和佩顿路上，这些给原本已经十分幽静的湖边山坡上的小径更增添了几许神秘感。

白天的普林斯顿是一点点渗入到阿默瑞意识中去的——那红砖砌成的、至今仍让人联想起1860届学生的西楼、聚会楼和七十九楼显得霸气十足。高低两处的派恩楼顶上的赫尔德和克莱弗兰德两座塔尖高耸入云，亦真亦幻，就有如不甘屈居于店铺老板中间的伊丽莎白时代的贵妇人要雄心勃勃地爬到顶端、俯看一切一般。

他从一开始就爱上了普林斯顿，爱它那懒散之美，它那不易被人理解的重要性，它那月光下联谊会上的狂欢，那些大模大样、红红火火的比赛吸引的人群，还有他班上迷漫着的浓烈争斗的气氛。这种争斗从入学的第一天就开始了，那天，穿着运动衫、坐在体育馆中的火气十足、疲倦不堪的新生们选了一名来自希尔中学的同学作了班长，又选了一个劳伦斯维尔的颇有名气的同学作副班长，还选了一名圣保罗中学的曲棍球名星作了秘书。从一开始到二年级期末，争斗从未停止过。这是一种令人窒息的社会体系，是很少有人提及很少有人承认的对可怕的“大人物”的个人崇拜。

开始时是各学校之间的争斗，作为唯一来自圣莱基的学生，阿默瑞注意到了一些帮派的形成、散伙、再形成。圣保罗、希尔、波姆弗莱特各中学来的学生分别聚集在一起，在学校公共食堂所占有的特定的桌子上吃饭，在体育馆固定的角落换衣服，并在无意之间吸引了一些在班上地位次于他们、但却在社交方面富于野心的同学聚集在他们周围，在他们与那些友好但不太明晰的学生之间形成一个保护层。阿默瑞从明白这一切的那一刻起，就十分讨厌这种社交中的保护层，他认为这是那些强者为了排挤仅次于他们的对手、有意扶植弱小的随从者而有意使用的手段。

他下定决心要成为班上说话算数的人，于是他报名去参加了新生的橄榄球训练。两星期后他已经上了《普林斯顿人》的报道，但却在担任四分卫的时候严重扭伤了膝盖，以致于整个赛季他都无法上场。这使他安下心来认真思考自己的处境。

大学十二楼里住的是一群形色各异、背景不明的人。有三四个男生是从劳伦斯维尔来的，他们是些貌不出众、易受惊吓的男孩儿；两个“业余”激进分子来自纽约的一所私立学校（凯瑞·霍利德给他们起了个“平民醉鬼”的绰号）；还有一个犹太青年也是从纽约来的，剩下就是霍利德兄弟俩，阿默瑞第一眼见到他们就深有好感，这也许是对他的一种补偿吧。

大家都传说霍利德两兄弟是双胞胎，但实际上长着黑头发的凯瑞比金发的伯恩年长一岁。凯瑞身材高大，灰色的眼睛颇具幽默感，他时常会突然笑起来，脸上带着的是那种迷人的微笑。凯瑞很快就成了宿舍里所有人的好朋友，他是违规者的管制员，欺骗者的监察员，外加各种大家没听过的、具有讽刺意味的幽默故事的兜售者。为了表示友好，阿默瑞把自己理解的大学应该怎样、意味着什么之类问题向凯瑞和盘托出。凯瑞还不想把事情看得那么严重。他温柔地责备阿默瑞，说他太大惊小怪了，现在还不是讨论社会体系的复杂性的时候。但他很喜欢阿默瑞，觉得他很有意思。

金发的伯恩是个沉静、专注的人，他在宿舍里像一个忙碌的幽灵一般，晚上静悄悄地爬进来，早上静悄悄地溜出去。他每天都要到图书馆去用功——他在和其他的四十个人一起激烈地竞争进《普林斯顿人》的那个令人惊羡不已的第一位的位置。12 月份他得了白喉，病倒了一切，别人得到了那个位置。第二年 2 月份回到学校之后，他又无畏地加入到了竞争奖学金的行列。这样，阿默瑞与他的交情也就仅限于三分钟的谈话，或是在听课来回的路上一起走走的限度内。他没能进入伯恩的内心，找到他那执著追求的后面到底隐藏着什么。

阿默瑞非常不满意新的生活。他十分怀念在圣莱基他所取得的那为人人所知、所敬仰的地位。但普林斯顿刺激着他，只要他能溶入这生活，前面会有很多东西将他体内的那马基雅唯利[1]式的潜能调动出来。前一年夏天，他缠住了一个普林斯顿的毕业生，从他嘴里了解了一些上层俱乐部的情况，这让他十分好奇，也十分兴奋："常春藤"俱乐部，这是一个贵族气十足的令常人无法接近的俱乐部；"茅草屋"俱乐部，一个聪明的冒险家和衣着讲究的慈善家混合的俱乐部；"老虎酒店"，这是一个由膀大腰圆的运动人材组成的俱乐部，它的成员是按极严格的预科学校的标准选定的；"帽子与礼服"俱乐部，这是个反酗酒、有些宗教性质、政治上很活跃的俱乐部；浮夸的"殖民者"、文学俱乐部"四边社"，还有许多其它的俱乐部，它们的成员按年龄和地位不同各各相异。

任何一件让一个不显眼的同学出风头的事都被恶意地称为"踢出局"。有人发表讽刺评论的电影才有人看，但发表评论的人却被"踢出局"；谈论俱乐部的事要被踢出局，坚决赞同什么事情也要被踢出局，比如支持或反对戒酒，总之，就不能有人显山露水，真正有影响的人是不表明自己观点的，在二年级俱乐部挑选成员之前都得严把门户，以免影响自己在大学中的前途。

阿默瑞发现给《那索文学》杂志写东西什么也得不到，但如果能成为《普林斯顿人》的成员就能得到不少好处。他原本有个朦朦胧胧的愿望，那就是在"英国戏剧社"做一些不朽的表演，但这份热情很快就消失了，因为他发现那些最聪明的人材都集中在了"三角"俱乐部里。这是一个音乐喜剧组织，每年圣诞节他们都进行一场大规模的巡回演出。与此同时，他在公共食堂里也感到了一种奇怪的孤独与不安，他空怀满腔新的希望与抱负，但第一个学期很快就溜走了。这一个学期他是在嫉妒别人的初步成功与担心自己处境心的情中度过的。他和凯瑞弄不懂为什么他们两人不能很快地被吸收到班上的精英阶层中去。

许多个下午，他们在十二楼的窗前懒洋洋地向下张望，看班上的同学在公共食堂那边进进出出，看那些拍马屁的人像卫星般地在重要人物左右打转转，也看那些孤独的书呆子们脚步匆匆，眼睛低垂，对属于学校中大团伙的那些人的快乐与安全感充满妒意。

"我们是中间阶层，就是这么回事！"一天他仰面靠在沙发上，抽着法第玛牌香烟对凯瑞发牢骚。

---

① 尼可罗·马基雅唯利（1469～1527）：意大利的政治理论家、音乐家、诗人和浪漫喜剧剧作家。他在其名著《君主论》中主张，为达目的可以不择手段，以绝对维护君主至高无上的权威。——译注

"是又怎么样？咱们来到了普林斯顿，对小学校的人咱们不也可以是那副样子吗？做出来给他们瞧瞧，自信点儿，穿好点儿，再剪条带子——"

"噢，我不是不喜欢这种明显的等级制度，"阿默瑞坦白地说，"我愿意自己上面有人更强，但是，主啊，我得成为他们中的一员！"

"可是阿默瑞，你只是个干活流汗的中产阶级。"

阿默瑞躺了好一会儿没吱声。

"不会很久的，"他最后开了口，"但是我讨厌什么东西都费尽气力才能得到。我要让他们看看。"

"看看你那光荣的伤疤，"凯瑞说着，突然他伸长了脖子朝街上望去，"兰格杜克来了，你不想看看他那样子？后面还跟着哈姆伯德。"

阿默瑞腾地站起来朝窗户走去。

"噢，"他看了看这两个知名人士说，"哈姆伯德嘛，看上去还像那么回事，可这个兰格杜克——他怎么五大三粗的呀？我不相信这种人。未经雕琢的宝石个头都显大。"

"好了，"一阵兴奋过后，凯瑞对阿默瑞说，"你是个文学天才，就看你怎么利用它了。"

"我不知道——"阿默瑞顿了一下，"我不知道我能不能成为文学天才，但有时我真这么认为，这话听起来真不怎么样，但除了你以外我不会跟任何人讲。"

"好啊，那你就继续往前走。把头发留起来，再像文学杂志上的这个叫丹维利尔的家伙一样写点儿诗。"

阿默瑞懒洋洋地从桌子上拿起了一摞杂志。

"你读过他的近作吗？"

"一次都没落过。他写得真不错。"

阿默瑞翻了翻那一期。

"喂，他还是个新生呢，是吧？"他惊奇地问。

"对呀。"

"听听这段，主呀！"

一位女招待说：

黑天鹅绒在白天飘来飘去，

白色的光被投射在银色的框架里，

像风中的影子一般摇动着微弱的火苗，

派阿·波姆派阿，来吧，来吧——

“唷，这到底是什么鬼意思呀？”

“这是厨房里的景象。”

她的脚趾僵硬如在空中飞翔的鹳之爪，
她躺在了床上，躺在白色的床单里，
她把双手放在平平的胸前，就像圣人一样，
贝拉·卡尼扎，快到灯下来吧！

“我的天哪！凯瑞，这到底是在说什么呢？我发誓我是一点儿也不明白。我还是个文学天才呢？”

“是挺不好懂的。”凯瑞说，“读这种诗只能让你联想起棺材或变质了的牛奶什么的。这诗不如他的其它诗有激情。”

阿默瑞把杂志扔回到桌子上。

“咳，”他叹了口气，“我是象牙塔里的人。我知道自己不是个等闲之辈，但我也痛恨任何一切非等闲之辈的人，喜欢一切平庸之人。我不知道我该动动脑子，做个大戏剧家呢，还是撇开‘金色宝藏’，做个普林斯顿的老油条。”

“干嘛非要当个什么？”凯瑞建议道，“像我一样混吧，我想我会拽着伯恩的衣襟挤进大人物的圈子。”

“我没有办法混——我想让人对我感兴趣，我想当操纵别人的人，当《普林斯顿人》的主编或是‘三角’俱乐部的头儿。我想让人仰慕我，凯瑞。”

“你想自己想得太多了。”

听了这话，阿默瑞坐了起来。

“不，我也是在为你着想，咱们必须马上出去和班上其他人待在一起。当个势利小人也满有意思的。比如说我6月份想往舞会上带一位漂亮妞儿，把她介绍给那些常泡舞会的一流舞棍和橄榄球队队长什么的。这种事很简单，就看我愿不愿意去做了。”

“阿默瑞，”凯瑞不耐烦地说，“你这是在绕圈子玩儿。想要出人头地你就出去做点什么，要不就想开点儿。”他打了个哈欠，“来，咱们把烟灭了去看橄榄球训练吧。”

阿默瑞渐渐接受了这个观点。他决定来年秋季再大干一场，于是，他让自己满足了看凯瑞怎么从十二楼找乐趣。

他们把犹太小伙子的床上堆满拧檬馅饼；他们在阿默瑞的房间里捣鬼，把所有的煤气灶都搞灭，害得退尔夫太太和当地的管道工感到莫名其妙；他们还把“贫民醉鬼”的东西——影集、书和家俱全搬到了卫生间。当两人从特莱顿的一顿狂饮中回到宿舍，醉对自己东西的移动大为不解。他们认定这一定是个玩笑，而这却令恶作剧者大为失望。他们每天吃完晚饭就玩红狗、二十一点和赌钱的游戏，一直玩到天黑。赶上谁过生日时，大家就会让他买上几瓶香槟，让大家尽情庆祝，尽情享受。一次买酒的人没有喝醉，凯瑞和阿默瑞就把他顺着楼梯扔到了两层楼下面。虽然是失手而致，但两人还是在之后的整整一星期中每天羞愧满面地到医院探视。

“说，这些女人是谁?”一天，凯瑞指着阿默瑞的一大堆信件不满地问，“我最近一直在注意那上面的邮戳——法明顿、多伯斯、韦斯托弗、达那霍尔——这都是什么意思啊?”

阿默瑞笑了。

“都是从特温城来的。”他一个个地念了起来，“这是玛丽莲·德·威特的信，她人长得挺漂亮，自己有辆车，真他妈的方便极了；这是莎丽·韦瑟比，她现在太胖了；这是迈娜·圣克莱尔，老情人了，要是你愿意的话你很容易就能亲到她——”

“你给她们写什么了?”凯瑞追问，“我什么法子都试过了，可她们却连怕都不怕我。”

“是‘乖孩子’那种人。”阿默瑞说。

“就是这么回事。妈妈老觉着女孩子和我在一起安全。说实话，这样挺烦人。要是我去握哪个女孩子的手，她们就笑，还让我握，就像那只手不是她的似的。只要我一握那只手，它就好像和它的身体分离了一样。”

“那你就生气，”阿默瑞给他出主意，“告诉她们你气极了，让她们来劝你——你就怒气冲天地回家去，然后半个小时后再回来——吓吓她们。”

凯瑞摇了摇头。

“没戏。去年我给圣蒂莫西的一个女孩儿写了一封特浪漫的情书。写到一处我真急了，写了‘主呀，我真爱你!’这么一句。她呢?拿了把剪子，把“主呀”几个字给剪掉了，然后把那封信拿给了全校所有的人看。没办法，我就是‘老好人凯瑞’这类的人。”

阿默瑞笑了笑，他试着把自己也想象成“老好人阿默瑞”，但却怎么也想象不出那是什么样子。

2月时开始下雨夹雪，新生的半个学期旋风般地过去了。十二楼的生活虽然没有多少目标，但一直总还是比较有意思。阿默瑞每天都到“乔记餐厅”去吃一次三明治、麦片和土豆肉汁等丝汤。通常情况下都是凯瑞或是亚历克·康纳基陪他一起去。亚历克是个文静、不爱和人交往的霍奇基斯人，他就住在阿默瑞隔壁，也和阿默瑞一样喜欢独处，因为除了他以外，他中学整个班的同学都进了耶鲁。“乔记”这家餐厅说不上有什么品味，也不太干净，但因为在那儿可以无限度地赊账，阿默瑞还是很喜欢这种便利之处的。他父亲近来在试着做矿山的股票生意，虽然他的生活费还算得上宽裕，但比他所期待的还是差了一大截子。

“乔记”的另一个好处就是可以避开那些上层人物好奇的目光。所以每天下午四点阿默瑞都要带着个朋友或是夹着本书到那里去消遣一番。3月的一天，他发现所有的位子都坐满了，于是悄悄走到最后的一张桌边，在一个专心致志看书的新生对面坐了下来。他们轻轻地点了点头。二十分钟里，阿默瑞坐在那儿一边吃着他的熏肉小面包，一边读着萧伯纳的《华伦夫人的职业》(他是在期中这段时间在图书馆随意浏览时无意中发现萧伯纳的作品的)。那个新生也在看书的同时喝掉了三杯巧克力麦乳精。

渐渐地，阿默瑞把目光投到了对方的书上。他倒着拼出了书名——《马皮萨》，作者是斯蒂芬·菲利浦。这对他来讲是完全陌生的名字，因为他的诗歌阅读量也只限于主日学校的文学经典，像“莫德，请到花园里来”这类的东西。而且只是最近老师才要求他读一点莎士比亚和弥尔顿[①]。

他打算和对面的人搭讪几句，于是先假装对自己的书很着迷，过了一会儿突然情不自禁地叫了起来：

“哈！真不错！”

那人抬起头来，阿默瑞装出一副窘迫的样子。

“你是说你的熏肉小面包吗？”他用粗重的声音说道，那和气的声音与他那宽大的眼镜和专注的神情搭配得十分和谐。

“不是，”阿默瑞答道，“我说的是萧伯纳。”他把书拿过来解释着。

“我还从来没读过萧伯纳的东西呢，但我一直都想拜读一些他的作品。”那男孩顿了一下，然后又说，“你读过斯蒂芬·菲利浦的东西吗？你喜不喜欢诗？”

“喜欢，真喜欢，”阿默瑞迫切地肯定着，“但我没读过菲利浦的诗。”

---

① 约翰·弥尔顿（1608～1674）：著名的英国诗人、政论家、民主斗士，传世名作有《论出版自由》、《失乐园》、《复乐园》等。——译注

（他除了已故的大卫·格雷厄姆·菲利浦以外就没听说过其他的什么菲利浦。）

“那倒也不奇怪，当然了，他是个维多利亚时期的人。”

他们开始讨论起诗歌来，谈话中双方互相介绍了一下。原来，这个和阿默瑞谈话的人不是别人，正是那位在文学杂志上写充满激情的爱情诗的“了不起的、阳春白雪的托马斯·帕克·丹维利尔”。他也就是十九岁的样子，长着微垂的双肩和淡蓝色的眼睛。从他的外貌粗粗看去，阿默瑞就能判断出他对社会上的竞争没什么概念，也没有什么特别的兴趣爱好，但他喜欢书，而且这会是个长久的爱好。阿默瑞早已见识过这种人了，要不是怕隔壁桌上那群圣保罗来的学生把他也当作一个什么重要人物，他会完全沉浸在这次会面的喜悦之中的。还好，他们没有注意他，所以他就放开了大谈特谈各种各样的书——他读过的，别人介绍的，甚至是他从没听说过的，就像布兰塔诺书店的店员似的流利地说出一串串的书名。丹维利尔专心地听着，内心充满了喜悦——以他敦厚的性格，他认为普林斯顿一半是市俗的天地，一半是书呆子的天地，要遇到一个说起济慈来不打嗑巴、饭前还洗过手了的人还真是一种享受。

“你读过奥斯卡·王尔德[①]吗？”丹维利尔问。

“没有。谁写的？”

“这是个人——你不知道吗？”

“噢，当然知道，”阿默瑞的脑子里泛起了一个模糊的记忆，“是不是喜剧《耐心》里所描写的那个人？”

“没错，就是他。我刚刚读完他的一本书《道林·格雷的画像》。我真希望你也能读了它，你会喜欢的。如果你愿意，我可以借给你。”

“好啊，我一定会特别喜欢的——谢谢。”

“你想到我宿舍来吗？我还有几本其他的书。”

阿默瑞犹豫了一下，他瞥了一眼圣保罗的那群人，看到那个健壮、高雅的哈姆伯德就在他们中间，他又想到结识这个新朋友对他将多么重要。他从来不刻意地去结交朋友，也不刻意去疏远朋友——他不忍心那么做，所以，他觉得能认识托巴斯·帕克·丹维利尔无疑是件有吸引力、有价值的事情，尽管他幻想隔壁桌上那些戴玳瑁边儿眼镜的人在用冷眼看他。

“好，我去。”

---

① 王尔德（1854～1900）：与萧伯纳齐名的英国剧作家、诗人、散文家、童话家，英国唯美主义艺术运动的倡导者。——译注

就这样，他去借来了《道林·格雷》，还有《神秘、庄重的多洛里》和《不愿致谢的美丽夫人》等书。整整一个月他都潜心攻读，无心顾及其他。世界在他眼中变得简单而有趣起来。他尽力使自己用奥斯卡·王尔德和斯文本恩嘲讽的眼光去看待普林斯顿，或者用玩笑的口气去谈《芬格尔·欧弗拉尔提》和《阿尔格农·查尔斯》这些书。每天晚上他都如饥似渴地大量阅读这些人的书籍：萧伯纳、切斯特顿[1]、巴利[2]、皮尼洛[3]、叶芝[4]、拉辛[5]、欧内斯特·道生[6]、阿瑟·塞门兹[7]、济慈[8]、苏德曼[9]、罗伯特·彭斯[10]和萨瓦尔·欧帕拉斯。他之所以这样杂乱无章地猛读一气，是因为他突然发现很久以来他都没看过什么书了。

去见汤姆·丹维利尔开始是出于一种需要。后来他们才成了朋友。阿默瑞每周去他那儿一次，他们俩一起把汤姆房间的天花板涂成了金色，在墙上挂上了一副从拍卖会上买来的仿制壁毯，又摆上了高高的烛台，挂上了带图案的窗帘，把屋子好好装饰了一番。阿默瑞因汤姆聪明、文学味十足却又不带娘娘腔、不矫揉造作而喜欢他。事实上，阿默瑞极喜欢炫耀，他竭尽全力，想把每句话都变成格言、警句一般。这对于满足于一般众所周知的警句的人来说，难度要大多了。十二楼的人们都觉得这游戏很有趣儿。凯瑞也读了

---

① 吉尔伯特·基思·切斯特顿（1874～1936）：英国小说家、评论家、诗人、新闻记者、随笔作家、传记作家、剧作家和插图画家。——译注

② 詹姆斯·马修·巴利（1860～1937）：英国小说家、剧作家，传世名作有《彼得·潘》等。——译注

③ 阿瑟·温·皮尼洛（1885～1934）：英国作家。——译注

④ 威廉·巴特勒·叶芝（1865～1939）：爱尔兰诗人、剧作家，著名的神秘主义者，是“爱尔兰文艺复兴运动”的领袖，1923年获得诺贝尔文学奖。——译注

⑤ 让·拉辛（1639～1699）：法国剧作家、诗人。——译注

⑥ 道生（1867～1900）：英国唯美主义诗人。——译注

⑦ 亚瑟·威廉姆·塞门兹（1865～1945）：英国诗人、文艺评论家、编辑，他把许多法国象征主义者的作品翻译为英语，所著的《象征主义文学运动》是问世较早且影响较大的象征主义专论之一。——译注

⑧ 约翰·济慈（1795～1821）：杰出的英国诗人，浪漫派成员之一，有名作《秋颂》《夜莺颂》《致秋天》等传世。——译注

⑨ 赫尔曼·苏德曼（1857～1928）：著名的德国自然主义戏剧家、小说家，传世名作有《忧愁夫人》等。——译注

⑩ 罗伯特·彭斯（1759～1796）：在英语文学史上占有特殊重要地位的苏格兰农民诗人，传世名作有《友谊天长地久》等。——译注

《道林·格雷》，他模仿起亨利勋爵，阿默瑞走到哪儿他跟到哪儿，管他一口一个“道林”地叫，装作赞赏他那恶作剧般的幻想和逐渐消失的厌倦情绪。但当他把这事儿说给公共食堂里的人听时，阿默瑞变得既难堪又恼火。从此以后，他只在丹维利尔面前或在能够找到的镜子面前卖弄这些格言、警句了。

一天，汤姆和阿默瑞正在伴着凯瑞的留声机里放出的音乐背颂诗歌。这些诗有的是他们自己写的，有的是唐西尼爵士[①]的诗。

这时，汤姆喊道：“唱起来！别背了，唱起来吧！”

正在表演的阿默瑞看上去很恼火，他嚷着要他们把留声机里的钢琴声关小一些，凯瑞听了乐得在地上滚成了一团。

“放那支叫作《心与花》的曲子！”他叫道，“噢，主啊！我要支持不住了。”

“关上那该死的留声机！”阿默瑞涨红着脸嚷着，“我不是在搞展览。”

在做这一切的同时，阿默瑞也一直在尽力唤醒丹维利尔内心对社会体系的认识，因为他知道，这个诗人要比他自己世俗的东西更多，他只要用水把头发梳光，少跟一些人讲话，再戴上顶深褐色的帽子，就能成为一个典型的老油条。但丹维利尔根本不听阿默瑞的那一套，什么戴利文斯顿式的领子和黑色领带。实际上他对这套还颇有些反感。阿默瑞因此一星期只去他那里一次，有时也把他带到十二楼。这引来了其他新生的窃笑，他们管这两人叫做“约翰生[②]博士和鲍斯威尔[③]。”

亚历克·康纳基也常来十二楼玩儿。他说不清为什么，但也喜欢丹维利尔，同时又因他太高雅而敬畏他。凯瑞呢？他透过丹维利尔满口的诗文看到了他为人实在甚至是可敬的内心世界。他从和丹维利尔的交往中感到乐趣无穷，常常让其整小时地背颂诗歌，而他自己却闭着眼睛躺在阿默瑞的沙发上凝神倾听：

是睡着还是醒着？
如果你走近去吻她，

---

① 唐西尼（1878～1957）：爱尔兰诗人及剧作家。——译注

② 塞缪尔·约翰生（1709～1784）：著名的英国辞典编撰家、作家和幽默雄辩的谈话家。——译注

③ 詹姆斯·鲍斯威尔（1740～1795）：苏格兰律师及作家，曾著《约翰生传》。——译注

你会发现她颈上那颗紫色的朱砂，
那是痛苦的血液涌出所致，
轻轻地被叮了一口，
留下了的一个美丽的伤疤。

“真好，”凯瑞会轻轻地说，“这真让我高兴。我猜它一定是位伟大的诗人写的。”汤姆由于有了一位听众而兴奋不已，他会没完没了地朗颂《诗与歌谣》上的作品，直到凯利和阿默瑞都几乎和他自己一样对这些诗倒背如流了。

阿默瑞喜欢在春日的下午写写诗，在普林斯顿附近大宅子的花园里写诗，那里人工湖里的天鹅使周围的气氛很富浪漫情调，还有那飘浮在柳树之上的浮云也显得十分和谐。5月来得太快了，他突然耐不住了高墙内的寂寞，开始在星光与春雨的日子里在校园中游荡起来。

一个潮湿、有象征意义的插曲

夜里起雾了，雾气从月边飘来，在塔身与塔尖周围飘浮了一阵之后又降了下来，使一片精神污染中的塔尖能够继续满怀壮志，直指苍穹。点缀着白天的那些人影现在像幽灵一般被赶到了一边的黑影之中。黑暗中的哥特式教学大楼与回廊各自在昏暗的、忽隐忽现的黄色光线下，乍看上去更显得神秘异常。从遥远的什么地方传来了一阵钟声。阿默瑞在日规旁停下来，躺在潮湿的草地上把身子伸展开来。寒冷的空气浸透着他的双眼，也减慢了时间的流逝，那从懒洋洋的4月午后偷偷溜走的时间在长长的春夜里显得是如此飘忽不定。每天夜晚，高年级学生的歌声都在校园里回荡，那歌声忧伤而美好，透过他本科生的意识层，打破了他对那些灰色的高墙和哥特式塔尖深深的崇拜之情，也打破了它们所代表的一切的神秘感。这些不过是贮存已经逝去了的那些年代的仓库而已。

他窗外的那座塔也有着直耸云霄的塔尖，塔尖的顶部在清晨的蓝天中若隐若现，让他第一次感受到了人生的短暂与无谓，校园里的人们只不过都是些传道士的继承人。他很高兴自己懂得了哥特式建筑风格。那些高高的塔尖特别适合大学的校园，它们几乎深入到了他的心里。悄悄伸展的绿色草坪，安静的教学大楼，还有学子们偶尔秉烛夜读的那些灯光，都深深地吸引着他，激起他无限的遐想，而那些圣洁的塔尖就变成了这些遐想的一个象征。

“去他妈的吧！”他一边把手在草地上蹭湿，插到头发中，一边大声地说，

“明年我要好好干！”但是他心里明白：如果说现在这些塔与塔尖的精神使他变得迷茫、沉默了的话，那么到那时它们会把他完全征服；如果说他现在意识到了的是自己的微不足道，那么行动也只能向他征明他的无能和无用。

学校依然停留在梦中——这是一个清醒的梦。他感到了一阵紧张的兴奋，这也许就是校园缓慢的心跳中的一次悸动。这一切犹如一条河，他投出的石子只能在河上溅起一个微小的水花，而这水花几乎在他投出石子的那一刻就会消失。他没有付出什么，当然也就得不到什么。

一个赶夜路的新生穿着一动就发出刺耳声响的油布雨衣，沿着湿软的小路溅着泥水走了过去。不知从哪个窗户里发出了一声常听到的叫嚷：“把你的头伸出来！”大雾中，各种各样的声音全部涌到了他的意识里。

“噢，主啊！”他突然大喊了一声，随即又被寂静中自己的声音吓了一跳。雨还在淅淅沥沥地下着。他双手抱在胸前，一动不动地又躺了一会儿，然后他突然跳起来，试着拍打自己的衣服。

“我他妈的全湿透了！”他高声对着日规喊着。

历史时刻

大学第二年的夏天，战争爆发了。阿默瑞把这场战争仅仅看作德国人出于体育兴趣而对巴黎的攻击，所以他对战争既不兴奋也不感兴趣。他用看待闹剧的态度来看待它，希望战争持续的时间再长些，再血腥些。假如战争不再继续下去的话，他就会像买了票来看职业拳击赛的观众看到拳击手不尽全力对打一样愤怒。

这就是他对战争的全部反应。

“哈哈-霍特恩斯”

“好了，姑娘们！”

“重来一遍！”

“嘿，姑娘们，别说废话了行不行？再扭一次怎么样？”

“嘿，姑娘们！”

指导在无可奈何地发着火，“三角”俱乐部的主席焦急地盯着演员们，一会儿愤怒地命令着，一会儿又颓然地跌坐下去，无精打彩地看着眼前的景象，琢磨在圣诞节该怎样把这台该死的巡回演出拿出去。

“好吧，我们用那支海盗之歌。”

“女演员们”用力吸了最后一口烟，然后各自站到了自己的位置上。领舞的“姑娘”跑到了前台开始按照指导手拍、脚踏、口喊的节奏用小碎步跳起来。大家也乱糟糟地跳了起来。

“三角”俱乐部是个人多、热闹的地方，它每年都要组织一次音乐喜剧的巡回演出，演员、合唱队、乐队和舞台布景的所有人员都要在圣诞节的假期参加这次演出。剧本和音乐都要本科生自己写。“三角”俱乐部是最有影响的一个俱乐部，每年都有三百多人竞争加入这个俱乐部。

阿默瑞在二年级参加了《普林斯顿人》举办的第一次比赛，轻轻松松地得到了《沸腾的油——一位海盗上尉》这部剧中的一个空缺的角色。近几星期的每天晚上，他们都在卡西诺排练厅里从下午两点排练到第二天早上八点，练习《哈哈－霍特恩斯》这首歌。他们靠喝苦咖啡提精神，上午在课堂上打盹。卡西诺是个很难得的地方，它是个很大的、像粮仓似的大礼堂。礼堂里坐满了男孩子，他们有的演姑娘，有的演海盗，还有的演婴儿。舞台美术人员正在粗手粗脚地摆放布景，灯光师在一遍遍地调试着灯光，强光直射进人们的眼睛，使得大家都恼怒不已。而压过这一切的是乐队不停的调音之声和演奏的“三角”俱乐部的欢快的乐曲。写剧本的那个男孩站在一旁的角落，嘴里咬着铅笔。他只有二十分钟的时间考虑重演的问题。总监在与秘书争吵着，他们在该花多少钱买那些“该死的挤奶女工的服装”上意见不能统一。一位老毕业生——1898 届的俱乐部主席——趴在旁边的一个大箱子上看热闹，他在琢磨他在的时候一切是多么简单、容易。

至于“三角”俱乐部究竟是如何把这场演出拿出来的，真称得上是个谜，而且是个很有意思的谜。谁也不知道自己为俱乐部出了多少力，是不是配得上在自己表链上戴上那个金色的小三角。《哈哈－霍特恩斯》这首歌被重写了六遍，在节目单上署了九个合作者的名字。所有“三角”俱乐部的节目都试图以“全新的、不同于一般音乐喜剧”的形式出现，但当节目排出来之后，几位作者、俱乐部主席、指导，还有剧组人员，都不约而同地发现这不过还是一台三角的老节目，那个每次出发之前都要么被开除出剧组、要么生病的喜剧明星是同一个人，就连扮演舞女的演员中的那个长着黑胡子、“死活都不肯每天刮上它两次”的家伙也他妈的还在！

《哈哈－霍特恩斯》里有一处精彩的地方：按照普林斯顿的传统，每当广为人知的耶鲁大学学生、“骷髅会”的成员听到这个神圣的名字时就必须退出大厅。而这个“骷髅会”的成员在以后的生活中也都无一例外地功成名就，无论是在财富上还是政治上，只要他们有所追求都能如愿以偿。正因为这个原故，每次上演《哈哈－霍特恩斯》的时候总是要留出六个位子，再从街上雇来六个长相极丑的二流子坐在那里，由“三角”俱乐部的化妆师再进一步“修饰”一番。等演到海盗头儿“燃烧的木头”指着他那面黑旗子说：“我是耶鲁的毕业生——看我的骷髅”一句时，那六个二流子就在人授意之下很显眼地站起来，带着一副悲伤、自尊心被挫的表情走出剧场。据说有一次被雇来的冒牌耶鲁学生被一位正宗的耶鲁人揍得鼻青脸肿，不知是否真有这么回事。

一个假期里，他们走遍了八座时髦的大城市进行演出。阿默瑞最喜欢的是路易斯维尔和孟菲斯，这两个城市的人很好客，为他们准备了特别的甜饮料，同时他们还有幸目睹如云的美女之芳颜。他只喜欢芝加哥方言中透出的某种活力，但那是耶鲁人的地盘，加上耶鲁的合唱队下周要来，“三角”俱乐部在芝加哥并没有受到广泛的欢迎。在巴尔的摩，普林斯顿的人算是到了家，他们边演边狂饮烈性酒，有个人还在喝多了之后跳上台去声称要演绎好他的那部分就得喝酒才行。他们一共有三辆私家车，前两辆车上的人都不睡觉，只有最后一辆车上的人睡。这辆车被称为“动物车”，上边坐的都是那些戴眼镜、爱吹牛的乐手。一切安排都匆匆忙忙，没有时间使人感到厌倦。到费城时，假期已经快要结束了。他们终于能够逃脱鲜花与油彩，好好歇上一口气了。扮演舞女的男演员们忍着胸部的疼痛将胸衣脱了下来，长长地舒了一口气。

剧组解散之后，阿默瑞马不停蹄地赶往明尼阿波利斯——莎丽·韦瑟比的表妹伊莎贝拉·柏格要趁她父母去国外的机会来明尼阿波利斯度寒假。他还记得小姑娘时的伊莎贝拉，小时候他第一次去明尼阿波利斯时两人曾一起玩过。后来她搬到巴尔的摩——从此她便有了自己的过去。

阿默瑞从容不迫，满怀信心，兴高彩烈，同时又有些紧张。急匆匆赶回明尼阿波利斯去见儿时结识的姑娘，这看起来是一件多么有趣、多么浪漫的事啊！就这样，他毫无歉意地给母亲拍了封电报，让她别等自己了。他坐上了火车在以后的三十六个小时里静静地想着自己的心事。

“亲吻”

在随“三角”俱乐部巡回演出的途中，阿默瑞见识了不少当时在美国非常流行的现象——“亲吻聚会”。

那时的母亲大都是维多利亚时期的人，而没有一个维多利亚时期的母亲知道她们的女儿对亲吻这种事有多么习惯，态度多么随便。休斯顿·卡米利特夫人常对自己人缘很好的女儿说：“只有女佣人才那样呢，通常是先有人吻了她们，然后就向她们求婚了。”

但是这位人缘好的女儿在十六岁到二十二岁之间的这几年里，每半年就和人订一次婚。当她最后决定和汉贝尔·坎贝尔公司的公子汉贝尔谈婚论嫁的时候，汉贝尔还傻乎乎地以为自己是她的初恋情人呢。然而，在这些确定的关系以外，这位人缘好的女儿（按当时舞场上的规矩，任何人都有权把最受欢迎的女伴儿从别人手上抢下来，这倒是非常符合“适者生存”的原则。她就是大家公认的受欢迎的女舞伴儿。）还时常与其他人在月下、火边或者室外的夜色中做最后的拥抱亲吻。

阿默瑞注意到，这些女孩子所做的事情在他记忆中都是不可为的：如下午三点钟吃午饭，跳完舞、吃完晚饭之后在不该去的咖啡厅里高谈阔论，用半认真、半嘲讽的口气谈论生活的方方面面，而她们私下里的那种兴奋，在阿默瑞看来就是道德的沦丧。他一开始还没有意识到这种现象的广泛性，直到他见识了纽约和芝加哥之间的许多城市，他才意识到这些地方实际上就是青少年的陷阱。

午后的广场大厦，冬日的夕阳照在窗外，楼下隐约传来一阵阵鼓声……人们在大厅里焦急地走来走去。他们装束整齐、讲究。有人又喝了一杯鸡尾酒。突然，旋转门开了，三个穿裘皮大衣的身影闪了进来。之后是剧院，还有午夜娱乐场的桌边——当然了，在这些场合姑娘们的母亲也在场，但她们的主要任务是使整个事情做得更隐蔽、更巧妙。她一个人坐在空空荡荡的桌边，心里想的是这样的“娱乐”根本就没有人们描绘得那么糟，只是有些令人担心而已。可那迷人的小女孩儿又坠入情网了……很奇怪，是不是？瞧，尽管出租车里绝对坐得下，但她和那个从威廉来的男孩还是挤了出去，去坐了另一辆车。奇怪！你有没有注意到那女孩儿，在晚了七分钟之后终于又露面时她脸上的红晕？但她很快就“恢复了常态”。

总之，“漂亮的姑娘”先是学会了“勾引”人，之后又学会了用色相骗取男人的钱财。如果一个小舞星碰上有两个男人同时找她，那么没有预约的那位的处境就很难堪了。每两支舞曲之间的间隙都会有一打男人围着她。在舞曲之间找她，试试你的运气吧！

这个陷于深深的音乐丛林之中和经受道德准则考验的竟然是同一个女孩！

阿默瑞发现任何一个受欢迎的女孩，只要你在八点钟之前和她搭讪上，十二点钟之前就准能吻上她，这让他着实很着迷。

“我们来这儿干嘛？”一天晚上，当他和一位头上戴着绿色梳子的女孩一起坐在路易斯维尔一家乡村俱乐部外的一辆别人的车里时，他这样问道。

“我不知道，我也稀里糊涂的。”

“直说吧——反正咱们也不会再见面了，我想和你来这儿是因为你是那些人中长得最好看的一个。你也不在乎以后还能不能再见到我吧？”

“是。你是不是对每个女孩都这样？你干嘛这样对我？”

“你刚才不是跳舞跳累了想抽支烟或做你说的那些事吗？你不是想——”

“噢，咱们进去吧！”她打断了他，“你要是想分析这件事就别再说了。”

阿默瑞把那种手织的漂亮无袖衫称为“亲吻衫”，这完全来自一个突发的灵感，但它却被舞场上的人们传来传去，最后竟从东海岸传到西海岸，传遍了全国。

素描

阿默瑞现在已经十八岁了。他差不多有六英尺高了，小伙子仪表堂堂，英俊倜傥，而且没有一丝粗俗之相。他那双长着深黑色睫毛的绿色眼睛清澈见底，把那张本来就孩子似的脸衬托得更加年轻了。他身上缺少一般的俊男美女所具有的那种夺人的魅力，性格也略显内向，但他自己并没有办法像开关水龙头那样控制自己的性格。况且人们也总是能对他的相貌产生深刻的印象。

伊莎贝拉

她在楼梯的最高一个台阶上停住了。犹如跳水运动员站在了跳板上、领舞演员在首场演出的舞台上，或者是膀大腰圆、声音嘶哑的年轻人在大赛来临时一样，她感到一阵紧张。她本来是该和着突然响起的泰国舞或者是《卡门》那样纷乱的鼓点跳起来的。她从未像现在这样对自己的长相痴迷，也从未像现在这样自我陶醉过。半年前她已经成为了一名十六岁的少女。

“伊莎贝拉！”她的表姐莎丽从化妆间的过道里喊道。

“我准备好了。”她从自己的声音里听出了一丝紧张。

“我还要到房里取双拖鞋来，一会儿就好。”

伊莎贝拉向着化妆间走去，她要在镜子里最后再看自己一眼。但是，不知什么东西让她停止了脚步。沿着明尼哈哈俱乐部宽大的楼梯向下望去，楼梯像故意捉弄她一般七拐八绕的，她最终只看见了楼下大厅中的两双脚。这是两双穿着舞会用的黑色浅口无带皮鞋的脚，从脚上根本无从判断那两个人是谁，但她心里却迫切地希望其中有一双是阿默瑞·布莱恩的。这个尚未谋面的年轻人在她第一天到达这里的时候就在她的生活中占据了不同寻常的地位。那天莎丽开车到火车站来接她，在一连串问题、评论、消息和夸张之后，她主动提道：

“你当然还记得阿默瑞·布莱恩吧？噢，他想见你都快想疯了。他是趁大学放假来这里玩一天的，他今天晚上就到。他听说了你不少的事——还说他记得你的眼睛。”

这让伊莎贝拉十分高兴，这使她俩站到了平等的地位上——尽管事先准备与否她都能把自己的恋爱表演得维妙维肖，但是在一阵兴奋、急切的颤抖之后，她又感到心往下一沉，不由得问：

“你说他听说过我的事是什么意思？什么样的事？”

莎丽笑了。在不太明白本地事情的表妹面前，她觉得自己好像一个能卖关子的演员一样。

“他知道你是——你是大家公认的美人儿，就这类的事吧。”她停了一下，又说，“我猜他还知道有人吻过你了。”

听了这话，伊莎贝拉在她裘皮大衣下面的小手成了拳头。她已经习惯了别人这样跟踪她的过去，而且每次听到这些她都怒不可遏。可在这个陌生的小城里，有这样的名声却不失为一件好事，这说明她也是个“新潮人物”，不是吗？好吧，就让他们去追根问底吧！

伊莎贝拉向窗外望去，大雪在寒冷的清晨飘舞着。这里比巴尔的摩冷得多，这是她记忆中不曾有过的。侧门上的窗户都结了冰，玻璃四周的冰很厚，使窗户看上去小了很多。此时伊莎贝拉心里转动的还是那一个念头：他会不会和在繁华商业街上悠闲地散步的那个男孩穿着一样？一双鹿皮鞋外加一身冬日狂欢节的衣服？这身衣服，一看就是西部的装束！他当然不会是这个样子：他去的是普林斯顿，是个二年级的学生或者什么的。说真的，她对他没有什么清楚的印象了。在她的柯达像册里她还保留着一张他的照片，她记得他有一双大眼睛（也许现在他人长大了眼睛就不那么大了呢）。然而，自从上月她决定到莎丽这里来过寒假之后，他就在她心中占据了一个值得重视的对手的地位。孩子们在做介绍人这项工作时是最能干的，他们总能把事情很快地安排好。莎丽就根据伊莎贝拉爱激动的个性聪明地提前给她写了封信，伊莎贝拉这段时间以来常常经历强烈的、但通常是短暂的感情……

她们把车开到了白雪覆盖的街边，在一座占地面积很大的白色大理石楼房前停了下来。韦瑟比太太热情地迎了出来，那群年龄各异的表弟表妹们也从角落里走了出来向她问候。伊莎贝拉很老练地与他们见了面。她能够和所有与她接触的人友好相处——比她年长的女孩和女人除外。她有意识地给人留下深刻的印象。那天早上，她和儿时的五六个女伴又相逢了。她们都被她直率的性格和笑声震住了。阿默瑞·布莱恩是个公开的话题。很明显这是个与爱情有点关系的话题，半公开半隐蔽，每个女孩好像在不同时期都和阿默瑞有过关系，但没有人主动向她介绍一点有用的情况。他这次是为她而来的……莎丽已经把这个消息透露给了她的弟弟妹妹，而他们一见到伊莎贝拉就又把这消息传回到了莎丽那里。伊莎贝拉暗自下定决心，如果有必要，她会强迫自己喜欢他——因为她欠莎丽一份情。如果不那样，莎丽会失望死的。她把他描绘得那么光彩照人——他英俊，“如果他愿意的话他会非常与众不同”，有自己的风格，而且他人灵活善变又恰到好处。实际上他把她这个年龄和环境中的女孩子所能梦想到的浪漫气质集中到了一身。她不知道那双在楼下穿着舞蹈鞋在柔软的地毯上跳着狐步舞的脚是不是他的。

事实上，所有的印象，所有的想法都像万花筒一样，在伊莎贝拉脑海里变化万千。在她身上体现着两个阶层不同气质的神奇组合：一种是上流社会名媛的高雅气质，另一种是艺术家的浪漫气质。她的知识，或者说是她老练圆熟的处世方法，是从那些整天追着她的男孩子那里学来的，那些技巧是与生俱来的，而她的恋爱经历也有不少是隔着电话进行的。从她那双大大的黑褐色眼睛里流露出的是调情般的微笑，她一举手一投足之间也都散发着她那无可抗拒的魅力。

就这样，那天晚上她站在楼梯口，等着莎丽去取拖鞋。正在她等得不耐烦的时候，莎丽走出了化妆间，脸上带着她惯有的详和与快乐的神情。两人一起下楼的时候，伊莎贝拉的脑子里飞快地交替出现了两个念头：一是她今晚穿得很鲜艳，这令她感到高兴；二是她不知自己今天的舞能不能跳好。

在楼下俱乐部最大的房间里，伊莎贝拉被今天下午见过的一群女孩子围了起来。之后，她听到莎丽叫了一圈人的名字，而她自己面对的是六个穿着黑白两色服装的十分拘谨、半生半熟的舞伴。她向他们点头致意。阿默瑞这个名字响起过，但一开始她却找不到他在什么地方。接下来是少男少女们跳舞时特有的一阵乱哄哄的场面，大家紧张得你碰到我、我踩到你；每个人身边的谈话伙伴都是他最不喜欢与之交谈的人。伊莎贝拉拉着青蛙帕克一起坐在了楼梯上，青蛙帕克现在是耶鲁大学的学生，他们俩以前一起玩儿过“跳房子”的游戏。她所需要的就是轻轻松松的地开开玩笑，聊聊过去的事儿。在社交场合，伊莎贝拉要是想讲叙一件事，她的本领可就不同凡响了。她先是用略带南方口音的女低音满怀热情地将事情讲上几遍，然后停顿上一段时间，绽开她迷人的微笑，再后来她能变换方法再讲上几遍。这简直就像玩儿智力游戏一般，而这一切都是在两人谈话的名义下完成的。

青蛙听得入了迷，他哪里知道，伊莎贝拉的这番表演根本就不是给他看的，而是为坐在她左边一点、用水精心梳理过的头发下的那双熠熠发光的绿色眼睛看的——伊莎贝拉发现了阿默瑞。就像一位深知自己魅力的女演员在台上能够把第一排观众看个清清楚楚一样，伊莎贝拉凭感觉找到了阿默瑞。首先她注意到了他茶褐色的头发，从自己失望的心情来判断，她知道自己一直希望他的头发是深褐色的，而且身体应该像作吊袜带广告的演员那样修长——至于其他的嘛，他的脸上应该有一丝红晕，从侧面看上去应该是挺拔、浪漫的，要想有这种效果就应该穿一套紧身大礼服，里面配一件带褶的丝衬衫——那种女人们依然喜看男人穿、男人自己却已经开始厌倦的衬衫。

在伊莎贝拉进行这番审视的同时，阿默瑞在静静地看着。

“你不这样看吗?”她突然把话转向了他，脸上一副纯洁无瑕的表情。

这时出现了一阵骚动。莎丽把他们领到了自己的桌子旁。阿默瑞挤到了伊莎贝拉身边，小声地说：

“咱俩在一起吃饭，你知道，一切都安排好了。”

伊莎贝拉觉得有些喘不过气来——这一切当然都无可挑剔，但她总是觉得像一个发表演说的名星一下子被个不起眼的小人物把演说词拖去了一样……她必须保住自己的领导地位，一点都不能丧失。大家找座位的时候，饭桌旁响起了一片欢声笑语，之后，大家的目光都落在了首席边的她的身上。她为这一切感到非常得意，而青蛙帕克被她身上突然焕发出的风采迷得神魂颠倒，竟忘了为莎丽拉椅子，一时间弄不清自己身在何处了。阿默瑞坐在桌子的对面，他非常自信，也非常骄傲，用仰慕的眼神儿直视着伊莎贝拉。他与青蛙帕克同时开了口：

“从你梳着两条小辫子的时候我就听说过不少你的事——”

“今天下午玩得真不错，是不是——”

两人又都停住了。伊莎贝拉不好意思地把脸转向了阿默瑞。她脸上的表情已经回答了他，但她又开口了：

“你怎么听说的？——从谁那儿？”

“从谁那儿都听说过——你走了的这些年里一直都是这样。”她恰到好处地羞红了脸。坐在她右边的青蛙已经败了下去，只是他自己还没有意识到。

“等会儿让我来告诉你这些年来我都记得你哪些地方。”阿默瑞接着说道，她微微向他的方向靠了过去，两眼专注地盯着面前的芹菜。青蛙叹了口气——他了解阿默瑞，他天生就会驾驭这种场合。他转向莎丽，问她明年是否打算去外边上学。阿默瑞又开始了他的攻势：

“我这里有个词特别适合形容你。”这是他最喜欢用的一种开头方式——实际上他脑子里很少有现成的词，这只不过是一种吸引人注意力的手法罢了。如果逼急了，他也总是能想出一些恭维人的词来。

“是吗？什么呀？”伊莎贝拉的脸上显现出喜不自禁的好奇表情。

阿默瑞摇了摇头。

“我和你还不太熟呢！”

“那以后你能告诉我吗？”她小声地问。

他点了点头。

“到外边去的时候。”

伊莎贝拉点了点头。

“有没有人告诉过你，你有一双敏锐的眼睛？”她说。

阿默瑞试图把自己的眼睛变得更敏锐一些。他恍恍惚惚地觉得她的脚在桌子底下碰了他一下，他却不敢肯定。也许那只是桌子腿，但也难说。不管怎么说这个念头让他激动不已。他飞快地琢磨起能不能不费力气地占用楼上的那间小屋子。

森林中的少女

伊莎贝拉和阿默瑞自然谈不上是天真纯洁了，但他们也不特别老练。而且在他们玩儿的这套把戏里有一定的经验还是很必要的。这一套在伊莎贝拉今后的生活中还将是她学习的一门主要科目呢。和阿默瑞一样，最开始她所有的也只不过是一副好的长相和易于兴奋的性格，其余的是从畅销小说中看来的，从化妆间年纪比她大的女孩子那里听来的。伊莎贝拉从九岁半时开始就学会了骚首弄姿地走路。当她张着大大的、闪亮的眼睛，装出一副纯洁无瑕的样子时，阿默瑞并没有被她骗过。他在等待她的面具掉下来，但同时也没有揭穿她的伪装。而她呢，她对他印象最深的是他那沉着老练、有城府、有学问的样子。她也在大城市住过，还是有些见识的。然而，她还是颇为欣赏他这种作派的——这是玩这种把戏必须具备的素养之一。他知道他现在深得她的欢心是因为她学过一套，他也知道他能得手是因为他是这群人里这一套玩得最好的。为了保住这种优势他还有待继续创造机会。就这样他俩继续玩着这奥妙无穷的游戏。如果给她父母知道了，他们一定会惊呆的。

吃过晚饭，舞会顺利地开始了……顺利？怎么说呢？男孩子们每跳几步就有一个把伊莎贝拉从另一个手里抢过来，然后他们就聚集在角落里互相埋怨："你怎么就不能让我多跳一步！""她也不喜欢和一个人就跳那么几步，她告诉我下次再轮到和她跳的时候要多跳一会儿。"这是真的——她对每个人都是这么说的，分手的时候她把每个人的手都用力握一下，意思是："你知道，和你跳舞我有多开心！"

时间过得飞快，两个小时已经过去了。那些不太工于心计的花花公子们已经学会把自己那装出来的热情目光转移到别的地方去了，因为十一点钟的时候，伊莎贝拉和阿默瑞已经坐在楼上那间小屋的长沙发上了。她很清楚他俩是绝对好的一对儿，也应该共同属于这个远离楼下的灯光和喧哗的幽静场所。

从门口路过的男孩子们都朝里投进嫉妒的目光；女孩子们路过时只是笑笑，皱皱眉头，默默地在心里学聪明些。

他们现在已经进行到了一个很明确的阶段，两个人各自都讲叙了分手之后自己的情况。她听到的和以前听说的一样：他上大学二年级了，是《普林斯顿人》的成员，三年级要当选主编。他听说的是有些和她一起在巴尔的摩上学的同学都是些"新潮得不得了"的男孩。他们跳起舞来都做作得很。他们大多都二十岁左右，开着令人羡慕的红色斯图兹跑车。多一半人已经因不及格从各所大学里退学出来，但其中有些人在体育方面颇有些名气，这让他不由得佩服起她来。实际上，伊莎贝拉和大学生的交往才刚刚开始。她认识的很多年轻人都认为她是个"漂亮妞，值得多看几眼"。但伊莎贝拉在提到那一串名字时的兴高彩烈、手舞足蹈的样子，足以让维也纳的贵族神魂颠倒。这就是这位坐在深陷进去的沙发上的年轻女低音的魅力。

他问她是不是觉得他自己很是自负。她说自信与自负之间是有区别的。她喜欢自信的男人。

"青蛙帕克是你的朋友吗？"她问。

"是——怎么？"

“他舞跳得不怎么样。”

阿默瑞笑了。

“他跳舞的时候就像是姑娘骑在他的背上，而不是搂在他的怀里。”

她对这话很是欣赏。

“你真会评论人。”

阿默瑞痛苦地否认着这个说法，但他又为她评价了几个人。之后他们谈到了手这个话题。

“你的手真漂亮，”她说，“就像一双弹钢琴的手。你弹钢琴吗？”

我前面说过他们已经进行到了一个明确的阶段——不，是一个非常关键的阶段。阿默瑞是专为看她来这里待上一天的。他乘的那列火车当天夜里十二点十八分开，他的行李、箱子还都在车站等他。他的表在口袋里显得沉重起来。

“伊莎贝拉，”他突然说，“我想告诉你一件事。”他们开始讨论起“她眼睛中那好玩儿的表情”。伊莎贝拉知道他态度的变化意味着什么的到来——事实上她一直在想它什么时候会到来。阿默瑞手伸过头顶把灯关掉了。现在，除了从阅览室门缝中透出来的一点儿红色灯光以外，他们几乎是待在黑暗之中了。这时他开了口：

“我不知道你知不知道你——我想说什么。天哪！伊莎贝拉，这话听上去像名词似的，但这不是名词。”

“我知道。”伊莎贝拉温柔地说。

“也许我们以后再也无法像今天这样相见了——我的运气有时真是糟透了。”他离开她，靠在了沙发另一头的扶手上，但黑暗中她还是能够清清楚楚地看到了他的眼睛。

“你会再见到我的——别傻了。”在说最后几个字的时候她微微地加重了语气，听起来就像一个甜蜜的嗔怪。他继续用沙哑的声音说：

“我喜欢过许多人——我指的是女孩子，我想你也一定喜欢过不少男孩子，但是说实话，你——”他突然停住了口，身子向前探了探，用双手托住了下颏，“噢，说这有什么用？你我会各走各的路的。”

片刻的沉默。伊莎贝拉很受感动。她把手绢扭成了一团，借着照到她身上的微弱灯光，她有意地把手绢掉在了地上。他们两人的手在那一刻碰在了一起，但谁也没说话。无言的时候越来越多了，越来越意味深长。外边，另一对出来走走的人上了楼，在隔壁的房间里试着弹奏钢琴。在一阵大家常弹的四手联弹的老式圆舞曲之后，其中一个人弹起了《森林中的少女》，一个男高音轻轻的歌声传进了他们的小屋：

给我你的手，
我知道
我们将进入梦乡。

伊莎贝拉轻轻地哼着，颤抖着，她感到阿默瑞的手向她的手伸了过来。

“伊莎贝拉，”他耳语般地说，“你知道我快为你发疯了。你也喜欢我吗？”

“是的。”

“有多少？有没有比我更喜欢的人？”

“没有。”他几乎听不到她的声音了，尽管他离她近得脸都感觉到了她的呼吸。

“伊莎贝拉，我要回学校去了，一走就是六个月，我们干嘛不——如果有点什么让我记住你——”

“关上门……”她的声音非常微弱，他甚至都怀疑她有没有说话。正当他轻轻地把门关上的时候，外面的歌声似乎也颤动了起来：

月光如此皎洁，
吻我吧，和我道声晚安。

她想，这是一首多么美妙的歌啊！今晚一切都是这么美妙，尤其是小屋里这浪漫的一幕，两人的手紧紧地握在一起，身体也不可避免地靠在了一起，多么令人陶醉啊！她们想着未来的生活就是这样一连串的场景：在月光下和银白的星光下，在温暖的汽车后座上或者是停在树荫下的低矮、舒适的两人敞篷汽车里——只有男主人公会变换，而现在的这个是这么的美好。他轻轻地拿起她的手。突然，他把它翻转过来，举到唇边，在她的手心里印上了一个吻。

“伊莎贝拉，”他随着歌声轻轻地叫着，两人似乎飘浮得更近了。他呼吸急促起来：“我能吻你吗？伊莎贝拉——伊莎贝拉？”他张开了双唇。黑暗中，她把头靠近了他。突然，一阵说话声传了进来，同时，上楼的脚步声也向他们逼近。阿默瑞闪电一般抬起手来打开了灯。门开了，进来的是三个男孩，其中一个就是怒气冲冲、一直想找伊莎贝拉跳舞的青蛙帕克。而当他们进门的时候，阿默瑞正在桌前翻着杂志，伊莎贝拉则神情宁静、悠然地坐在那里，她甚至还微笑着和他们打了招呼。然而，她的心在狂跳着，她甚至觉得自己被别人剥夺走了什么。

很明显，事情完了。接下去又是一阵喧闹的跳舞。他们两人交换了个眼色——他眼睛里流露出的是沮丧，而她眼睛里的则是遗憾。晚上的活动继续进行着，小伙子们都很高兴，争先恐后地和她跳着舞。

差一刻十二点的时候，阿默瑞在一群为他送行的人中郑重地和她握了握手。在那一刻他有些失去自制了，而她呢，当听到有人不怀好意地喊了一句“阿默瑞，带她走吧”时，也乱了方寸。

阿默瑞在与她握手时用力握了握，她也同样用力握了握他的手，就像她那晚握其他二十双手一样——仅此而已。

当她两点钟回到韦瑟比家时，莎丽问她有没有和阿默瑞在那小屋中度过一段“愉快”的时光，伊莎贝拉静静地把脸转向她，眼中流露出的是一个理想主义者、圣女贞德般神圣不可侵犯的亮光。

“没有，”她答道，“我现在不做那种事了。他求我来着，可我没答应。”

她爬到床上时心里想：不知明天他在来信中会说些什么。他的嘴长得真好看——他还会不会——？

“十四个天使望着他们，”莎丽睡意朦胧的歌声从隔壁传来。

“该死！”伊莎贝拉小声骂道。她把枕头拍打成轻软的一团儿，小心地把身体伸进了冰冷的被子里去。“该死的！”

狂欢节

阿默瑞借助着《普林斯顿人》的影响得手了。那些见风使舵的势利小人们在俱乐部主席竞选临近之际开始和他套近乎。一批又一批的上层社会人士前来拜访他和汤姆。他们表情十分尴尬地靠在桌边、床边，顾左右而言他地东拉西扯，唯独对大家都感兴趣的那个话题只字不提。阿默瑞对集中在他身上的那些热切的眼睛感到挺好笑。他唯恐来访者代表的是某些他不感兴趣的俱乐部，所以故意用一些离经叛道的话来吓唬他们。

“噢，让我想想——”一天晚上，他对着一群被惊得瞪口呆的人问，“你们是代表哪个俱乐部的？”

如果来访者是“常春藤”、“茅草屋”或是“老虎酒店”派来的，他就扮演起一个“天真纯洁、不谙世事的好孩子”的角色来，装出一副轻松自在、根本不知对方来意的样子。

3月初，当那个决定性的上午终于到来，整个校园陷入一片惊慌不安的时候，阿默瑞和亚历克·康纳基悄悄钻进了茅草屋俱乐部，饶有兴趣地坐看他们班的混乱场面。

有些人反复无常，一会儿要参加这个俱乐部，一会儿又要参加那个俱乐部；有些人才认识两三天，就嚷着非要参加一个俱乐部不可，他们信誓旦旦，哭天抢地，说是什么也不能将他们分开；还有些人"后来居上"，想起新生时所受的排挤、冷落，把长期积压在胸中的愤闷都发泄了出来。有些人原来名不见经传，但由于得到了一些大家都垂涎三尺的选票，突然之间身价百倍；而另一些人呢，他们原以为江山已经坐定，不成想在不知不觉之中却树了敌，他们顿感受冷落与遗弃，大叫着要离开学校。

在他自己那一群人中，阿默瑞发现有人因为戴绿色的帽子被排挤了出去；有人因"宗教信仰虔诚"而被排挤了出去；还有人是因为一些只有投反对票的人才知道的不可告人的原因被排挤了出去的。

最后，这些活动在一个在那索酒店召开的盛大聚会上达到了高潮。大家开怀痛饮，整个楼下的大厅变成了一个乱说疯话、传播消息、你争我嚷、人头攒动的闹市。

"你好啊，迪比！祝贺你呀！"

"好样的，汤姆，你们'帽子'俱乐部的那伙人真不错！"

"喂，凯瑞——"

"噢，凯瑞，我听说你和所有的举重运动员都参加了'老虎'俱乐部！"

"咳，我没去'茅草屋'，这下让舞场那帮小子得意了。"

"有人说奥弗顿在得到去'常春藤'那一票时晕了过去——他第一天签约了吗？——没有，他骑自行车去了马瑞·道森车行。我想这是个误会。"

"你是怎么加入'帽子'俱乐部的？还是用老办法吗？"

"祝贺你啊！"

"也祝贺你。听说有不少人投你的票。"

酒店该关门了。聚会的人三五成群作鸟兽散，唱着歌在积雪的校园里各自向不同的方向散去。他们天真地认为的所有的小人行为和压力都结束了，在以后的两年里他们就可以做自己愿意做的事情了。

过了很久以后，阿默瑞还一直认为二年级的春天是他人生中最快乐的一段时光。他发现他的想法和生活非常合拍。他没有别的希望，只想到处逛逛，做做白日梦，和三五个新交的朋友一起享受4月午后的美好时光。

一天早上，亚历克·康纳基来到他的房间叫醒了他。一睁眼满屋是明媚的阳光和从坎普贝尔大厦反射进窗子的灿烂。

“醒醒，‘原罪’，穿戴好，半小时后到兰威克小吃店前，有人弄了辆车来。”他小心地把桌子上的台布，连同上面的小玩童一起放在了床上。

“你们从哪儿弄来的车?”阿默瑞用嘲讽的口气问道。

“别问那么多了，再问你就去不成了!”

“我想我还是睡觉吧。”阿默瑞平静地说。他重新坐好，从床边拿起了一支烟。

“睡觉!”

“为什么不?我十一点半还有课呢。”

“你这该死的家伙!当然了，如果你不愿去海边的话——”阿默瑞腾地跳下床来，把床上放着的台布上面的东西碰洒了一地。海边……他有很多年没见过大海了。上次见到大海还是和他母亲某次远游的时候。

“都谁去呀?”他一边扭动着身体穿上内衣，一边问。

“噢，有狄克·哈姆伯德、凯瑞·霍利德、杰西·费伦比，还有——一共五六个吧。快点，小伙子!”

十分钟之后，阿默瑞已经坐在兰威克小吃店里大口吞咽着麦片粥了。九点半，他们开着车高高兴兴地驶出了城，向着迪尔海岸的沙滩进发。

“你知道，”凯瑞说，“这辆车就是那边的车，事实上是有人从阿斯伯里公园偷了它，把它扔在了普林斯顿；然后又到西部去了。

“哈姆伯德奉市政会之命把车开回去。”

“有人带钱了吗”费伦比从前座上转过头来提示大家。

大家都异口同声地给予了一个否定的回答。

“这就有意思了。”

“钱——钱是什么?我们可以卖掉这辆车啊!”

“跟他要点儿救难费什么的。”

“我们怎么吃饭呢?”阿默瑞问。

“说实话，”凯瑞边回答边用责备的目光看着他，“你对凯瑞在短短的三天里维持生存的能力都怀疑吗?有人在没有任何收入的情况下生存过许多年呢，去读读《男童子军月刊》吧!”

“三天，”阿默瑞思索着，“我还有课呢。”

“其中还有一天是安息日呢!”

“那也一样，我只能旷六节课，况且还剩下一个半月的时间呢。”

“把他扔出去！”

“要走回去路可不近。”

“阿默瑞，让我用个新的说法：你在扫大家的兴。”

“你干嘛不在家里抽上他一口，阿默瑞？”

阿默瑞不再坚持了，他退到一边去思考着外边的景色。斯文本恩的诗不知怎么似乎和这景色很适合。

> 噢，冬日的冷雨与萧瑟已经过去，
> 还有一切下雪的季节与罪恶。
> 日月使相爱的人们彼此分离，
> 白天失去的，夜晚重又拾起。
> 时间记住的是被遗忘的痛楚。
> 严霜惨遭扼杀，花儿也被忘记。
> 但在低矮的绿色丛林之中
> 却孕育着一个又一个花蕾，
> 那是春天勃勃的生机。
> 涨满的小河吸吮着花的——

“你怎么啦，阿默瑞？阿默瑞又在想诗呢，想美丽的小鸟与鲜花呢，我能从他的眼睛里看出来。”

“没有，我没想诗，”他撒了个谎，“我在想《普林斯顿人》呢，今天晚上该我排版，我想我可以打个电话回去。”

“噢，”凯瑞肃然起敬地说，“这些大人物……”

阿默瑞脸红了一下，他好像看到和他一起竞争过这个职位、最终输掉了的费伦比往后缩了一下。当然了，凯瑞只是在开玩笑，但他实在是不该提到《普林斯顿人》。

这是冬至后一个海面平静的日子。当他们开近海岸时，带着咸味的海风轻轻吹了过来。他看到了大海，看到了那长长的、平坦的沙滩，还有蓝色的大海边的一幢幢红顶的房子。在他们匆匆开过小城的那段时间里，这一切都有如一首情感的赞歌一般在他脑子里闪现……

“噢，天哪！看！”他叫着。

“什么？”

“让我出去，快——我有八年没见到过它了！求求你们了，停车！”

“这小子真怪！”亚历克说道。

“我想他是有点古怪。”

汽车猛地刹住了。阿默瑞跑到了海边的木板路上。他首先意识到的就是海是蓝色的，其次是大海浩翰无边，再有就是大海永无休止地咆哮——这些都是人们所能想到的与海洋有关的陈辞滥调，但此时此刻如果有人告诉他这些是陈辞滥调的话，那他一定会惊得说不出活来。

“现在该去吃午饭了。”凯瑞发出了命令。刚才他也和大家一起在海边走了一阵子。“来吧，阿默瑞，别胡思乱想了，现实一些吧！”

“我们先得找到最好的旅馆，然后再说别的事。”他接着说道。

他们沿着木板路向前去，在一家所能找到的最显眼的旅店门口停了下来，走进餐厅，在一张桌子旁分别坐下了来。

“来八杯布龙鸡尾酒，”亚历克叫道，“我要一份多层三明治和一碗素菜清汤。其他人换个点。”

阿默瑞吃得很少。他坐的是一个能看到大海的位子。他坐在那里，感觉着大海的震荡。

午饭之后，他们坐在那里静静地抽起烟来。

“多少钱？”

有人看了一眼账单。

“八美元二十五分。”

“太黑了。咱们给他两美元，再给一美元作侍者的小费。凯瑞，把零钱收集一下。”

侍者来了。凯瑞表情严肃地给了他一美元，然后又在账单上扔了两美元，之后转身往外走去。大家悠闲自得地往门口走，一会儿就被那个满脸狐疑的侍者追上了：

“有点错，先生。”

凯瑞拿过账单仔细地看了看。

“没错！”他一脸严肃地摇了摇头，然后把账单撕成碎片还给了侍者。那位老兄目瞪口呆、面无表情、一动不动地看着他们走了出去。

“他会不会追来？”

“不会，”凯瑞说，“这会儿他会认为我们是店主的儿子或者什么人，然后他会再看眼账单，再去找经理，与此同时——”

他们把车停在了阿斯伯里公园，然后坐市内有轨电车到了亚伦赫斯特，欣赏了那里栉比的小亭子之秀丽。四点钟，他们在一家供应快餐的小饭馆充了充饥。这次他们付的钱更少——只是象征性地给了一点，由于他们做得熟练、老到，事情居然就过去了，事后也没人追出来。

“你看，阿默瑞，我们是马克思讲的社会主义者，”凯瑞解释道，“我们不相信个人财产那一套，而且现在正在检验着这个理论。”

“可天快黑了。”阿默瑞提醒他。

“等着瞧吧，你相信霍利德就行了。”

五点半时，他们手拉着手成一排沿着木板路兴高采烈地走来走去，嘴里还唱着一支单调的小曲儿，什么悲伤的海浪啦，等等。这时凯瑞在人群中发现一张脸，这立刻引起了他的注意，他立即跑了过去，不一会儿带着一个女孩跑了回来。阿默瑞从未见过比她更丑的女孩了。她那长而苍白的嘴大得出奇，牙像楔子一样向外突着，一对小眼睛讨好似地盯着她鼻子的两侧。凯瑞正式地为他们作了介绍。

“这位是卡鲁卡，是夏威夷的女皇！请允许我介绍，这是康纳基先生、斯洛恩先生、哈姆伯恩先生、费伦比先生和布莱恩先生。”

女孩有礼貌地向每个人转圈行了屈膝礼。可怜的小东西，阿默瑞猜想她这辈子就没被别人注意过——也许她有点智力低下。她和他们一起时所说的话，无一不证实了阿默瑞的这种猜想（凯瑞邀请她和他们一起吃晚饭）。

“她喜欢吃她的家乡菜，”亚历克满脸严肃地对侍者说，“只要是粗茶淡饭就行”。

整个晚饭过程中，他都用一种最恭敬的语言和她讲话，而凯瑞呢，在一边傻乎乎地和她谈情说爱，弄得她咧着嘴哈哈笑个不停。阿默瑞饶有兴致地坐在一旁看着这支小插曲，心里佩服凯瑞的灵活机智，他能把最乏味的事情变得波澜起伏，有声有色。大家都好像受了一点感染，和他们在一起的确是一种放松。阿默瑞一般喜欢和单个人打交道，只有在大家围着他转时他才喜欢群体，否则他会感到害怕。他不知道每个人都得为这个群体奉献些什么，在他看来这就像是征收精神税款一样。虽然亚历克和凯瑞是这个小团体的生命，但他们并不是它的中心，从某种意义上说，沉默的哈姆伯德和缺乏耐心、目空一切的斯洛恩才是这个小团体的中心。

从一年级开始，狄克·哈姆伯德对阿默瑞来说都是一个完美的贵族类型的人。他身材修长，且十分匀称——长着一头黑黑的卷发，挺拔的五官，微黑的皮肤。他说的每句话不知怎么都那么恰到好处。他既胆大又心细，而且他那具有特别魅力、只有贵族阶级的高尚行为才能引发的荣誉感也大大有别于一般意义上的正义感。他也能放纵自己，但从不沉迷于其中而不能自拔，就连他那些最豪放不羁的历险行为都不会显得“太出格”，人们模仿他的穿着、模仿他说话的方式……阿默瑞觉得他好像是拥有整个世界，但这也不能改变他什么……

他和那些体格健壮的中产阶级也有所不同——他似乎从来都不出汗。有的人和自己的司机很随便，结果是司机对他也称兄道弟的，他不；他能和黑人一起共进午餐，人们还能认为这没什么不妥。他人不势利，尽管他只认识一半自己班上的同学。他的朋友三教九流什么人都有，但谁也无法“改变”他。佣人们崇拜他，把他奉为神明。他生来似乎就是上层社会人士所要效仿的榜样。

“他就像那些被杀掉的英国官员读的《伦敦插图新闻》报上的人物。”阿默瑞有一次跟亚历克这么说。

“呃”，亚历克答道，“如果你想知道这个令人吃惊的事实的话，让我告诉你：他父亲原来是个杂货店的伙计，他在塔克玛的房地产生意上赚了些钱，是十年前才搬到纽约来的。”

阿默瑞感到自己的心奇怪地往下一沉。

眼前的这种班级同学的聚会是只有在俱乐部选举之后才能举办的——其目的好像是要做最后一次无可奈何的尝试，试着认识自己，团结在一起，抗拒俱乐部那巨大的凝聚力。他们平日里在世俗世界的钢丝绳上小心翼翼地行走，现在可以放松一下了。

吃完晚饭，他们把卡鲁卡送到了木板路上，然后顺着沙滩向阿斯伯里慢慢走去。夜晚的大海给人一种全新的感觉；它那湛蓝的颜色和成熟感都不见了，剩下的是一片足以让挪威的哲人也黯然神伤的凄凉荒野。阿默瑞想起了吉卜林的诗：

> 猎海豹者出现之前的卢卡农海滩。

此时的大海也同样是音乐，只不过是一种无限悲伤的音乐罢了。

到十点钟，他们已经是身无分文了。晚饭时，他们大吃了一通，花尽了最后十一美分，然后就唱着歌沿着木板路无目的地走着，走过一座座小凉亭和灯火闪烁的拱型门，哪个地方有乐队演奏，他们就在哪里停下面带赞许地听起来。有一次，凯瑞发起了一个为法国战争孤儿募捐的活动，最终一共募到了一美元二十美分。他们用这些钱买了一些白兰地喝下去，以免夜里着凉。他们在一座电影院里度过了这一天最后的时光。在看一部古老喜剧片的时候，他们突然一起一本正经地大笑起来，令身边的其他观众既吃惊又恼火。他们进电影院的方式是很讲究战略战术的：每个人在进场时都怒气冲冲地指指紧跟在后的那个人。走在最后面的斯洛恩看到大家在里边都四面散开了之后，坚决否认他与前面几个人的关系，并说他也没有他们的票。就在那个被激怒的收票人冲进去的时候，他也若无其事地跟了进去。

之后，他们在一座娱乐场旁重新聚齐，安排晚上睡觉的事宜。凯瑞骗得了守夜人的信任，让他们睡在娱乐场的舞台上，之后他们又在旁边的小房间里找来了一些小地毯当垫子与毯子作铺盖。大家一直聊到深夜才沉沉睡去，一夜无梦。阿默瑞本想硬撑着不睡，去欣赏那月亮映在大海中的美丽景色，但终究还是没能熬住。

就这样，他们又待了两天，在海岸边拥挤的木板路上来回游荡，有时坐有轨电车，有时坐汽车，还有时就干脆步行。他们有时和有钱人一起蹭饭吃，但更多的时候是在饭馆老板不注意的情况下白吃的。他们还在一家照快相的照相馆里拍了照，一共摆了八个姿式。凯瑞坚持说大家站在一起拍一张"大学橄榄球队"的照片，再摆出一副东部匪徒的样子拍了一张，大家的衣服都向外翻着，凯瑞自己在中间坐在一块纸板剪的月亮上。摄影师也许将这些照片洗出来了——至少他们从未回去过。天气晴朗无云，他们又在外边睡了一夜，阿默瑞又不情愿地睡着了。

星期日的早晨慢吞吞地但却明白无误地来到了。此时连大海好像也开始不满地发起牢骚来。于是他们搭上过路的农场主的福特车回到了普林斯顿。除了因着凉头痛欲裂以外，这趟周游倒也没有引起别的什么不良结果。

这一年阿默瑞比前一年更加荒废功课了。这倒不是他故意这样做：一方面是懒，另一方面也是由于别的方面兴趣太多。解析几何和高乃依[①]、拉辛的那些令人忧伤的六步诗对他没有什么吸引力，就连他一直盼望学习的心理学最终也只是一门满是肌肉反应生理和生物学词汇的乏味课程，远不是他想象的那样研究人的性格和影响的课程。心理学是午后的一门课，每次上课时他都会打起盹来。他发现只要用"主观的或客观的，先生"这种答案就能回答教师大部分的问题，他就在所有场合全用这两句。有一次，当老师问到他头上时他正在睡觉，被斯洛恩捅醒之后他张口就来了一句，这成了全班的笑料。

还有很多的聚会——常去的是奥日朗和肖尔，偶尔也去纽约和费城。一

---

① 皮埃尔·高乃依（1606～1684）：法国的悲剧派剧作家。——译注

天晚上他们把十四名女招待从柴尔德餐厅带到了第五街①，坐在一辆公共汽车的顶层上兜起风来。他们旷课的次数都超过了规定。这就意味着下一年他们都得多选一门课上。但是春天的时光毕竟太珍贵了，他们不能让任何事情阻碍他们在这大好春光里周游。5 月，阿默瑞被选为二年级大学生舞会委员会委员。他与亚历克花了整整一个晚上才草定出了四年级委员的名单。两人自己在名单之首，这自不必说，其他的十八位是四年级学生中最有代表性的人选。考虑到亚历克是橄榄球的队长，而阿默瑞又极可能取代伯恩·霍利德在《普林斯顿人》的主编位置，这样安排也就比较合情合理了。但奇怪的是他俩不约而同地都把丹维利尔列在了名单之上，这种做法在一年前是会令全班瞠目结舌的。

整整一个春天，阿默瑞都在不停地给伊莎贝拉·伯格写信。这些信件有时因两人之间的一些激烈的争吵而中断，又因他对表达爱意的新词儿的探索而显得生动有趣。他发现伊莎贝拉在写信方面颇为拘谨，有时缺少情趣得让他恼火，但他还是一次又一次地希望那个在明尼哈哈俱乐部小屋里情意绵绵的姑娘不会与这大好的春光格格不人。5 月的一天，他连夜给她写了一封三十页、像小说一样的长信，用两个大信封装起来寄给她，两个信封上分别写着"第一部"和"第二部"。

"噢，亚历克，我想我对学校是烦透了。"一天黄昏两人在散步时，他悲哀地说。

"我想我也有点儿。"

"我就是想在乡村——温暖的乡村——有个小家，有个老婆，再有个足以养家糊口的差事做就行了。"

"我也一样。"

"我想退学。"

"你女朋友怎么说?"

"噢!"阿默瑞有点胆怯地嘟嘟说，"她根本就没想过要结婚……我是说，现在就结婚。你知道，结婚是将来的事。"

"我女朋友会和我结婚。我们已经订婚了。"

"这是真的?"

"是的，但请你别和别人提这事，我的确已经订了婚，明年也许我不回来

① 第五街：纽约的一条繁华大街，高档商铺林立。——译注

了。”

“可你才只有二十岁呀！不上学了？”

“咦，阿默瑞，你刚刚不是还说——”

“是的，”阿默瑞打断了他，“但我只是希望如此而已。我不会离开学校的。我只是在这样美好的夜晚有些伤感而已。我觉得这样的美好时光会一去不复返，觉得自己有些辜负这良辰美景。我真希望我的女朋友也住在这儿。可结婚？不可能。特别是我父亲说，现在钱不像从前来得那么便当了。”

“咱们的确是在虚度良宵啊！”亚历克赞同地感叹道。

但阿默瑞在感叹的同时却没有完全让良宵虚度，他有一张珍藏在一块旧表中的伊莎贝拉的快照。每天晚上八点钟，他都会熄掉所有灯，只留下一盏台灯，然后坐在打开的窗边，对着面前的照片给她写狂热的情书。

啊，每当我如此思念你的时候，要想道出心中的真情就变得异常困难。你已经成了一个让我无法诉诸纸墨的梦。我已经收到了你上次的来信，信写得太棒了。我反复读了六遍，特别是结尾那部分。但我有时希望你能再坦率一些，把你对我的真实想法告诉我，可你上次那信写得太好了，我无法相信这是真的，我已经等不到6月份了！记着，一定要来参加我们的舞会！我想舞会一定会很美妙的，我要在这美好一年的岁末把你带去。我经常思念你在那天晚上对我说的话，想你对我有多么重要的意义，如果不是你，换个别人——可是你知道，我第一次见到你时就觉得你是易变的，而且又有那么多人喜欢你，我真不敢想你最喜欢的人是我！

噢，伊莎贝拉，亲爱的——今夜是何等的良辰美景啊！有人在校园的那边用曼陀林在弹奏《爱情月亮》，音乐好似把你从窗口带到了我的身旁。现在他弹奏的是《再见了，朋友，我完了》，这曲子再适合我不过了，因为我就是全完了。我想我以后再也不喝酒了，我知道我也不会再爱上什么人了——我无法再爱，因为你占据了我的白天和夜晚，我再也无暇去想别的姑娘了。我每天都遇见许多姑娘，但一个都提不起我的兴趣。我并没有装着老成世故，那不是原因，真正的原因是我堕入爱河了。噢，最亲爱的伊莎贝拉（不知怎么我不能用一个简简单单的伊莎贝拉来称呼你。我真怕6月份我会在你的家人面前冒出“最亲爱的”这个词来）你一定要来参加舞会，之后我会到你家去待上一天，一切都会美妙无比……

就这样，他沉浸在一种永恒的独白之中，这种表白对他俩都具有无尽的魅力，是永远新鲜的话题。

6月到了，天气变得酷热难当，人也变得倦怠不堪，无心再去为考试的事情烦心了。他们把那一个个梦一般的夜晚花在“茅草屋”的球场上，就着一个又一个的话题海阔天空地聊着，直到吹到石溪的风变成了蓝色的雾霭，直到网球场边的丁香花渐渐变白，直到大家都沉默不语，用静静的吸烟代替了谈话。之后，他们信步走上无人的希望路和麦考什路，一路歌声在耳边回荡，直到走上热闹非凡的那索大街。

在那些夜晚，汤姆·丹维利尔和阿默瑞每天都散步到很晚。当时，一股赌博的热浪正在席卷二年级的学生，很多个酷热难当的夜晚，他们都趴在那堆骰子上，一趴就到深夜两三点。一天，经过一阵之后，他们从斯洛恩房间里走了出来，看到屋外露水晶莹，星星在远方的天空中闪耀。

“咱们去借辆自行车骑骑吧。”阿默瑞建议道。

“好啊。我一点儿也不累。这真像是这一年中的最后一个夜晚。下周一大学生舞会那些活动就要开始了。”

他们在霍尔德球场边找到了两辆没锁的自行车，在深夜三点钟的时候沿着劳伦斯大道骑了起来。

“你今年夏天想干点什么，阿默瑞?”

“别问了——我想还是老一套呗。在日内瓦湖那边住一两个月——你知道，我指望你7月份也过去呢——然后再去明尼阿波利斯，也就是说得这儿、那儿地到处走走，在舞场里混混，没意思透顶——”

“可是汤姆，你说这一年是不是又过得平淡无味了?”他突然加了一句。

“我不这么看。”汤姆加重语气郑重地声明。此时的汤姆身穿布鲁克斯牌的衣服，脚蹬弗兰克斯牌的鞋子，俨然是今非昔比了。“在这场游戏里我赢了，可我想我再也不会玩儿这个游戏了。你不要紧，你是个皮球，怎么样都能适应，可我不愿使自己适应这里的势利。我讨厌这一切。我想去一个不用领带的颜色和衣服翻领样式来把人划分成三六九等的地方。”

“你没办法找到这样的地方，汤姆。”阿默瑞争辩着。他们一边争论一边在淡淡的夜色中向前骑着：“无论你走到哪儿，你总是会用‘有它’或‘没它’这样的标准来判断事情。无论是好是否，这个标记已经刻在你身上了——你是普林斯顿人!”

“那，好吧，”汤姆抱怨着，他沙哑的嗓音抬高了一些，透出一丝哀怨，“我为什么还要回来呢？普林斯顿能教给我的我全都学会了。再待上两年，再多些学究气，再多在俱乐部里晃上两年，又有什么用？这只能把我瓦解掉，让我彻底变成个俗人。现在我已经没有脊梁骨了，我真不知道以后怎么办。”

“啊，可你并没说到点子上，汤姆。”阿默瑞打断了他，“你只是刚刚睁开了眼睛，突然之间看到的只是这个世界势利的一面。普林斯顿总是能给有思想的人一种社会意识。”

“你认为是你把这些教给了我，是不是？”他在半明半暗的夜色中看着阿默瑞揶揄地问道。阿默瑞无声地笑了笑。

“不是吗？”

“有时候是，”他慢慢地说道，“我认为你是我邪恶的天使。我本来可以成为一个不错的诗人的。”

“好了，别想了，当诗人可并不简单，你是自己选择到东部的学校来上学的，你要么就正视人身上那尔虞我诈、相互争斗的一面，要么就必须在这之前适应、习惯了这一些——你一定不喜欢后者，像马蒂·凯那样。”

“说得对”，他表示赞同，“你说得一点不错，我不会喜欢那样的，可是二十岁就愤世嫉俗也不是件容易的事。”

“我生来就是个愤世嫉俗的人，”他小声说，“我是个愤世嫉俗的理想主义者。”他停了一下，想想这个词到底有没有意义。

他们骑到了劳伦斯维尔沉睡的一侧，然后开始返回。

“这趟车骑得不错，是不是？”汤姆马上说道。

“是啊，这是个不错的结束，是件让人难忘的事，今晚一切都很好。噢，对于这么炎热的夏天来讲，对于伊莎贝拉来讲，这就很不错了。”

“噢，又是你和你的伊莎贝拉！我敢肯定她是个头脑简单的人……我们聊聊诗吧！”

于是阿默瑞就对着他们骑车路过的灌木丛朗诵了那首《夜莺颂》①。

“我永远也成不了诗人，”阿默瑞说完后又接着说，“我真够不上是个感受力强的人，我只能注意到几样最主要的美的东西：女人、春夜、夜半歌声，还有大海；我捕捉不到那种像‘银色的、纠结在一起的小号’那种奥妙的东西。我能变成一个学者，但论写诗嘛，只能写出些不怎么样的平庸诗句。”

---

① 《夜莺颂》：济慈写于1819年的一首名诗。——译注

清晨的朝阳照得研究生院上方的天空彩霞一片。他俩骑着车赶回了普林斯顿校园。他俩一夜没睡，只是急匆匆地去冲了个澡，让自己清醒。中午时分，身着彩色服装的校友们和车队与合唱队一起挤到了街上，迎风飘荡的桔黄色和黑色旗子下的账蓬里也挤满了重逢的人们。阿默瑞长时间地凝视着一座记载着 1869 届传说的房子。几位灰白头发的老人坐在那里静静地交谈着，而他们身边是一班又一班的学生旋风般地从生活的舞台上换场。

弧光灯之下

6 月初，悲剧的阴影突然笼罩到了阿默瑞的身上。就在他在劳伦斯维尔骑车之后的第二天晚上，一伙人为了追求历险经历去了纽约，然后，他们半夜十二点坐在两辆车上往普林斯顿赶。这是一次寻欢作乐的聚会，但有时还会想起要节制一些来。阿默瑞坐的是第二辆。他们走错了路，找不到方向了，于是急急忙忙向前赶着。

这是个月朗星疏的夜晚，阿默瑞心里一直想着路上发生的那些令人兴奋的事情，他脑子里幽灵般地出现了两段诗……

于是灰色的车在黑暗里向夜色中驶去，四周静悄悄，没有一丝生气……就像星光闪烁的水中鲨鱼面对寂静的海洋一样，高悬在空中的那轮美丽的月亮将她的光辉洒在道路两旁的树木之上。树木在左右一棵棵相对而立，任一群群夜鸟扑打着翅膀在空中飞过。

他们疾驰过灯影中的一家小客栈。那是黄色的月光照耀之下的一家黄色的客栈。那里有过高声的欢笑，但现在笑声已经消失，留下的是一片寂静……他们又驶入 6 月的风中，车越开越远，影子也模糊起来，最后终于把黄色的影子碾进了深蓝的夜色之中……

他们突然停了下来，阿默瑞探出头来向外一看，不由得吓了一跳。一个女人站在路边，正在和驾驶室里的亚历克说话。事后他才想起来，那女人身上的和服使她看上去犹如一个恶妇，她用空洞嘶哑的声音说：

“你们是普林斯顿的学生？”

“是。”

“啊，这儿有你们的一个同学被撞死了，还有两个也快不行了。”

“主呀！”

“看！”她指着说。他们恐惧地看过去，路旁弧光灯下脸朝下躺着一具尸体，尸体旁有一大滩血。

他们从车上跳了下来。阿默瑞琢磨着那个后脑勺——还有那头发——那头发……之后，他们把那具尸体翻了过来。

“是狄克——狄克·哈姆伯德!”

“噢，基督啊!”

“摸摸他的心跳!”

那个干巴巴的老太婆的嘶哑声音又得胜般地响起了：

“他已经死了，没问题。车翻了，两个没受伤的把其余的人抬了进去。这个人没用了。”

阿默瑞冲进那座房子，其余的人也抬着尸体跟了进去，他们把它放在了一个类似小前厅般的屋子里的沙发上，双肩抽搐着的斯洛恩坐在另一张长沙发上。他有点神志不清，嘴里不停地念叨着八点三十分的一节化学课什么的。

“我不知道怎么回事，”费伦比紧张地说，“狄克开车来着，他不让别人开。我们告诉他他喝得太多了——然后就到了这个该死的拐弯处——噢，主呀！……”他掩着脸倒在了地上，发出了一阵干哭。

医生来了，阿默瑞走到沙发前，有人递给他一张单子，把尸体盖了起来。突然，他壮着胆子把尸体的一只胳臂抬了起来，然后让它无力地垂下去。眉毛冷了，但脸上却不是毫无表情。他又看了看那鞋带——这是狄克今天早上亲手系上的。他亲手系的——可现在他却变成了这么沉沉、白白的一摊。狄克·哈姆伯德身上那些他所熟悉的魅力和个性就变成了这么可怕、毫无贵族气可言、如此世俗的一摊。一切悲剧都带有丑恶、贫困、肮脏的一面——一切都变得毫无用处了，毫无用处了……就和动物死了一样……阿默瑞想起自己童年见到过的一只被砍伤的猫可怕地躺在一条小巷里的情景。

“得有人和费伦比一起去普林斯。”阿默瑞说完走出门外，深夜的冷风吹得他微微打了个冷颤，把一堆七扭八歪的铁棍子上破旧的火炉围栏也吹得摇摇晃晃，发出了不大但却显得悲哀的声响。

向前冲!

第二天幸运地很快就过去了。阿默瑞一个人独处的时候，他的脑子里反反复复出现的都是照片上的那个与那张白脸不协调的打哈欠的红嘴巴，但他下定决心不去为这件事情而激动，而要把它封存在记忆中，冷冷地把它关闭在自己的心里。

伊莎贝拉和她妈妈四点钟的时候开车来到了城里。她们开过充满了笑声的希望大街，穿过了快乐的人群，去“茅草屋”喝茶。由于每个俱乐部那天晚上都有自己每年按惯例要举行的晚餐聚会，所以七点钟时他把她托付给了一个新生照料，又和她约好晚上十一点时在体育馆见面，届时高年级的学生可以参加新生的舞会。她与他所希望的一模一样，他也十分渴望把这个晚上变成一切梦想的中心。九点钟时，高年级的学生们一齐站在俱乐部前看着新生举着火把狂欢着从面前蜂拥而过。阿默瑞心中暗自思忖着，在这黑暗、庄严的气氛中，在火炬的照耀之下，这些穿着大礼服的学生是否能为那些眼睛圆睁、满心欢喜的新生把这一夜变成一个美妙的夜晚，就像他去年所经历的一样。

第二天又是忙碌的一天。中午，他们一行四个人在俱乐部的一个私人小餐厅大吃了一顿。餐桌上，阿默瑞和伊莎贝拉在烤鸡前温柔地相互对视着，两人都觉得他们之间的爱情会天长地久。他们在舞会上一直跳到了凌晨五点钟，没带女伴的男孩子们一个接一个地插进来和伊莎贝拉跳，得手的便高高兴兴地把别人甩在一旁。夜越深他们玩得反而越疯狂。在被他们藏在衣兜里的酒的作用下，大学生们跳了整整一个通宵，丝毫不知疲倦。排队等着跳的人已经有一大群了，没有一个人想改变主意去和别人跳。一个黑发美人跳了过去，人群涌动了一下，发出了类似惊叹的声音，心眼儿活泛一些的人冲出来加入了和她跳舞的行列。接着跳过来的是一个六英尺高的女孩儿（这女孩是凯带到班上来的，他整个一晚上都在尽力把她介绍给别人），人群又涌了回去，开始是东张西望，而后是对远处的墙角盯着看起来：因为这时焦急不安、满脸是汗的凯正在拨开人群，寻找熟悉的面孔。

“听着，老伙计，我这儿有一个棒得不得了的——”

“抱歉，凯，我已经排这队了，我必须得抢进去。”

“那好吧。下一个怎么样?”

“什么——啊——呃——我打赌我得插进去了——等她有空时再找我吧!”

当伊莎贝拉提议说她俩开她的车出去转转时，阿默瑞真是高兴极了。他们在普林斯顿静静的路上转了一个小时。这一个小时过得太快了，他们只是在激动与腼腆之中简单地聊了聊各自内心的想法。阿默瑞说得很直率，这令她感到很奇怪。他也没有试图去吻她。

第二天，他们开车越过泽西田野，在纽约吃了顿午饭，下午去看了场社会问题剧。伊莎贝拉在整个第二幕中一直哭个不停，虽然看到她这副模样阿默瑞心中充满了柔情，但是这情景还是会令他十分难堪。他很想靠过去吻干她的眼泪，而她则在黑暗中把手伸到他的手中，让他紧紧地温柔地握着。

六点钟，他们来到了伯格家在长岛的一座夏日别墅。阿默瑞一到就冲上楼去，换了一套晚礼服，在系领扣的时候他想着自己正在享受生活，也许今后再也不会这样了。他身边的一切都被罩在了他青春的光环之下。在普林斯顿，已经加入了同代人最优秀的分子之中；他恋爱了，而且爱情也得到了回报。他把所有的灯都打开，在镜子里仔细审视自己，想在自己脸上找出比别人高明、使他既能对别人具有影响力又能永远按自己想法行事的东西来。此时在他的生活中已经没有什么遗憾之事了……也许牛津对他来说可能是片更广阔的天地。

他静静地自我欣赏着：此时一切是那么地尽如人意，这件晚礼服穿在他身上也是那么恰到好处。他走进大厅，在楼梯的最高处等待着，因为他已经听到了脚步声。这是伊莎贝拉，从她那光耀夺目的头发到脚上那双金光闪闪的拖鞋，她从来都没有像现在这样漂亮过。

“伊莎贝拉！”他几乎是情不自禁地叫着，伸出了自己的双臂。就像小说中一样，她扑进了他的怀抱。就在那一刻，他们的嘴唇碰到了一起，在虚荣和他那年轻的自我主义的巅峰上停止了。

第　三　章

个人主义者的所思所想

“哎呀，放开我！”

他把双手放了下来。“怎么啦？”

“你的领子硌着我了。看！”她低头看了看脖子。果然，在她白皙的脖子上有一块豌豆大小的蓝印。

“噢，伊莎贝拉，”他自责地说，“是我不好，真的。对不起，我不该把你抱得那么紧。”她不耐烦地看了看他。

“噢，阿默瑞，当然了，这也不是你的错，而且硌得也不太重；可该拿它怎么办呢？”“拿它怎么办？”他问道，“噢，那个印子，它一会儿就会消失了。”

“不会的，”她盯着看了一会儿说，“印子还在那儿，看起来就像老尼克似的。噢，阿默瑞，怎么办哪！都是你的肩膀。”

“那就揉揉吧。”他建议道，心里差点没笑出来。她轻轻地用手指尖揉了一下。一颗泪珠涌到了眼眶里，之后就顺着脸颊滑落了下来。

“噢，阿默瑞，”她可怜巴巴地仰起脸，绝望地说，“要揉的话我只会把整个脖子都揉红了。怎么办呢?”

一句名言不知怎么一下子就钻进了他的脑海，他禁不住大声说了出来：

“就算用了整个阿拉伯世界的香水，也不能使这只手看起来白皙漂亮。”

她仰起脸来，眼里闪烁着晶莹的泪水。

“你并不是很同情。”阿默瑞误解了她的意思。

“伊莎贝拉，亲爱的，它会好的。”“别碰我!”她叫道。“我在这儿发愁，而你却在那儿笑!”

他又转换了话题。

“是很好玩，伊莎贝拉。那天我们还在谈论幽默感的话题。”

她看着他，脸上的表情有些像笑，但确切地说又不太像笑，嘴角上挂着的更像是一个淡淡的、没有任何快乐可言的笑的表情。

“噢，闭嘴!”她突然嚷起来，沿着走廊逃回了自己的房间。阿默瑞站在那里，心里充满了内疚般的惆怅。

“真该死!”

当伊莎贝拉再次出现的时候，她已经在肩上披上了一层薄纱。他俩无言地走下楼梯，这种情绪持续了整整一顿晚餐。

“伊莎贝拉，”在他俩钻进汽车、准备去格兰威治俱乐部的舞会时，他试探地说，“你生气了，再过一会儿我也快了，咱们亲吻一下和好吧!”

伊莎贝拉郁闷不乐地想了想。

“我讨厌被人嘲笑。”她最后终于说道。

“我不会再笑你了。我现在就没笑，对不对?”

“可你刚才笑了。”

“噢，别耍女孩子脾气了。”

她的嘴巴翘了一下。

“我想怎么样就怎么样。”

阿默瑞艰难地控制着自己别发脾气。他意识到自己对伊莎贝拉一丝一毫感情都没有，可她的冷漠刺激着他。他想吻她，痛痛快快地好好吻吻她，因为他知道，明天一早他就可以一走了之，不再管其它的事。相反，如果不吻她反会令他心神不安……这会从某种意义上与他要做统治者的信念相抵触。在伊莎贝拉这样一个善战的勇士面前败下阵来，向她乞求，这有伤他的自尊。

也许她已经察觉到了这些。但不管怎样，阿默瑞都只能眼睁睁地看着这本该在浪漫气氛中消磨的时光随着巨大的飞蛾和路旁花园中飘来的花香一起流逝，没有了那些断断续续的呢喃，也没有了那一声声轻叹……

这之后他们在餐具室里喝了点啤酒，吃了点蛋糕。阿默瑞突然宣布了一个决定。

“我明天一大早就走。”

“为什么？”

“为什么不？”他反问道。

“你不需要这么做。”

“可我还是要走。”

“好吧，如果你非要这么可笑的话——”

“噢，别这么说。”他反对着。

“——就因为我不让你吻。你认为——”

“好了，伊莎贝拉，”他打断了她，“你知道不是那么回事，可就算是又怎么样，我们已经发展到了这个阶段，要么亲吻，要么——要么——没什么，你好像不是因为道德的原因拒绝我吧？”

她迟疑着。

“我真不知道该怎么想你，”她开始用一种软弱、固执的方式试图和解地说，“你真可笑。”

“怎么可笑？”

“啊，我还以为你挺自信的呢，还记得你那天跟我说过你要做的事情你都能做成、你想要的东西都能得到吗？”

阿默瑞脸红了一下，他确实告诉过她不少事情。

“记得。”

“可你今天晚上并未显得有多自信，也许你只是自负而已。”

“不，我不是自负。”他迟疑着说，“在普林斯顿——”

“噢，你和你的普林斯顿！你说这话的样子就好像你认为那就是整个世界。也许你在那个古老的校报上的文章比别人写得好些；也许新生们认为你的确很重要——”

“你不懂——”

“不，我懂，”她打断他说，“我懂。因为你总是在谈论你自己，我过去曾经喜欢过你这样，但现在我不喜欢了。”

“我今天晚上说自己了吗？”

“这就是问题的关键。”伊莎贝拉继续说道，“你今天晚上一点儿都不开心，你只是坐在那儿盯着我看。而且我说话的时候还老得提心吊胆的——你那么能挑毛病。”

"是我让你提心吊胆了，是吧?"他重复了一句，口气中带着一种自尊。

"你总是让人紧张。"——她加重语气地说——"你每次分析那些微妙的感情和冲动的时候，我都找不到这种感觉。"

"我知道。"阿默瑞赞同她的说法，无奈地摇着头。

"我们走吧!"她站起身来说。

他心不在焉地站起来，他们走下了楼梯。

"我能赶上哪辆火车?"

"如果你一定要走的话，九点十一分左右有一辆车。"

"是的，我真的非去不可。晚安。"

"晚安。"

他们走到楼梯口。阿默瑞转身进自己房间的时候，似乎瞥见了她脸上的一丝不满的阴云。他在黑暗中辗转难眠，心里琢磨着他到底在不在乎这件事，他突然的翻脸在多大程度上挫伤了他的自尊，他到底是不是在这种时间就不适合做谈情说爱这种事。

他醒来时高兴地发现自己的意识清醒了。晨风轻轻吹动着窗边的印花布窗帘，懒洋洋的他奇怪地发现自己没有躺在那张普林斯顿宿舍的床上，写字台上方没有校橄榄球队的合影，对面墙上也没有"三角"俱乐部的照片。过了一会儿，他听到厅里祖父的大钟敲响了八点，这时昨晚发生的一切又回到了他的记忆之中。他下了床，风一般地穿好衣服，他必须在见到伊莎贝拉之前离开这里。昨晚看似悲伤的那件事现在看起来只不过是桩让人心烦、毫无意义的琐事。八点半，他穿戴整齐地坐在了窗口旁边，感到心中那股别扭劲儿比他所想象的大得多。这是个带有多大讽刺意味的早上啊！——阳光灿烂，鸟语花香，当他听到从楼下日光室里传来的伯格夫人的嚷声时，他不禁思忖起现在伊莎贝拉身在何处。

一阵敲门声传来。

"先生，九点十分会给您预备好车。"

他又重新向窗外望去，继续想他的心思。他开始一遍又一遍机械地背颂勃朗宁①的一首诗，他曾经在写给伊莎贝拉的一封信中引用过它：

每一个生活的梦想都没有实现，

① 罗伯特·勃朗宁（1812～1889）：是与丁尼生齐名的英国维多利亚时代的著名诗人，其诗作以精细入微的心理探索著称，对英美20世纪诗歌产生过重要影响。——译注

你看，它就那样七拼八凑地吊在那里
悄无声息；
我们没有过自由的欢笑，没有过痛快的叹息，
没有挨饿，没有盛餐，没有绝望——更没有幸福。

可他生活的梦想并不是没能实现，冷静下来，他想也许她根本就没有什么，她的意义都是他加在她身上的，她最多就是这个样子，谁也无法让她有什么思想。这么一想也就心安理得了。可这也正是她对他的不满之处。阿默瑞突然厌倦了思想！思想！

“去她妈的！”他痛苦地叫着，“她毁了我这一年！”

超人变得漫不经心了

9月里尘土飞扬的一天，阿默瑞回到了普林斯顿，加入了酷热大街上涌动着的等待补考的人流之中。每天早晨要到补习学校的一个闷热的屋子里花四小时的时间补习那烦人透顶的圆锥曲线课，这似乎称不上是开始高年级学习的良好开端，而教课的卢尼先生使这门课更加乏味不堪。他一边画图，一边没完没了地抽蓓尔美尔牌香烟，每天从早晨六点钟开始解方程式，一直解到深夜。

“好了，兰格杜克，我现在用了这个公式，那么我的A点在哪儿呢？”

兰格杜克晃着他那六英尺三寸的橄榄球员的大块头，努力想使自己的精力集中起来。

“噢——啊——真该死，我不能，卢尼先生。”

“噢，当然了，你当然不能用这个公式，我等的就是你这句话。”

“是的，当然不能。”

“你知道为什么吗？”

“我打赌——我想我知道。”

“你要是看不出来就告诉我，我在这儿就是要为你们讲解清楚的。”

“那好吧，卢尼先生，如果你不介意的话，请你把这部分再讲一遍。”

“我很高兴，看，这里是A……”

屋子里的学习气氛十分愚蠢可笑——两个大讲台上堆满了纸，卢尼先生只穿衬衫站在前面，而他们大约十二个人都懒洋洋地靠在那摆放成一圈的椅子上面：弗莱德·斯洛恩这个棒球投球手是无论如何也要补考及格的；身体瘦长的兰格杜克只要能拿一半分数就能在今年秋季的球赛上去击败耶鲁队了；

而那个整天高高兴兴的年轻的二年级学生麦克道威尔对于自己能有机会和这些体育名流们一起补课还感到颇为有趣。

“我真可怜没钱上补习班，还得在班上正常上课的那些可怜虫。”一天，麦克道威尔向阿默瑞大声地宣布道。说这话时，他苍白的嘴唇间垂着一根烟，语气中还透出一种哥们儿似的亲密。“纽约这个时候有那么多可做的事情，我想他们根本不知道自己错过了什么。”他话语中那明显的“你我之间尽可称兄道弟”的口气，气得阿默瑞差点儿要把他从开着的窗口扔出去……明年2月份，他母亲就会奇怪他为什么没参加俱乐部还会多给他一些经济资助……这不过是小事一桩罢了……

从那弥漫在屋子中的浓烈的烟味和严肃认真的求知气氛中，常常会传出这样的叫声：

“我没听明白！再讲一遍，卢尼先生！”他们中有的是实在太笨，所以听不懂；有的是根本不用心。阿默瑞属于后者，但他们都不承认自己听不懂的真正原因。他觉得自己根本学不进去什么圆锥曲线。他们这些人身上那股无声但却无时无刻不在的上层社会人士特有的贵族味道肆无忌惮地冲击着卢尼先生的这间恶臭的屋子，使那些方程式成了一些永远解不开的谜。考前最后一夜，他又抡着那白出了名的湿毛巾用了一夜功，然后乐颠颠地去补考，心里还直埋怨为什么春天的那种灿烂和理想现在就都烟消云散了。不知怎么，随着伊莎贝拉的翻脸，他朦朦胧胧地感到他大学的生涯算是与成功无缘了，想到也许补考还会再不及格，对此他也能平静对面对了，尽管这样一来他就会被迫退出《普林斯顿人》编辑部，也将失去当选高年级委员会委员的机会。

他总是不走运。

他打了个哈欠，在考卷的封面上胡乱涂写了誓言，然后懒洋洋地走出了教室。

在阿默瑞的房间里，刚刚赶来的亚历克与阿默瑞一起坐在旁边的椅子上，他若有所思地望着墙上的装饰图案说：“你要是再考不过，就是世界上最大的笨蛋。你在俱乐部和在整个学校的声望就会一落千丈”。

“噢，见鬼，我知道了，你干嘛揭我的伤疤？”

“因为你活该。任何像你这么干的人都没资格当《普林斯顿人》的主编。”

“好了，别说这事儿了！”阿默瑞抗议道，“闭上嘴等着看吧。我可不想让俱乐部的每个人都问我这事儿，就好像我是个等着去参加蔬菜展览的大土豆似的。”

一星期以后的一个晚上，阿默瑞在去兰威克宿舍的路上在他自己的窗下停住脚步，看到房间里有灯光，他就喊了一嗓子：

“嘿，汤姆，有信吗?”

亚历克的头从那一片黄色的灯光中伸了出来。

“有。你的成绩单在这儿。”

他的心猛烈地震了一下。

“是什么颜色的？粉色的还是蓝色的?”

“不知道。你最好上来。”

他走进屋子，径直奔到了桌前，但他突然又注意到屋里还有其他人。

“你好，凯瑞。”他显得特别有礼貌，“啊，都是普林斯顿人。”他们大多似乎都是朋友，于是他就拿起了那封写着“注册办公室”字样的信封，把它放在手中紧张地掂了掂。

“这里边好像有挺大一张纸。”

“打开它，阿默瑞。”

“别这么戏剧化，如果是蓝色的纸，我会让你们知道我名字将被校报编辑部刷下来，我这短短的文学生涯就宣告束了。”

他停了一下，然后他看到了费伦比的眼睛，那双眼睛正在用一种饥渴、迫不急待的神情看着他。阿默瑞也用锐利的眼光回敬了他。

“看着我的脸，先生们，看看那上面原始的表情吧!”

他撕开了信封，把那张纸拿到了灯光下。

“怎么样?”

“是粉色还是蓝色?”

“快说怎么回事。”

“是微笑还是诅咒——或者其他什么?”

屋里一片寂静……几秒钟过去了……他又看了看那张纸……又是一阵沉静。

“天空一般的蓝色，先生们……”

后果

从当年9月到第二年的晚春，阿默瑞就没有做过什么有目的而且有始终的事情，因此他的这段生活似乎就没什么可写的了。自然，他对自己所失去的一切立刻就感到惋惜了。他终于明白了自己的成功哲学是什么，于是他开始分析起原因来。

“是你自己的懒惰。”亚历克事后说。

“不——是一种比懒惰更深层的东西。我一开始就感觉到我会失去这次机会。”

“你知道俱乐部里的人不太喜欢你，他们都是些不得志的人，这使我们这个群体的力量更弱了。”

“我讨厌这种说法。”

“当然了，你只要稍微努一把力就可以东山再起。”

“不会了——我完了——就在学校的势力而言。”

“可是阿默瑞，最让我生气的不是你当不成校报的主编或是不能当选高年级委员会委员，我生气的是你怎么就不好好准备，通过那次考试。”

“我做不来，”阿默瑞慢慢地说，“我一见到具体的事情就要发疯。我这懒散是由来已久的了，只是运气不好。”

“你是说你的一贯做法不灵了？”

“也许是吧。”

“可你往后准备怎么办？尽快赶上来，还是像过来人似的再在学校里混两年？”

“我还不知道……”

“噢，阿默瑞，振作一点儿！”

“我或许会的。”

虽然阿默瑞的看法有些危言耸听，但却也离事实相差不远。如果能用图表来表示他对情况的反应的话，从他最早的生活开始，这张表格就该是这样：

一、原本的阿默瑞。

二、阿默瑞加上碧阿特丽丝。

三、阿默瑞加碧阿特丽丝再加明尼阿波利斯。之后圣莱基中学把他捣碎了，又重新铸造了一遍。

四、阿默瑞加圣莱基。

五、阿默瑞加圣莱基再加普林斯顿。

这是他在世俗社会中所取得的最大成就，那个原本的阿默瑞，那个懒惰、富于幻想和反抗精神的阿默瑞几乎被压在了底下。他向世俗让步了，他也成功了，但他的想象并没有得到满足，也并没被他的成功所俘获。他不安地、半有意半意外地窃笑起所有这一切，然后又变成了——

六、原本的阿默瑞。

经济问题

他父亲在感恩节无声无息、平静地去世了。无论是日内瓦湖的美景还是他母亲威严、缄默的态度都与父亲的死显得不十分协调，这分散了他的注意力。他只觉得葬礼很有趣，并以宽容的态度从旁边观看。他认为还是火葬最好，同时对自己童年幻想的那种把尸体放在树顶上让它慢慢氧化的丧葬方法感到可笑。葬礼后的第二天，他就钻进了大图书室，躺在里面的长沙发上，摆出一副最优美的姿势装死人玩儿。他想看看自己死期来临的那一天是让人们发现自己是双手虔诚地抱在胸前好（达西主教曾经和说他说过，这是一种最高贵的姿势），还是摆出一副异教徒的、拜伦式的姿式，把双手放在脑后好。

但比父亲是如何撒手人寰的这件事更让他感兴趣的，是在碧阿特丽丝、巴顿与克罗格曼律师事务所的巴顿先生，还有他自己之间的一次三边谈话。那是在葬礼之后的几天进行的。有生第一次他开始真正审理家庭的财政事务，而且了解到他父亲生前所掌管的资金只有那么一点点。他拿起一本写着“1906”的分类账本仔细地查看了一遍。那一年的花销总数在一百零一万多美元。其中有四十万是碧阿特丽丝的个人收入，所以用不着说明用途：所有的款项都被记在“交碧阿特丽丝的汇票、支票和信用卡”的标题下面。其它的花销记录得非常详细：税款和修缮，日内瓦湖畔的别墅花掉了近九千元；平日的日常花销，包括碧阿特丽丝的电费，以及那年新置的一辆法国车一共花掉了三万多元。剩下的款项记录得也很清楚，但总还是有些项目无法与帐目右边的数字保持平衡。

在“1912”的那本账上，阿默瑞惊异地发现所持有的公债数目有所减少，而且收入的数量也有锐减。这本账上没有记载碧阿特丽丝的收入，但很明显，头一年他父亲是拿钱在石油上做了几次不成功的投资。石油倒是没烧掉多少，可斯蒂芬·布莱恩却被烧了个焦头烂额。下一年、再下一年和以后年头里的收入都呈现了这种锐减的趋势。碧阿特丽丝第一次开始用自己的钱来维持家用了，但她在1913年那一年的医疗费用就高达九千多元。

对于具体情况，巴顿先生并不清楚。就在最近还有新的投资，而收益情况就现在看来也很成问题。而且他脑子里还有个想法，认为还有一些投机和交易行为是背着他做的。

直到几个月之后，碧阿特丽丝才把全部的情况写信告诉阿默瑞。布莱恩和奥哈拉两家所剩下的所有财产现在就只有日内瓦湖畔的这幢别墅和大约五十万元钱，这些钱的投资能占百分之六的股份。碧阿特丽丝写道，事实上她正在设法尽快将这笔钱投资到铁路和市内有轨电车生意中去。

她在给阿默瑞的信中这样写道：

我很确信，如果有一件事是肯定无疑的话，这就是人不能在一棵树上吊死这个道理。那个叫福特的人是最明白这个道理的了。所以我在嘱咐巴顿先生仔细研究“北太平洋”和“快捷运输”这两个市内有轨汽车公司。要是没买贝斯勒姆钢铁公司的股票，我也不会原谅自己的。我听说过这个公司最诱人的好消息。你一定得进入金融这个领域，阿默瑞，我敢肯定你会对它着迷的。我相信你可以先从传票员或出纳干起，然后再往上升——前途几乎不可限量。我要是个男人，我肯定自己会喜欢鼓捣钱，这已经成了我老年的一种乐事。继续往下说之前，我得再和你讨论件事：那天我在喝茶的时候碰到了一位特别热情的比斯佩姆太太，她说她在耶鲁的儿子给她写信时告诉她，那儿所有的男孩子整个一冬天都只穿夏天的那点衣服，而且头发湿着就在外边到处走，还在最冷的日子穿浅口鞋。阿默瑞，我不知道在普林斯顿是不是也有这种风气，可我不想让你也干这种傻事。这不仅会使年轻人得肺炎，或小儿麻痹，而且还会招来各种各样的肺病，尤其是你，还特别爱得这些病。你不能拿自己的健康去试验，我已经得出这条经验来了。我不想像有些当妈的那样做一些可笑之事，但我要你一定穿上套鞋，我还记得有一年圣诞节你一直穿着双套鞋到处跑，但一个鞋扣都不系，整天发出那种奇怪的“沙沙”的声音，就因为当时不时兴系鞋带。到了第二年的圣诞节你连胶鞋也不肯穿了，无论我怎么求你都不行。你今年已经二十岁了，亲爱的，而且我也没有办法整天跟着你，看你是不是做事能比较明智。

这封信是封很实际的信。我在上封信里提醒过你，人要是没钱做自己想做的事，那他就会变得乏味，小家子气。但只要我们不太奢华，还是有足够的钱可以用的。好好照顾自己，亲爱的孩子。一定要每周至少写一封信回来，因为我如果收不到你的信就会设想出各种可怕的事情来。

爱你的妈妈

“有个性的人”一词的首次出现

达西主教邀请阿默瑞圣诞节到他在哈德逊河畔的斯图亚特别墅小住一星

期。他们围在火边进行了很多次谈话。主教的体态变得更胖了一些，人的性格也随着体态的变化而更加开朗了。坐在一张矮矮的、垫得很舒服的椅子上，和主教一起以中年人的那种沉稳劲头抽上一支烟，阿默瑞觉得既轻松又安全。

“我想离开学校了，主教。”

“为什么?”

“我的前程全都烟消云散了；您可能认为这是小事一桩，可我——”

“这根本就不是小事。我认为这是最重要的事。我想知道事情的全部，自从我上次见到你后你做的每件事。”

阿默瑞讲了起来。他仔细把他的那条个人主义道路是怎样毁掉的原原本本地讲了一遍。半小时后，他语气中那种焦躁不安便消失了。

“如果离开学校，你打算去做什么呢?”主教问。

“我不知道。我喜欢旅行，但这场讨厌的战争使我无法实现这个梦想。不管怎么说，妈妈一定不会喜欢我半路退学的。我现在也不知该怎么办。凯瑞·霍利德说想让我和他一起去参加拉菲德飞行队。”

“你知道你不会愿意去的。”

“可有时我会——就像今天晚上吧，我会毫不迟疑地去的。”

“但是，那样的话，你会比现在更觉得厌倦生活，我了解你。”

“我得承认你是了解我。”阿默瑞不情愿地承认道，“可一想到又要在学校里无所事事地再混上整整一年，我就觉得这是逃避一切的最容易的方法。”

“是的，我知道。告诉你实话，我并不担心你。对我来说你的一切都进展得十分自然。”

“不，不对，”阿默瑞反驳道，“这一年里我失去了一半个性。”

“你一点个性都没失去，”主教笑着说道，“你失去的是不少的虚荣，仅此而已。”

“主呀！可无论如何我都好像是在圣莱基又上了一回五年级一样。”

“不，”主教摇了摇头，“那是一种不幸，可这是件好事。对你有益的事情总是以不同的形式出现的。”

“可我现在没有了活力，什么能比这个损失更大?”

“也许这本身……但你在成长。这让你有了思考的时间，你也正在放下成功啦、超人啦之类的包袱。像我们这样的人不喜欢理论，就像你一样，如果我们可以做下一件事情，并每天拥有一个小时去思考，我们是可以创造奇迹的，但是放在盲目的管理和高压的体制之下，我们就一事无成。”

“可是，主教，我怕是无法再做什么别的事了。”

“阿默瑞，在你我之间，我也是才学会这个道理的。我可以接着做一百件事，可我会摔跟头，就像你今年秋天在数学上摔了跟头一样。”

“那我们干嘛还要干？我反正是不应该再做什么了。”

“我们要干，因为我们是有个性的人，而不是什么人物。”

“多好的一个句子！您这是什么意思呢？”

“人物就是你一直以为自己是的那种人。你和我提起的那个凯瑞和斯洛恩，很明显也是这种人。人物是完全外在的一种东西，它能降低人本身的素质——我看到过久病之后的人身上就没有了这种东西，‘人物’是很活跃的，但它耗尽人的精力，使他无法再做‘下一件事情’。现在再说说‘有个性的人’。与‘人物’正相反，‘有个性的人’能把精力聚集起来。他对自己的看法总是和自己所做过的事情联系在一起的。他就像一根挂满了各式各样东西的杆子——有时那上面挂的净是些闪光的东西，就像我们的东西那样，但他总是冷静、理智地运用这些东西。”

“可当我需要这些闪光的东西时它们却已经掉下来了。”阿默瑞急切地继续使用这个比喻。

“是啊，是这么回事。当你觉得自己已经贮备好了尊严、才华和其它类似的东西并把它们挂在那儿了的时候，你就不用操任何心了，你会毫不费力地解决掉一切。”

“但是相反，如果没有这些贮备，我就无药可救了。”

“一点不错。”

“这倒是个好想法。”

“你已经有了个很好的开端——这是凯瑞或斯洛恩根本无法具有的。你已经卸掉了三四件华而不实、徒有其表的包袱，而且情急之下又碰掉了其他所有的行装。现在是重新打理新行装的时候了。你得向前看，看得越远就越好。但是记住，你一定要继续去做下一件事！”

“您把事情说得是多么透彻啊！”

就这样，他们一直谈着，谈论的对象经常是自己，有时也谈谈哲学和宗教，还有如游戏或谜团的人生。主教好像能够猜透阿默瑞的想法，甚至在这些想法尚未在他自己脑子里成形时就能猜中。他们之间有着十分深厚的默契。

“我为什么老是要列表呢？”有一天晚上，阿默瑞问——“为什么要把各种事情都列出表来？”

“因为你是个研究型的人，”主教回答说，“我们两人都是。这是出于把事物分类、找出类型的需求。”

“是想把什么事都整明白的一种欲望。”

“这是学者的生活哲学的核心。”

“在来这儿之前，我还一直以为我变得很古怪了呢，我想这就是一种姿态。”

“别为这事担心。对你来说不摆什么姿态也许就是最好的姿态。姿态——”

“什么？”

“但还要继续去做下面的事情。”

阿默瑞回到学校之后又收到了达西主教的好几封信，为他提供了更多的个人主义的精神食粮。

我担心对于你未来的平安顺利我给你吃了太多的定心丸。可你得记住，我是在你要付出努力的前提下这么做的，光有信心不去奋斗是不行的。你必须认识到你性格中有些不同的东西，但一定要小心别让其他人知道。你不易动感情，几乎不对人产生强烈的感情，你精明但不狡猾，有些浮华但却不骄傲。

不要认为自己毫无用处。生活中有时你认为是春风得意的时候恰恰却是你背运倒霉的时候。不要担心失掉你所说的“个性”那种东西。十五岁时的你身上放射出来的是朝阳般的光芒；到了二十岁你身上散发出来的就会是忧伤的月光；而到了我这个岁数，你就会像我一样散发出午后四点钟温暖、宜人的金色阳光了。

如果你给我写信的话，就写得自然一些。你上次的那封建筑学博士论文般的信真是太吓人了，它“阳春白雪”得让我产生了你生活在知识与感情的真空的感觉。在把人分类的时候也不要太绝对了，因为你会发现人们在年轻的时候经常在不同的类别之间恼人地跳来跳去。如果你见到一个人就不问青红皂白地给他贴上一个标签，那就无异于在玩偶匣放进去一个带弹簧的木偶，等到你和这个世界有实质性、对抗性的接触时，这个木偶就会跳出来朝你冷笑。目前你可以把列奥那多·达·芬奇这样的理想化的人物当作你的榜样。

你肯定会经历些波折的——就像我年轻时一样。但你要保持头脑冷静。如果傻瓜和圣人都有权批评的话，请不要过多地自责。

你说你在“女人的问题”上老是毫无进展是因为习惯在作怪，但这不是唯一的原因，阿默瑞，你是怕一旦开始你就无法停下来，你就会控制不了自己而胡作非为。我知道我在说什么。你是在用你那奇妙的第六感官在判断邪恶的存在。你心里有些害怕天主，这你还没有完全意识到。

无论你将来从事什么职业——宗教、建筑还是文学，我都敢肯定教堂会是你安全的港湾。但我也不想冒和你争论、给你施加影响这个风险，尽管我心里明白这个“浪漫主义的黑洞”正在你脚下向你张开血盆大口。务必尽快来信。

致以最深情的问候。

萨耶尔·达西

这个时期阿默瑞所读的书也有所变化了，他一门心思钻进了艰深晦涩的书堆之中：于斯曼[1]、瓦尔特·佩特[2]、戈蒂埃[3]，还有拉伯雷[4]、薄伽丘[5]、苏埃托尼乌斯[6]的作品中那些充满辛辣和火药味的部分。有一个星期，他出于好奇心去翻看了同学的一些私人藏书，从中发现斯洛恩的书最具代表性：吉卜林、欧·亨利[7]、小约翰·福克斯[8]、理查德·哈丁·戴维斯[9]的作品、《中年妇女必读手册》、《育空河的诱惑》、詹姆斯·魏特柯姆·赖利[10]的一本赠书，一大堆五花八门的、翻烂了的、上面写满各种注释的教科书。令他吃惊

① 若·卡·于斯曼（（1848～1901）：法国小说家，风格近自然主义。——译注

② 瓦尔特·佩特（1839～1894）：英国文艺批评家、散文家，著有《文艺复兴史研究》等。——译注

③ 泰奥菲尔·戈蒂埃（1811～1872）：法国浪漫主义诗人、小说家、批评家，提倡“为艺术而艺术”。——译注

④ 弗朗索瓦·拉伯雷（1495～1553）：文艺复兴时期重要的人文主义法国作家，有名作《巨人传》传世。——译注

⑤ 乔万尼·薄伽丘（1313—1375）：文艺复兴时期重要的意大利人文主义作家，有名著《十日谈》传世。——译注

⑥ 苏埃托尼乌斯（69～104）：古罗马传记作家。——译注

⑦ 欧·亨利（1862～1910年）：本名威廉·西德尼·波特，美国著名批判现实主义作家，著名的短篇小说大师之一。——译注

⑧ 约翰·福克斯（1863～1919）：美国小说家。——译注

⑨ 理查德·哈丁·戴维斯（1864～1916）：美国作家、新闻工作者，当时最受欢迎的战地记者之一，先后报道了六次战争。——译注

⑩ 詹姆斯·魏特柯姆·赖利（1849～1916）：美国诗人。——译注

的是斯洛恩这里还有一本他自己也在最近才发现的鲁伯特·布鲁克[1]的诗集。

他与汤姆·丹维利尔一起要在普林斯顿的显赫人物之中找出能够奠定伟大的美国诗歌传统的人物。

比起两年前市侩气十足的普林斯顿，那一年的本科生有意思了许多。虽然失去了新生那种天然的纯朴魅力，但生活还是大大活跃了起来，这很令人吃惊。要是放在过去，他们是绝对发现不了塔纳杜克·魏利这样的人才的。塔纳杜克是个二年级的学生，他有一副十分灵敏的耳朵，爱发表“地球穿过未来几代人不祥的月光向下旋转！”这样的诗句。他们总是不明白这诗为什么不能写得意思清楚一些，但他们却从不怀疑这是超人的头脑才能想出来的。至少汤姆和阿默瑞对他这么看。他们认真地告诉他，他有一副雪莱式的脑子，并把他那超自由的自由诗与散文般的诗歌刊登在了《那索文学》杂志上。

但令他们失望的是塔纳杜克的天才带有很多时代的印迹，而且他对波希米亚式的生活也异常偏爱。现在他不把“正午旋转的月光”这种诗句挂在嘴边了，经常谈论的是格林威治村、毫无生气的缪斯、与学术气氛无关的东西、第四十二街与百老汇的气氛，而不再是他们所喜爱、所欣赏的那种雪莱式的梦中孩子。就这样他们放弃了塔纳林克，把他归入未来主义者的行列，认为他和他那火红色的领带在那里会发挥更好的作用。汤姆给了他最后一个忠告，让他停止写作两年，去把亚历山大·蒲伯[2]的全集读上四遍。但阿默瑞却认为，蒲伯对于塔纳杜克来说，只是肚子疼贴脚伤膏，管不了什么用。他们笑着放弃了。对他们来讲，这位天才的才气高不可及还是平庸不堪，只有天主才知道了。

阿默瑞很是看不上那些满口警句，每天晚上都招待一群崇拜者喝荨麻酒的受欢迎的教授。对于每件事情都带有一定的学究式的不确定性这一点，他也感到失望。他把自己的想法写进了一首短短的讽刺诗中，并怂恿汤姆把它登在了《那索文学》上面。

早上好，傻瓜们……
每周三次
你总是在我们的绝望之中讲啊讲，

---

① 鲁伯特·布鲁克（1887～1915）：第一次世界大战时深受当时青年学生喜爱的英国诗人。——译注

② 蒲伯（1688～1744）：著名的英国古典主义诗人。——译注

用你那华而不实、唯唯诺诺的哲学
嘲笑我们饥渴的大脑。

我们坐在这里——像上百只听话的绵羊
你独自准备、开讲、滔滔不绝，而我们却在睡觉……
有人说你是个学生；
那天你编写了一份教学大纲，
我们从中了解了一个久已遗忘的数字。
你吸进了整整一个时代必备的知识，
鼻孔里也吸满了尘埃。
之后，你从知识之中站起身来，发表了作品——
那是一个震天动地的喷嚏……
再看看我右边的同桌
那是个拼命巴结老师的笨蛋，
而你却还以为他聪明非凡
他最喜欢问问题，可是他怎能
神情急切、坐立不安地站起告诉你
他为读你的大作一夜未眠?
噢，那样你会惶恐不安，
而他则会装出一副早熟的样子。
两个学究碰在一起，
不是相对傻笑，就是互相嘲弄一番
然后再急匆匆地赶回去上班……

上周的今天，先生你发还给我一篇习作
我（从你页边龙飞凤舞的评语中）
得知自己违反了文学评论的一个最大戒条
因为我看到了这样一钱不值、随意抛出的妙语：
“你肯定是这样吗?”
还有
“萧伯纳并不是什么权威!”
可那个拼命巴结的笨蛋呢?
他得了高分，乐得不知怎样才好。

可我还是
还是到处都能遇到你……
你一本正经地看莎翁的戏剧
对那些早已不在人世、被蛀虫啃烂了的名家
大为痴迷。
你是多么一本正经的学究——
激进的思想不断冲击你那
无神论的正统思想
你所代表的是人所共知的常识
在听众中间你嘴巴大张

就连礼拜仪式
都让你侧耳倾听、专注异常
至于那广博、闪光的真理
(无论是从康德还是从小摊上听来的),
你都当作宝藏。
于是你经历了一个又一个的冲击,
却总是有气无力、唯唯诺诺地随波逐浪……

下课了……从座位上站起来了
一百多个孩子,兴奋异常
他们用跺脚的声音向你致意
那沿着过道向外涌动的脚步声响……
忘掉那思想狭隘的地球上
那个声振四方的哈欠吧,
是它给了你生命,让你能地久天长。

4月,凯瑞·霍利德离开了学校,坐船到法国加入了拉菲德飞行队。对此,阿默瑞又是嫉妒又是羡慕,但这种心情很快就被他自己的一次经历所淹没了。对于这次经历,他从未有过适当的评价,但三年之中他对此都无法忘怀。

十二点钟他们离开了黑利的咖啡馆，又坐出租车赶往比斯多拉里咖啡馆。一行人中有从夏日花园演出那边赶来的阿克西亚·马洛和菲比·科拉姆，还有弗莱德·德洛恩和阿默瑞。夜晚是年轻人的天下，他们对自己的精力如此充沛都感到可笑，就像一群狄俄尼斯酒神[1]一般的狂妄者，径直冲进了咖啡馆。

“给在屋子中间摆张四人的桌子！”菲比嚷着，“快点，老弟，告诉他们我们来了！”

“让他们演奏《崇拜》这支曲子！”斯洛恩叫道，“你们俩点吃的，我和菲比去他妈的操冰块儿。”说完他俩就消失在了人流之中。阿克西亚与阿默瑞是才认识了一个小时的新交，他俩跟着侍者来到一张位置不错的桌前，两人落坐后向四周巡视起来。

“芬德尔·马戈特森在那边，他是新哈芬[2]人。”她大声地嚷着，“你好，芬德尔，喂！”

“啊，阿克西亚！”他大叫着致意，“到我们这桌来吧！”

“别。”阿默瑞小声说。

“不行，芬德尔，我是和别人一起来的。明天一点钟左右给我打电话吧！”

芬德尔这个整天在酒馆儿混的人含含糊糊地应了一声之后就又转过身去应酬身边的那位绝色的金发女郎了，他想让全屋子的人都注意她。

“这个人天生是个他妈的大傻瓜。”阿默瑞评论着。

“噢，他人还行。看，送酒的招待来了。你要问我要什么，我想要两杯代基里酒。”

“来四杯吧！”

---

① 狄俄尼斯酒神：古希腊神话里的葡萄酒与狂欢之神、艺术之神，是宙斯和西姆莱公主子之。公元前7世纪时，古希腊就在每年3月举行“大酒神节”，以表示对酒神的敬意，人们在筵席上为祭祀酒神即兴唱抒情歌曲（称为“酒神赞歌”），以芦笛伴奏，并翩然起舞。前6世纪左右，酒神赞歌盛誉广传，发展成由50名成年男子和男孩组成的合唱队、在科林斯的酒神大赛会上表演竞赛的综合艺术形式。酒神赞歌时代也是希腊抒情合唱诗盛行的时代，并影响了古希腊戏剧（悲剧、喜剧和羊人剧）、音乐艺术的发展。——译注

② 新哈芬：美国康涅狄格州南部一海港。——译注

咖啡馆里人头攒动，来来往往，川流不息。来者大多是大学生。他们中有些是不愿去百老汇的男生。女生分两类，较高雅的一类是合唱队的女演员。总的来说这是有代表性的一群人，他们这一行也属于这一类。光顾这里生意的四分之三的顾客都是来凑热闹的，因此不会带来任何危害，他们也就是进屋坐坐，很快就要赶五点钟的火车赶回耶鲁或普林斯顿。另外大约四分之一的人一直要逗留到华灯初上时分，这些人不知来自什么陌生的地方。他们这一行人是不会有任何危害的那种。弗莱德·斯洛恩和菲比·科拉姆是老朋友了，阿克西亚和阿默瑞则是新交。但在这漆黑的夜色之中，潜藏着难以预料的不同寻常的事情。这种事虽然很少在咖啡馆这种平庸之辈与必来不可的人出没的地方发生，但它将把百老汇正在消失的浪漫情调彻底毁掉了。这件事发生得如此可怕，如此让人难以置信和无法描述，以致事后他一想起来就感觉后怕。这是一出朦胧的悲剧中的一个场景，是大幕后面的一个场景，虽然如此，他还是清清楚楚地知道那对他意味着什么。

约一点钟时，他们转移到了马克西姆咖啡馆，两点钟又到了德凡尼尔。斯洛恩一直在狂饮不止，已经有些神志不清、摇摇晃晃了，阿默瑞只是有些累，但他始终十分清醒。他们没有碰到那些经常向纽约大学生卖香槟的堕落不堪的售酒人。

就在他们刚跳完一支舞曲，向自己座位走去的时候，阿默瑞意识到附近邻桌有个人在注视着他们。他转过身随意地向那个方向看去……一个身穿宽大的棕色西服的中年男子一个人坐在稍远一点的一张桌子旁，正全神贯注地盯着他们看。看到阿默瑞在注意他，他微微地笑了笑。阿默瑞转向正要坐下的弗莱德。

“那个望着我们的白脸傻瓜是谁？”他气愤地问。

“哪儿呢？”斯洛恩叫着，“我们把他扔出去！”他站起身来，但身体却东摇西晃，他不得不扶住椅子。“他在哪儿？”

阿克西亚和菲比突然把头靠在一起，隔着桌子交头接耳起来。没等阿默瑞回过神来，她们已经向门口走去了。

“你们去哪儿？”

“回公寓，”菲比建议着，“我们那儿有白兰地，还有苏打水——今晚这里一切都不够刺激。”

阿默瑞飞快地想了想。他没喝酒，如果他继续滴酒不沾的话，和大伙一起去倒也是个谨慎的好主意。实际上这对照顾斯洛恩来讲是最合适不过的了：他已经醉得不醒人事了。于是，他挎起阿克西亚的胳膊，两人亲密地一起挤进了一辆出租车。车在开出几百条街之后停在了一座白色的石头建筑的公寓楼前面……他永远无法忘记那条街……那是一条宽阔的街道，两边净是些高大的白色大理石楼房，窗户里是一片黑暗。这些建筑在他们视野所及的范围之内尽情地向前延伸。皎洁的月光洒在这些建筑之上，给它们蒙上了一层苍白的颜色。他想，每幢楼里都会有电梯、黑人门卫，还有一台钥匙架。每幢楼都有八层高，里面净是些三四间房的套间。走进菲比那充满欢乐气氛的起居室，一屁股坐在沙发上，阿默瑞心里颇感惬意。姑娘们这时去找吃的了。

“菲比很了不起。”斯洛恩小声对阿默瑞说道。

“我只待半个钟头。”阿默瑞绷着脸说，他不知道这么说会不会显得过于不尽人情。

“你说什么哪?”斯洛恩不满地埋怨着，“既来之则安之嘛。”

“我不喜欢这个地方，”阿默瑞阴沉地说，“而且我也不想吃什么东西。”

菲比端着三明治、白兰地酒瓶、苏打水和四个酒杯又走了进来。

“阿默瑞，你来倒酒吧，”她说，“让我们为弗莱德·斯洛恩干一杯。他有一种罕见的、特别的气质。”

“好啊!”阿克西亚一边往里走一边应和着，“还有阿默瑞。我喜欢阿默瑞。”她坐在了他的身边，把长着黄色头发的头靠在了他的肩上。

“我来倒酒，”斯洛恩说着，“菲比，你来苏打水。”

他们把盘中的杯子全部倒满。

“准备好，干!”

阿默瑞端着酒杯犹豫着。

片刻之间这种诱惑像暖风一样吹到了他的胸间，他的想象也变成了火焰。他从菲比手中接过了酒杯。可事情也就到此为止了，因为就在他下定决心喝下这杯酒的那一刻，他抬起头来向前看去，只见刚刚在咖啡馆见过的那个人就坐在离他十码以外的地方。一惊之下，他竟把手中的酒杯摔落到了地上。那人就在墙角长沙发的靠垫上半靠着，脸色还像在咖啡馆时一样，蜡一般苍白。这不是死人那种毫无生命、面糊似的苍白——而是一种男人特有的苍白——不是不健康的病态，而像是一个常在矿井下或潮湿气候中上夜班的健康男人的脸色。阿默瑞细细地端详了他老半天，事后还觉得可以原样一丝不差地把那人画下来。他的嘴可以说是老实真诚的那种，灰色呆滞的眼睛左转转、右转转，好像总是在问问题。阿默瑞还注意到了他的手：这双手长得说不上好看，但这是一双灵活、纤细的手，显得非常有力。它似神经质地放在靠垫上，疼痛般地一会儿张开一会儿合上。然后，阿默瑞又突然看到了他那双脚。

看着这双脚，他感到一股鲜血涌上了他的大脑，他知道自己害怕了。那双脚有些什么不对劲的地方，他只是感觉得到，心里并不清楚……这就像一个好女人身上的弱点，一块丝缎上的一小块血渍，那种足以摧毁人内心最隐秘世界的可怕的不协调的东西。他脚上穿着的不是鞋，而是一双鹿皮软底拖鞋，那种鞋头尖尖向上翘的仿佛14世纪的那种鞋子。鞋子是黑褐色的，他的脚趾头似乎把鞋子撑得满满的……有一种说不出的可怕……

他一定是说了什么，或是做了个什么表情，因为阿克西亚的声音带着一种奇怪的善意从巨大的空旷之中传了过来。

“看哪！快看阿默瑞！可怜的阿默瑞病了，又是头晕的老毛病？”

“快看那个人！”阿默瑞指着墙角的沙发叫了出来。

“你是说那只紫色的斑马！”阿克西亚开玩笑地叫道，“哎，有只紫色的斑马在看着阿默瑞！”斯洛恩笑着说。

“是什么样的斑马呀，阿默瑞？”

一阵沉默……那个男人疑惑地看着阿默瑞……之后，所有的人声都轻轻地落到了他的耳畔，“还以为你没喝酒呢。”阿克西亚带着嘲讽口吻说道，但她的声音却很好听。有了这个人，整个屋子都有了活力，就像沥青上滚过的热浪，或者像扭动的虫子……

“回来吧！回来吧！”阿克西亚的胳膊放在了阿默瑞的胳膊上。“阿默瑞，亲爱的，你别走，阿默瑞！”他已经快走到了门边。“来呀，阿默瑞，和我们一起吧。”“你不舒服，是不是？”

“坐一会儿。”

“喝点水。”

“喝点白兰地。”

电梯关上了，黑人服务生也半睡半醒，脸上是铅色和古铜色……

阿克西亚恳求的声音顺着电梯的传送带飘了下来。那双脚……那双脚……当那双脚站到了楼下地面上的时候，人们在大厅惨白的灯光下又看到了那双脚。

小巷中

月光照在狭长的街道上，阿默瑞转过身朝着相反的方向走着，走出了不到十五步路的时候响起了脚步声。这声音像水滴在慢慢地落下，节奏略微有些不匀。阿默瑞的影子投在了他前方十英尺的距离，这穿软底鞋的脚步声听起来是从他后面很远的地方传来的。出于一种孩子般的本能，阿默瑞慢慢蹭到了那些白色楼房深蓝色的影子之下，急速穿过了一片凶险的月光地带，然后手忙脚乱、跌跌撞撞地小跑了起来。之后，他突然停住了脚步。他想，一定要稳住自己，他嘴唇干裂，他舔了舔嘴唇。

要是能碰上的是好人呢？——这个世界上还有什么好人吗？而且好人就都能住在这些白色的公寓楼里吗？在这月光里难道有人在被跟踪？如果他碰上个好人能明白他的处境，听到厮打声……接着，这厮打声突然变得离他很近了，与此同时，月亮被一块乌云遮住了。当月亮再次出来，照在楼房的屋檐上时，那声音几乎就在他身边了，他觉得自己都能听到安静的呼吸声。突然，他意识到那脚步声不是从后面传来的，它一直没在后边，而是在他前面。他不是在逃避那声音，而是在追逐它……追逐它……。他开始盲目地跑了起来，心在狂跳，双手紧握成拳头。前面很远的地方，一个小黑点渐渐显现出来了，它慢慢变成了个人的形状。阿默瑞现在是在它后面。他拐向另外一条街，冲进了一条小巷子。那是一条又窄又暗、发着旧城区腐烂气味的小巷子。黑暗中，他在这条长长的曲曲弯弯的小巷中奔跑着。这里，除了玻璃窗上映出的斑驳亮光之外，几乎看不到一丝月光……之后，他突然筋疲力尽，气喘嘘嘘地一屁股跌坐在了拐角处的一段栅栏前面。前面的脚步声不见了，但他能听见那两只脚倒替着继续动着，就像海浪冲击在码头上的声音一样。

他用手掩住脸，尽量捂住眼睛和耳朵。整个这段时间他都从未想过自己喝醉了，神志不清。他心中有一种物质世界永远无法给予他的真实感，他的理智好像在这真实感面前失去了作用，这和他以前生活中的一切都完全吻合，他脑子没有糊涂。这就像摆在他面前的一个问题，他知道这问题写在纸上的答案，但他却怎么也无法掌握它。此时他已经不害怕了，他已经超越了这种表面现象，进入了一个新的境界：那双脚和他对那些白墙的恐惧都是些真真切切、活生生的东西——他必须接受的东西。但在他的灵魂深处有一小堆火，那火苗在跳跃，在呼喊，有什么东西在把他往下拉，想把他拉进一扇门，然后呼地把门关上。那扇门关上以后就只会有脚步声和月光下的白色楼群，也许他就是那发出脚步声的人。

接下去的五到十分钟里，他在栅栏的影子中等待着。不知怎么，心里还是燃烧着那团火，事后他认为这是他能够想到的最好表达法了。他还记得那团火向他喊着：

“我想要个笨蛋！噢，给我送个笨蛋来！”这喊声是朝着他对面的黑色栅栏发出的，那脚步声就是从那儿传来的……传来的……他寻思“笨蛋”和

“好人”这两个词原本你中有我、我中有你的概念。他喊出这句话时并不是有意的，而几乎是本能的，是从一脉相承的传统或夜晚狂热的祈祷之中发出的。紧接着，远处传来了一声低沉的锣声，而且就在他眼前两英尺的地方，一张被说不清的罪恶扭曲的脸一闪而过，就像风中的火苗一般。但他一半出于直觉地知道，那锣声“当”地一响之后陷入了低吟之中，而那张脸就是狄克·哈姆伯德。

过了几分钟，他突然跳了起来，因为他意识到根本就没有什么声音，这灰暗的小巷之中只有他一个人，天气很冷，他开始向街那头有灯光的地方奔去。

独坐窗前

当他醒来的时候已经是日上三竿了。他听见旅馆床边的电话发疯般地响个不停，这才想起他曾叮嘱过十一点钟叫他。斯洛恩正在呼呼大睡，鼾声如雷，被子被踢到了一边。他们静静地穿好衣服，吃了早饭，然后到街上逛逛，去透透气。阿默瑞的脑子在慢慢地转动，努力地回忆着发生过的一切，想把那零零散散的事实与他满脑子乱七八糟的想象分隔开来。如果这是一个寒冷阴沉的早晨，他就会很容易地在片刻之间就记起发生过的事情；可这偏偏是一个纽约往往5月份才有的晴暖的艳阳天。第五街上的风徐徐吹来，像葡萄酒一样醉人。阿默瑞不想知道斯洛恩对昨晚的事记得多少；但很显然，在他身上根本看不出一丝一毫的紧张，而这紧张感却正在折磨着阿默瑞，逼得他像来回拉动、嗞啦作响的锯子一样不得安宁。

眼前已经是百老汇了，听到那一阵阵的喧闹，看到那一张张涂脂抹粉的脸，阿默瑞感到一阵恶心。

“看在天主的份上，咱们回去吧！赶快离开这个——这个地方！”

斯洛恩惊异地看看他。

“你什么意思？”

“这条街有鬼！快过来，咱们回到第五街去！”

“你是不是说就因为你昨天晚上吃多了没消化，做事像疯子一样，所以你以后就再也不到百老汇来了？”斯洛恩慢条斯理地说。

就在这一刻，阿默瑞觉得斯洛恩和大街上的那些人没有什么不同了，他不再是那个彬彬有礼、幽默风趣、整天乐呵呵的斯洛恩了，而只是滚滚人流中邪恶的乱纷纷的脸中的某个人。

“听着！”他用力嚷了一声，声音如此之大，以至于街角上的人们都对他们侧目以待了，“这里很肮脏！如果你看不出来的话，那就说明你也同样肮脏！”

“我有什么办法？”斯洛恩固执地问，“你怎么啦？是不是又想起了过去后悔的事？要是你昨晚和我们在一起，你就会好好的。”

“我走了，弗莱德。”阿默瑞慢慢地说道。他的膝盖在发抖，而且他知道，如果再在这里多待上一分钟他就会瘫倒在地上。“我中午去旺德比尔特餐厅吃饭。”说完他快步走开，朝第五街拐去。回到旅馆他觉得好了一些，但当他走进一家理发馆想进行做一下头部按摩时，他又被里面的脂物和化妆品的味道勾起了对阿克西亚侧身投来的、意味深长的笑容，于是他又急匆匆地走了出去。回到旅馆他自己房间外的走廊里，他又被一阵黑暗突然包围起来，那黑暗似河水般汹涌而来。

当他清醒过来时，好几个钟头已经过去了。他趴在床上不停地滚动着，生怕自己会发疯，他想要别人来陪陪他，一个正常的笨蛋加好人来陪陪他。他躺了不知多久，感觉到头上火热的血管突了出来，那恐惧感就像石膏一般粘在了他的身上。他感到他又一次穿过了那恐惧的薄薄的冰面。现在，他唯一能够分辨出的是他想离开这里的朦朦胧胧的想法。他一定是又睡了一觉，因为再次清醒过来的时候，他已经在旅馆结了账，正在踏上门口的一辆出租车。外面，倾盆大雨正在狂泄不止。

在回普林斯顿的火车上，他没碰见一个认识的人，身边只有一群满脸疲倦的费城人。过道对面的一个浓妆艳抹的女人又引起了他的一阵恶心。他转了个车厢，想集中精力看一遍通俗杂志上的文章。他发现自己是在一遍又一遍地重读着同一个段落，于是他放弃了这种努力，把自己发烫的额头靠在潮湿的车窗上。这是一节允许吸烟的车厢，闷热的车厢里夹杂着一种外国人的异味儿。他打开车窗，一阵雾气向他袭来，使他不由得打了个冷颤。两小时的旅程恍若几天几夜一般。当普林斯顿的塔群终于耸立在他身旁，黄色的灯光穿过蓝色的雨雾斜着照射过来时，他高兴得几乎都要叫出来了。

汤姆正站在屋子中间若有所思地点一根烟头。阿默瑞看出他见到自己好像有种如释重负的感觉。

“我昨晚做了一个关于你的噩梦，”一个嘶哑的声音从烟雾中传了过来，“我想你可能遇见麻烦了。”

“别和我说这个！”阿默瑞几乎尖叫起来，“什么也别说了。我累了，一点劲儿也没有了。”

汤姆奇怪地看了看他，然后坐在沙发上，翻开了他的意大利语笔记本。阿默瑞把外衣和帽子扔在地上，解开领扣，随手从书架上拿过来一本威尔士的小说。“威尔士还是正常的，”他想着，“如果他不行，我就读鲁伯特·布鲁克。”

半个小时过去了，外面起风了，风吹着潮湿的树枝像伸着趾头的爪子打在窗户上。阿默瑞又是一惊。汤姆在专心做他的事，屋里只有偶尔擦火柴的声音和他们俩在皮椅上变换姿式时与皮革摩擦发出的声音。突然，一道闪电划破夜空，屋子里的情况发生了剧变。阿默瑞“腾”地一下坐直了身子，僵直地待在椅子里。汤姆看着他，嘴角向下，眼睛一眨不眨。

“主啊，帮帮我们！”阿默瑞嚷着。

“噢，天哪！”汤姆也叫了起来。“你看看后边！”阿默瑞闪电般地转身向后看去。除了黑洞洞的窗户之外他什么也没看见。

“它跑了，”汤姆心有余悸地说，“刚才有个东西在看着你。”

阿默瑞浑身剧烈地抖动着，一屁股跌坐在椅子里。

“我一定得告诉你，”他说，“我经历了一件特别恐怖的事。我想我是——我是碰见鬼了——和他长得一样。你刚才看见的是张什么样的脸？——不，不！”他又急促地补充着：“别说！”

之后，他把事情原原本本向汤姆讲述了一遍。讲完之后已经是深夜了。两个又困又怕的年轻人点着灯读了一夜的《新马奇阿弗里》，直到韦瑟斯布思大楼映出了黎明，普林斯顿又回到了身边，5 月的鸟儿为雨过天晴而欢呼歌唱。

第　四　章

自恋的美少年沉默了

在普林斯顿的这段过渡时期，也就是阿默瑞在校的最后两年里，他亲眼目睹了学校生活所起的变化，学生们的生活中不再仅有夜晚的游行了，他们有了更丰富的活动——一些新生的到来在学校掀起了更大的波澜，这与校园哥特式的美非常协调。这些人中有些原本是和阿默瑞一样的新生，有些是他下届的同学。就在他在校的最后一年的年初，他们开始在那索酒馆里围着小圆桌，高声地向阿默瑞和在他之前的许多人一直暗自质疑的一些机构发难了。最开始他们是半偶然地读到了一些被阿默瑞称为具有“探索性”的传记体小说。在这些书中，主人公总是身披盔甲、手持最好的武器上路，公开声称要按常规的方法使用这些武器，而这些武器也总能最大限度地为它们的主人壮胆儿，但他们总是会最终发现这些武器其实有更大的用处。《没有其他的神灵》、《罪恶之街》和《伟大的探索》就是这类的书。伯恩·霍利德被最后一本书吸引住了，由此他在三年级的第一个学期开始思索，在希望大街的俱乐部里当一个手腕高超的独裁者，在班上做个呼风唤雨的享受者，这一切到底有多大意义。很明显，伯恩是通过上层社会的渠道走到今天的成功的。阿默瑞只是借助凯瑞的关系才与其有过一点泛泛的、临时的交往。在三年级那一年的一月之前，他们俩的友谊可以说还没开始。

“听没听到最新消息？”一个细雨濛濛的晚上，汤姆很晚才回到宿舍，他脸上带着一场高谈阔论后的胜利神情进屋便问。

“没有哇，是有人又不及格退学了？还是又有什么轮船失事了？”

“比那还糟。低年级同学中的三分之一都要退出他们的俱乐部呢。”

“什么？”

“千真万确！”

“为什么？”

“是为了改革什么的。伯恩·霍利德是幕后操纵者。今天晚上俱乐部的主席要举行一次联席会议，看看能否找到携手与之抗衡的方法。”

“可这究竟是为什么呢？”

“噢，俱乐部有损普林斯顿的民主制度，花费大，搞阶级分裂，耗时，这是那些失望的二年级学生嘴里常说的理由。伍德罗认为应该取消所有的俱乐部以及类似的组织。”

“可这能是真的吗？”

“绝对千真万确。我想这回一定行得通。”

“看在彼得的份儿上，再给我多讲讲。”

“好吧，”汤姆娓娓道来，“这个主意好像是同时在几个人的脑子里产生的。我刚才还在跟伯恩聊，他说这是一个有头脑的人长时间思考社会法制问题的必然结果。他们组织了一帮人讨论，于是有人提出了取消俱乐部这一建议——实际上每个人都或多或少地想过这个问题，只是没有说出来过而已。”

“很好！我敢肯定这件事一定很有意思。‘帽子和长袍’俱乐部的人怎么样？”

“他们当然是气疯了。每个人都坐在那儿争吵、发誓、伤心、生气乃至暴跳如雷。每个俱乐部里的情形都一样，我到处转过了。他们找到一个激进分子就把他围起来，轮番向他发难。”

“激进分子们能坚持得住吗?”

“噢，还可以。伯恩真是个口才不错的家伙，而且他说的话也是真心话，谁也难不倒他。很显然，退出俱乐部对他而言要比我们阻止它重要多了。我都觉得自己跟别人争起来不那么理直气壮，所以最终采取了比较明智的中立态度，我想一段时间内伯恩肯定是认为他已经说服我了。”

“而且你说几乎有三分之一的低年级学生要退出俱乐部?”

“保险点儿，就说是四分之一吧。”

“天哪！谁会相信这会是真的!”

正在这时，门口响起了一阵急促的敲门声。伯恩本人走了进来。

“你好，阿默瑞——你好，汤姆。”

阿默瑞站起身来。

“晚上好，伯恩。我得快走了，你别介意。我要去伦威克那儿看看。”

伯恩很快地转向了他。

“你或许已经知道了我要和汤姆谈的事，这不是什么私事，我希望你能留下来。”

“我很高兴留下来。”阿默瑞又重新坐了下来。就在伯恩坐在桌旁开始与汤姆唇枪舌剑地争论起来的同时，阿默瑞用一种以前从未有过的认真重新打量起了这位改革者。他眉头粗重，下巴坚定，灰色好看的眼睛和凯瑞的那双诚恳的眼睛长得很像。伯恩是一个一眼望去就给人强大、安全感的人——他很固执，这是显而易见的，但却毫不迂腐；刚刚听他说了五分钟，阿默瑞就已经明白在他这高度的热情之中没有半丝虚假的成份。

在这以后，阿默瑞觉得他在伯恩·霍利德身上感觉到的那种深沉的力量与他对哈姆伯德的崇拜完全不同。这一次他对伯恩产生的完全是理性的兴趣。在他先前认识的那些他认为是上层社会子弟的人物中，他首先总是被他们的性格所吸引，可是在伯恩身上他没有了那种他惯有的对对方魅力的五体投地的崇拜，但在那天晚上，伯恩的专注与认真——那种通常被他与令人生厌的愚蠢联系起来的品质——深深地吸引了他。那洋溢出来的巨大热情使他的心又死灰复燃了。朦胧之中伯恩所代表的是阿默瑞向往已久的一片天地，现在他几乎已经能清清楚楚地看到这片天地了。汤姆、阿默瑞和亚历克好像各自都能钻进了一条死胡同，他们似乎再也不会有共同的新经历了，因为汤姆和亚历克各自都在自己的委员会和编辑部忙得昏天黑地，而阿默瑞的忙碌程度也丝毫不亚于他们，他忙的是整天无目的地闲逛。他们也一起讨论——讨论大学生活、现代人的性格，还有类似的一些话题，这些话题总是一遍又一遍地在饭桌上重复着。

那天晚上，他们聊俱乐部的事情聊到了十二点。大体上他们同意了伯恩的意见。对于这个宿舍的两位主人来说，如今这个话题已经不再是两年前他们所关注的那个问题了，但伯恩对大学中社会体系的抨击是那么地合乎逻辑，这和他们原先想的完全一致，最后他们不再辩论，而是提出问题。同时他们也由衷地钦佩这个敢于向传统宣战的勇士的冷静头脑。

在这之后，阿默瑞岔开了话题。他发现伯恩在别的方面的兴趣也很浓厚。他对经济学颇感兴趣，都快变成社会主义者了。他脑子里常想和平主义的问题，他是《群众》与列夫·托尔斯泰①的忠实读者。

“你对宗教怎么看？”阿默瑞问他。

“不知道，我对许多事情还都不太清楚——我刚刚发现自己还有些头脑，也才刚刚开始读书。”

“读什么书？”

“什么都读。当然我也要挑选，但读的大部分书都是令人思考的那类。最近我正在看四部福音书和《宗教历程面面观》。”

“是谁启发你看这类书的？”

“威尔士，我想。还有托尔斯泰，另外还有一个叫爱德华·卡彭特②的人。我读书已经读了一年多，但只读那么几行，读我认为重要的那几行。”

“诗吗？”

“呃，坦白地说，不是你们所认为的那种诗，也不是出于和你们同样的原因——当然了，你们二位也写诗，对事物也有不同的看法。最吸引我的诗人是惠特曼③。”

“惠特曼？”

“不错，他的确有一股道德的力量。”

“好吧，我只能说对于惠特曼这个话题我一无所知。你呢，汤姆？”

汤姆半睡半醒地点了点头。

“是啊，”伯恩接着说道，“也许你会碰到几首颇令人生厌的诗，但我指的是他大多数的作品。他是个巨人——和托尔斯泰一样。这两位都勇于面对现

---

① 列夫·尼古拉耶维奇·托尔斯泰（1828～1910）：著名俄国文学家，其名作有《战争与和平》《安娜·卡列尼娜》《复活》等。——译注

② 卡彭特（1844～1929）：英国同性恋作家、诗人。——译注

③ 沃尔特·惠特曼（1810～1892）：美国诗人，《草叶集》的作者。——译注

实，他们以各自不同的方式代表着大致同样的东西。”

“你真把我弄糊涂了，伯恩。”阿默瑞承认道，“我当然看过《安娜·卡列尼娜》和《克莱彩奏鸣曲》，但是在我看来托尔斯泰在很大程度上就是个俄国人。”

“他是几百年来最伟大的人物，”伯恩激动地喊道，“你见没见过他满头乱发的那幅画像?”

他们一直聊到了凌晨三点，从生物聊到宗教组织。当阿默瑞终于颤抖着爬上床时，他的脑子还闪现着各种各样的想法，他震惊地发现有人给他指明了一条前进的道路。很明显伯恩·霍利德正在成长，而阿默瑞在这之前也一直认为自己在做着同样的事情。他对自己过去生活中发生的一切都抱着一种玩世不恭的态度，整天琢磨人性的缺点，读萧伯纳和切斯特顿的作品，好让自己的思想不至于颓废下去。但现在看来，他过去一年中的脑力都算是白用了，他只是在白白地浪费自己的生命……就如去年春天发生在他极端清醒的情况下的那件事一样，这些念头占据了他夜晚的大脑，令他不寒而栗，无法祈祷。他甚至还不是天主教徒，可天主教却是他唯一的一个魔鬼般的信条。切斯特顿就是这俗不可耐、繁文缛节、自相矛盾的天主教的预言家，其推崇者是胡斯曼与包格特这样回头了的文学浪子，其美国资助者是拉尔夫·亚当斯·克莱姆，此公最喜爱的是13世纪的教堂。在阿默瑞看来，天主教是最方便、最现成的信仰了，甚至没有神甫、没有圣礼、没有祭祀的也毫无关系。

由于睡不着觉，他拧亮了台灯，取过《克莱彩奏鸣曲》，在这里仔细地搜寻起伯恩所极力赞赏的那些精彩的地方来。他心中突然涌起这样一个念头：当伯恩那样的人比当聪明人要真实多了。然而，他叹了口气……自己还是有不行的地方。

他回忆起两年前急躁、紧张、被埋没在他哥哥的影子之下的那个新生伯恩，想起了二年级时发生的一件事，伯恩在这件事中显示出了他的领导才能。

有一群人听到霍利斯特主任在和一个把他从街口送过来的出租汽车司机争吵。口角之中，主任在气头上说了句“他可以连那辆出租车都一块买下来”，他付了钱后就走开了。可当他第二天走进自己的私人办公室时，他在原来放办公桌的地方看到的竟是一辆出租车，上面挂着一块牌子，牌子上写着“霍利斯特主人的财产。已买下并付了款。”……拆掉这辆车并把所有的零件搬出去，花了两个专业技工整整半天的时间。这件事很好地展示了这样一个事实：只要有得力的领头人，二年级学生的能量与幽默是无法估量的。

就在那年秋天，伯恩又制造了一起轰动事件。有个叫菲丽丝·斯泰尔斯的校际交际花，没能收到每年一度观看哈佛大学与普林斯顿之间比赛的邀请。

杰西·费伦比在几周前带这女孩儿看过一场小型的比赛，并求伯恩给她帮个忙。这件偶然的小事竟去除了伯恩的厌女症。

“你去看哈佛的比赛吗?”伯恩顺口搭讪地问了一句。

“你是在问我吗?”菲丽丝嘴快地反问。

“当然了。”伯恩低声应道。他不善于用菲丽丝的方式说话，而且他相信这不过是个没什么意思的玩笑罢了。可半个小时之后，他发现自己真的陷了进去。菲丽丝不仅降住了他，而且能把他玩弄于股掌之上。她告诉了他自己要乘的火车到站的时间，这使他十分沮丧。除了诅咒菲丽丝之外，他还特别不想带女伴去看那场比赛，他所希望的是招待一下哈佛的朋友。

“让她等着瞧吧，”他对一群来他的屋里和他开玩笑的人说，“这将是她所能说动的无知的年轻人带她看的最后一场比赛!”

“可是伯恩，你如果不想要她，那干嘛还要邀请她呢?”

“伯恩，你知道自己是爱上她了——这才是真正的麻烦。”

“你还能怎么办呢，伯恩？对付菲丽丝你还有什么招数呢?”

伯恩对这些只是不停地晃着脑袋，嘴里狠狠地骂着同一句话：“让她等着瞧！让她等着瞧!”

快乐的菲丽丝那年二十五岁，正值青春好年华。当她从车里走到站台上，她立刻被眼前可怕的景象惊呆了：伯恩和弗莱德·斯洛恩从头到脚一身盛装地站在站台上，那样子活像是校园张贴的彩色宣传画上的人物。他们上身是一件鲜丽刺眼的西装，下身是陀螺形宽大的裤子，肩膀上垫了巨型的垫肩，头上带着的是一只轻巧的校服帽，帽沿别了上去，显眼地露出它那桔黄和黑色两色的带子，从挺括的领口中露出鲜艳夺目的桔黄色领带。两人胳臂上都戴着黑色的、印有桔黄色字母“P's”① 的袖章，手拿着普林斯顿的小三角旗，整体效果最后被同样颜色的袜子和隐约可见的手帕渲染得美妙绝伦。他们手里还牵着一条拴着一只怒气冲冲的大个雄猫的链子。这只猫被画成了老虎的样子。

车站上已经有一大群人在围观他们了，有的人被吓得缩成一团，还有的人兴奋得手舞足蹈。菲丽丝低着她那线条清晰的下颌朝他俩走了过来，围观的人群也都跟着她走了过来。他两个人深深地鞠了一躬，然后使出丹田之气

---

① “P's”是英文“普林斯顿”的首字母。——译注

欢呼着吼了一嗓子，还特地把“菲丽丝”这几个字加在了后边，这一声真可谓是惊天动地、声振八方了。他们大声地、极端夸张地与菲丽丝打了招呼，然后殷勤地跟在她身后，护驾般地穿过校园，后面还跟着几十个顽童。学校里的校友和来访者觉得眼前的景象好笑，但却都憋着没有大笑出来。他们中有一半人不明白这是个成心要让人出丑的玩笑，还以为伯恩和弗莱德这两个人是想向他的女朋友炫耀他们的校园生活呢。

就这样，当菲丽丝在坐着很多她原先的崇拜者的哈佛与普林斯顿的看台前走过的时候，她的感觉是可以想见的了。她试着走在他俩前面，又试着走在后面，但他俩一直紧跟不放。人们一目了然就能知道她是和谁一起来的。这两人高声地谈论着球队中他们的朋友，显眼得以至于菲丽丝几乎能听到她的熟人们在小声地议论：

“菲丽丝·斯泰尔斯和这样两个人待在一起，一定不容易。”

这就是当初的那个伯恩：妙趣横生，又严肃异常。他现在就是借助着那股巨大的潜力在不断进步着……

就这样，三个星期过去了，已经到了阳春 3 月，虽然阿默瑞一直在寻找自己比不上伯恩的地方，但还是没有找到。约有百名低年级和高年级同学出于正义感最终愤怒地退出了俱乐部。气急败坏的俱乐部头领对伯恩亮出了他的杀手锏——奚落与嘲弄。实际上所有认识他的人都无一例外地喜欢他的为人，但他所代表的意见（他现在越来越坚定地代表这种意见了）却遭到了许多人的攻击，在如此猛烈的攻击之下，稍稍比他脆弱一点的人就会垮掉的。

“你就不怕失去你的威望吗？”一天晚上，阿默瑞这样问伯恩。他俩近来每周都要互相找对方聊上几次。

“我当然不怕。往最好里说，威望到底是个什么东西？”

“有人说你充其量不过是个有点主见的政客而已。”

他听了大笑起来。

“这话今天弗莱德·斯洛恩和我说过。我想我自己也听到过这种议论。”

一天下午，两人又聊起了阿默瑞关心已久的一个话题——人的体格与成功的关系。伯恩研究过这个问题生理方面的知识，他说：

“健康当然很重要——一个健康的人拥有双倍成功的机会。”

“我不同意你的观点——我不相信信基督教的人都得身强力壮。”

“可我相信，我相信耶稣基督的身体一定很健壮。”

“噢，不，”阿默瑞反对着，“他太操劳了，我想他死时一定是副憔悴不堪的样子——不仅是他，大圣人们大多没有好身体。”

“起码有一半是健康的。”

“好吧，就算如此，我还是认为健康与德行没有什么关系。当然了，伟大的圣徒要能经得住巨大的压力，但是现在好像流行一种风气，所有那些受人欢迎的神甫都装出一副颇具男子汉气概的样子来，叫嚷什么柔软体操能够拯救世界——不，伯恩，我实在无法苟同这种说法。”

“好吧，那咱们就不说它了，反正也争论不出什么结果来，况且我自己也不是特别的清楚。但有一点我是清楚的——人的外貌与成功可是休戚相关的。”

“你是指头发与皮肤的颜色吗?”阿默瑞迫不急待地问。

“是。”

“我和汤姆也是这么想的。”阿默瑞赞同地说，“我们曾拿来学校最近十年的年鉴，翻看了那上面高年级学生会委员的照片，我知道你对这个颇有影响的团体不以为然，但总的来说，在这个学校它还是成功的标志。嗯，我猜想我们这里每个班百分之三十的人是金发碧眼的白人，是那种肤色真正纯白的人种，而每届的高年级学生会中这样的人都占到了三分之二。我们看了十年的记载，告诉你，那意味着每十五个金发碧眼的白人中就有一名能当选学生会委员，而黑发的学生每五十个中才能有一个人当选。”

“不错，”伯恩赞同着，“总体来说金发的人种是更优秀的人种，我也曾拿美国的历任总统作例子研究过这个问题，发现他们中有一半多人是金发白人，可你想想总人口中黑发白人的人数毕竟是占多数的。”

“人们对这个事实也都是持默认态度的。”阿默瑞说，“你会注意到，人们总是期待着金发白人发言、讲话。如果一个金发女孩不讲话，我们把她叫做‘娃娃’；如果一个金发男人不吱声，人们就会认为他是个蠢蛋。可这个世界上有的是‘沉默的黑皮肤男人’和‘沉默的黑发男人’，他们一点脑子都没有，人们却并不认为这是他们的致命缺点。”

“而且如果你长一张大嘴、一副宽下巴、一个大鼻头，你无疑就拥有一张占优势的脸。”

“这我倒说不准。”阿默瑞是那种崇尚古典长相的人。

“就是这么回事。让我证实给你看。”伯恩从抽屉里拿出了一本像册，那里边净是些长着浓密的头发和大胡子的名人的照片，有托尔斯泰、惠特曼、卡彭特，还有其他一些人。

“他们难道不出类拔萃吗?”

阿默瑞试着用尊敬的眼光去欣赏他们，但最终还是大笑着放弃了。

“伯恩，我认为这群人是我所见过的人里面最难看的一群了。看上去这就像是个老人院。”

“噢，阿默瑞，你看看爱默生的额头，再看看托尔斯泰的眼睛。”伯恩的语气中含着责备。

阿默瑞摇了摇头：“好了，你可以说他们长相不凡或者其他什么的，但他们长得当然不好看。”

伯恩并没有感到难堪，他深情地抚摸了一下那宽大的额头，合上了像册，把它放回了抽屉。

伯恩最喜欢做的一件事就是夜晚出去散步。一天晚上，他说服阿默瑞和他一起去散步。

“我不喜欢黑暗。”阿默瑞说，“我过去不这样；当然，除了想象力特别丰富的时候。可现在我真的不喜欢黑夜，在这件事上我是个十足的傻瓜。”

“可你知道这没用。”

“很有可能。”

“咱们向东走吧，”伯恩建议道，“沿着林中的那些小路走。”

“对我来说这主意不怎么样，”阿默瑞很不情愿地说，“但还是去吧！”

他们走得很快，一个小时中他们一直兴致勃勃地争论着，直到普林斯顿的灯光在他们身后变成了一些闪闪烁烁的亮点。

“任何有点想象力的人都免不了有些害怕，”伯恩诚恳地说，“这样的夜晚散步也是我过去所害怕的事情之一。让我告诉你我现在如何能无论在哪儿都这样散步而不再害怕了。”

“说啊。”阿默瑞迫不急待地催促着。他们大步地向树林深处走去。伯恩那略显紧张但却充满热情的声音就这个话题继续响起：

“我过去常常一个人夜里到这儿来，噢，那是在三个月之前。我每次都停在我们刚才走过的那个十字路口而不再敢往前走了。那时和现在一样，巨大的树木在前面向你扑来，远处传来阵阵狗叫，到处是亦真亦幻的影子，一点人声都听不到。当然了，我也使尽全力去吓唬树林子，就像你一样——你也这样，是不是？

“是。”阿默瑞承认道。

“是啊，这之后我就开始分析了——树林里之所以恐怖，都是我自己想象出来的，我把自己的想象加在了树林里，然后又让它出来吓唬我——我让它扮演野狗、逃犯或鬼怪的角色，然后看着自己从路上走过来。就是这么回事，每当你把自己放在别人的位置上时结果都是一样。我很清楚，如果我是那条狗、那个逃犯或者是那个鬼怪，我对伯恩·霍利德的威胁程度和他对我的威胁程度是完全一样的。之后，我想到了我的表。我最后先回去把表摘下来放好，然后只身再来闯这片树林。不，不用，我宁愿丢一块表也不愿回去，我就这样走进了树林——不光是在有路的地方走，而是真真切切地走了进去，走到了我不再害怕的时候，直到有一天夜里我坐了下来在那儿睡了一小觉。从那以后，我知道我战胜了对黑暗的恐惧。”

“天哪！”阿默瑞长长地舒了口气，“我肯定做不到，我肯定半路就会跑回来了。当第一辆汽车从林边公路上开过去，车灯的亮光消失之后，林子看上去更深、更暗时，我就会跑回来。”

“好了，”伯恩在一阵沉默后突然说道，“我们已经走了一半多的路了，往回走吧。”

在往回走的路上，他们谈起了意志这个话题。

“这是一切问题的关键，”他说，“是善良与邪恶之间的分界线。我所见过的生活得一蹋糊涂的人，无一不是因为没有坚定的意志才那样的。”

“那么，那些很牛的罪犯呢？”

“那些人的脑子常常是不正常的。如果他们思维正常，那么就一定是意志不坚定。就没有一个罪犯会是既意志坚定又清醒理智的。”

“伯恩，我根本就不能同意你的看法。那么你怎么看待超人呢？”

“你怎么看？”

“我认为超人是邪恶的，但他既意志坚定又理智清醒。”

“我从为没有碰到过什么超人，但我敢肯定那一定是又疯又蠢的家伙。”

“我碰见过无数次，而且都不是又疯又蠢的家伙。就是因为这个原因，我认为你全错了。”

“我敢肯定我没错——所以我认为监狱除了用来关疯子以外，没什么其它用处。”

在这一点上，阿默瑞无法同意伯恩的观点。对他来说，无论是生活中还是历史上，都有很多意志坚定的罪犯，他们头脑敏锐，还常常自欺欺人。在政界、商界有这种人，在昔日的政治家、国王和将军中也不乏这种人。但伯恩也不肯向阿默瑞让步，两人在这个问题上的观点产生了分歧。

伯恩离现实的世界越来越远了。他辞去了高年级学生会副主席的职务，整天只做两件事：专心读书，出外散步。他还主动去听了一些研究生的哲学与生物方面的课程。坐在研究生中间，他的眼睛里充满了忧郁、专注的神色，就好似在等待老师永远无法讲出的内容一般。有时阿默瑞见他在座位上坐立不安，一脸迫切要和人争论的样子。

在街上走路时，伯恩也越来越心不在焉，以致有人错把他当成了势利小人，只有阿默瑞知道不是那么回事。伯恩有一次就在离他四英尺远的地方与他擦肩而过，却对他视而不见。他那心思神游于千里之外的样子颇令阿默瑞觉得忍俊不禁。伯恩就像是在攀登一座旁人根本无法涉足的高峰。

“我跟你说，”阿默瑞向汤姆宣布，“他是我碰到的第一个我所承认的智力在我之上的同代人。”

“这么说可不太合适——人们正开始认为他有点不对劲儿呢！”

“可他远远高于他们——一跟他交谈你就会明白这一点。天哪，汤姆，你自己以前也是个对‘人们’不以为然的人，可现在成功已经完完全全地把你变成了个俗人。”

汤姆看上去很不高兴了。

“他想干什么？——想超凡入圣吗？”

“不是——他和你见过的人都不一样。他从未参加过费城社团，他也不相信那样烂玩意儿。他不相信公共游泳池和及时说句好话这样的事能改变这个世界，能够消除不平之事。他信奉的是只要想喝酒就喝上它一口。”

“他肯定是错了。”

“你最近和他谈过吗？”

“没有。”

“那你根本就不了解他。”

他们没有争论出任何结果来，但是阿默瑞更加清楚地发现学校里人们对伯恩的看法正在改变。

一天晚上，当阿默瑞和汤姆就这个话题谈过多次，有了一定基础之后，阿默瑞对汤姆说：“很奇怪，那些激烈反对伯恩的激进主义思想的人们都是些地地道道的伪君子——我是说他们都是在大学中受过良好教育的人：报刊的编辑，就像你和费伦比，年轻的教授们……像兰格杜克那样的头脑简单、四肢发达的运动员们只是认为他很古怪，说声‘伯恩这个老好人脑子里冒出了些怪主意’，说完也就完了，可那些伪君子们——他们毫不留情地嘲弄他。”

第二天上午，他在麦考什大街上碰到了刚刚背完书的伯恩。

“去哪儿啊，沙皇？”

“到校报办公室去看看费伦比，”他向阿默瑞挥舞着一份早上刚出的《普林斯顿人》，“是他写的这篇社论。”

“你准备去活剥他的皮吗？”

“不，是他把我给搞糊涂了。要么是我错看了他，要么是他突然间变成了世界上最极端的激进分子。”

伯恩匆匆地走了。几天后，阿默瑞得知了这次谈话的内容。伯恩走进了编辑室，喜孜孜地把那份报纸拿到他的面前。

“你好啊，杰西。”

“你好，萨佛那罗拉①。”

“我刚刚读了你的一篇社论。”

“老兄——我没想到你还读那玩意儿。”

“杰西，你真让我吓了一跳。”

“怎么了？”

“你写这种和宗教唱对台戏的东西，就不怕学校当局找你的麻烦？”

“你说什么？”

“就像今天早上。”

“见鬼—那篇文章我是在别人指导下写的。”

“可你引的那句话？”

杰西坐直了身子。

“哪句话？”

“你看：‘不与我同道者皆逆我者也’。”

“这句话怎么啦？”

杰西有些茫然，但并没警觉起来。

“嗯，你在这个地方说——让我找找。”伯恩展开报纸，读道：“不与我同道者皆逆我者也。说这话的那位先生不分是非、幼稚武断得真可谓是名声显赫了。”

“这又怎么了？”费伦比开始警惕起来，“这话不是奥利弗·克伦威尔②说的吗？或者是华盛顿？还是哪个圣徒说的？主呀，我把他给忘了。”

伯恩仰头大笑起来。

“噢，杰西，噢，好杰西，善良的杰西。”

“看在彼得的份上，是谁说的这句话？”

---

① 吉罗拉莫·萨佛那罗拉（1452～1498）：意大利宗教改革者。——译注

② 奥利弗·克伦威尔（1599～1658）：英国政治家、军事家、宗教领袖，17世纪英国资产阶级革命中资产阶级的代表人物和首领。——译注

"噢，"伯恩收住了笑，"是圣马太[1]对基督说的。"

"天哪！"杰西大叫一声，仰面倒在了废纸篓里。

阿默瑞写诗

又是几个星期过去了。阿默瑞偶尔漫步在纽约的街头，希望看见那种像棒棒糖一样五彩缤纷、光亮夺目的新型绿色汽车，让自己的心情也随之振奋起来。一天，他试着走进了一家由固定在这里演出的剧团轮流上演不同剧目的剧场，看到这里正在重演一出名字他似曾相识的剧目。大幕拉开，他看到一个姑娘登场了，几句台词传到他的耳中，轻轻地拨动了他记忆的琴弦。好像在什么地方听到过——？什么时候——？

之后，他似乎听到一个声音就在他耳边轻轻地对他说："噢，我是怎样的一个小傻瓜呀。如果我哪儿做错了，请务必告诉我。"

他一下子想起来了，他记忆中的是那个干脆利落、充满快乐的伊莎贝拉。

他发现自己脑子里一片空白，舞台上发生的事他一点儿也看不进去了。于是，他飞快地写了起来：

在这人头攒动的黑暗之中，
我又一次看到了逝去的华年——
就在大幕拉开的那一瞬间。
那一日我们偷得了一日空闲，
剧中快乐的结局并没有
把我们的心灵侵占。
你就坐在我的身旁，
看得那么专心，时常哭得泪水涟涟。
我坐在一旁只是欣赏你的表演，
台上的一切早就忘在了一边，
就犹如海岸不曾注意到
打在它身上的一朵浪花一般。

---

① 圣马太：耶稣的十二门徒之一。传统上相信他是《新约圣经·马太福音》的作者。他在跟从耶稣之前，原任罗马帝国犹太行省的税吏长，传说他在耶稣升天后四处传道，一直到埃塞俄比亚，最后殉道。罗马天主教会和东正教均称其为圣人。——译注

整整一晚上，戏无聊得让人哈欠不断，
而你却是我唯一的演员……台上的喋喋不休
破坏了唯一值得一看的片断，
你哭了，我也为你的伤心而黯然。
看那！就是在这个地方
一位×先生坚持要闹婚变
而那位不知名的女士，
早就昏倒在了他的怀里边。

镇静依然

“鬼怪是些笨东西，”亚历克说，“他们有些弱智。我总是能弄明白它在想什么。”

“怎么弄明白？”汤姆问。

“嗯，这得看在哪儿。就拿卧室举例吧，你只要当心一点，鬼就绝对进不了你的屋子。”

“接着说下去。假定你卧室里进了鬼，那么你晚上回家得想点儿什么办法呢？”阿默瑞饶有兴致地追问着。

“找根棍子，”亚历克用权威般的口气答道，“和扫帚把那么长的棍子就行了。好，第一件要做的事就是把房间打扫干净——要想打扫房间，你先得闭上双眼冲到书房里把灯打开——然后走到壁橱旁边，小心地用棍子往门里晃上三四次。然后，如果没什么动静，你就可以往里看看。但一定要、一定要先用棍子晃一晃，千万不能先往里看！”

“当然，这是古老的盖尔特人的做法。”汤姆一脸正经地说。

“是的——只不过他们通常还要先祈祷。不管怎么说，这办法能帮你把柜橱和门后那些地方都打扫干净——”

“还有床底下。”阿默瑞补充着。

“噢，不，阿默瑞，”亚历克恐惧地叫道，“那不行，要驱床上的鬼你得用不同的办法。别去碰床——就像别去碰你的脑袋一样——如果屋子里有鬼，它也只有三分之一的时间呆在里边，而它大部分时间是待在床底下的。”

“那——”阿默瑞又问。

亚历克挥了挥手，示意他别插嘴。

“你当然还是不能看。你就站在屋子中间，在它了解你要向床边扑去的动机之前，千万别靠近床。对于鬼怪来说，你身上最重要的部分就是你的脚踝，你只要一爬上床就安全了，它可能整夜都躲在床底下，但你什么事都不会有。如果还不放心，你可以把毯子拉上来盖在头上。”

“很有意思，汤姆。”

“是不是？”亚历克得意得脸上放光，“而且这全是我自己想出来的，本人是新大陆的奥利弗·洛吉爵士①。”

阿默瑞又开始喜欢学校生活了。那种一往直前的感觉又回到了他的身上，年轻人的勃勃生气又在他身上像新长出的羽毛一般抖动了起来。他甚至积蓄了足够的能量，准备再作出一种新的姿态了。

“阿默瑞，你整天这么心神晃荡的是什么意思？”一天，当阿默瑞假装盯着一本书发愣时亚历克问。

阿默瑞一头雾水地抬起头来看着他。

“你说什么？”

“你说什么？”亚历克学着他的腔调说。

“你是不是想把自己读成一个呆子？——咱们先看看这本书再说。”

他抓过了那本书，嘲笑地看了起来。

“怎么样？”阿默瑞有些紧张地问。

“《圣特蕾莎的生活》，”亚历克大声地读道，“我的天哪！”

“说呀，亚历克。”

“说什么？”

“这妨碍你吗？”

“什么妨碍我？”

“我那种一脸茫然的样子？”

“怎么会呢？那当然妨碍不着我。”

“那好，那你就别戳穿它，如果我到处去和别人说我是个天才，请你不要拦着我。”

“你要想那么做的话，就别怕得上个脑筋不正常的名声。”亚历克笑着说。

阿默瑞最终还是说服了他。亚历克答应当着别人的面不戳穿他——只要他们俩单独在一起时，他不这么装模做样地就行。于是，阿默瑞就大玩儿了一场。午饭时他把各式各样的怪人带到“茅草屋”俱乐部里：像什么脾气暴

---

① 奥利弗·约瑟芬·洛吉（1851～1940）：英国物理学家，首先提出太阳可能是无线电波源。——译注

躁的研究生，还有满脑子对天主和政府怪念头的老师，这让“茅草屋”的那些目空一切的成员惊愕不已。当温暖的太阳将2月舒舒服服地送入了3月时，阿默瑞几次去和达西主教一起共度了周末。有一次他还把伯恩带了去。这次聚会很成功：他为能有幸向让双方相互认识、双方都有机会向对方展示自己而感到骄傲、高兴。达西主教几次带他去见了桑顿·汉考克，还去拜访了劳伦斯太太一两次。后者是个一见之下就令人印象深刻的美国人，阿默瑞立刻就喜欢上了她。然后有一天，他收到了达西主教给他的一封信，信后加了一段很有意思的附言：

> 你知不知道你六个月前刚刚丧夫、生活贫困的三表妹克拉拉·佩奇现住在费城？我想你没有见过她，但我希望你能帮我一个忙，去看看她，她是个很出色的女人，年纪和你差不多。

阿默瑞叹了口气，决定去看这位表妹，就算是帮忙……

克拉拉

克拉拉是高不可攀的……阿默瑞觉得自己配不上她和她那一头浪花般的金发，而且也没有任何一个男人能与她相匹配。她那优雅的大家风范与专门歌颂女性美德的乏味的文学作品中的那些矫揉造作之举完全不同，世间欲嫁的女子中有这等风韵的简直是绝无仅有。

她身上笼罩着一层淡淡的忧伤。当阿默瑞在费城见到她时，她那坚毅的蓝色的眼睛中所蕴含着的好像只有快乐。面对一切困难，她那潜在的力量和现实的精神几乎发挥到了极致。她被一个人抛在了这个世界上，身边只有两个年纪尚小的孩子，穷困无助，而更糟糕的是还有一大群需要款待的朋友。那年冬天，他见过她晚上款待一屋子朋友的情景。他知道，除了负责照顾楼上婴儿的一个黑人小姑娘，她家里没有一个佣人。他见过一个城里最大的浪子，一个在国内外都臭名昭著的醉鬼，整晚地坐在她对面，一脸天真、兴高采烈地和她探讨什么寄宿学校的女生问题，而她却能在客厅最为稀薄的空气中和人进行的最奇妙、最出色的交谈。

一个贫困交加的女孩儿，这个念头很得阿默瑞的欢心，因为那样他就拥有了一种优越感。在他心目中，费城的方舟大街九二一号是那条悲惨小巷中的一间茅草屋。当他发现事实根本不是那么回事时，他甚至感到有些失望。

这是她夫家掌管了许多年的一幢老宅。一位反对将宅子卖掉的老姨妈在为她付给了一位律师十年的税费之后移居去了檀香山，留下她一个人只需为解决房子的供暖问题而筹集些钱款。这样，出来迎接阿默瑞的就不是一位披头散发、怀里奶着饿得发疯的孩子、满脸凄惨的妇人，相反，从她接待他的神情来看，阿默瑞甚至可以认为她是个在世间毫无忧虑的人。

一种平静的旺盛精力和柔和怡人的幽默感与她那沉着冷静的心态形成了鲜明的对照——虽然她也时常让自己冷静下来，躲避世间的纷扰。她一方面能从事最平凡、最日常的事情（尽管她很明智，没有让编织和刺绣这类“家庭艺术”浪费她的时间），而另一方面，她也能随即拿起一本书，让自己的想象如天上的浮云一般随风飘荡。她性格中最富底韵的一面就是与人相处时她身上散发出的那种夺目的光芒。就像黑暗中的火炉能够给周围的人脸上投下浪漫与忧伤的光一样，克拉拉也能洒下一屋子的光与影，直到使最平凡的大叔身上有了优雅、深沉的魅力，送电报的迷路男孩变成快乐的、极富创见的小精灵。一开始，她的这种品质有些令阿默瑞不悦。他觉得自己已经够与众不同了，而她为了取悦在场的崇拜者们还要给他加入新的内容。他觉得这就像一位彬彬有礼却固执己见的舞台指导定要让他重新阐释一个他研究过多年的角色一样。

但是克拉拉的谈话……她的那些关于一个别针或一个醉鬼和她之间的故事……人们事后竭尽全力想学她说话、讲故事的样子，但他们一辈子也学不来。他们给予了她无限信任的关注和最灿烂的笑容，克拉拉很少流泪，但他们却带着泪眼朦胧的微笑看着她。

偶尔有几次，阿默瑞在大家散去之后又多坐了半个小时。如果是下午，他们两人就吃些面包、果酱，喝些茶；如果是夜晚，他俩就吃一顿被她称之为“槭糖午餐”的夜宵。

“你真了不起，难道不是吗？”一天傍晚六点，阿默瑞坐在餐厅中央的餐桌旁用这句被人用滥了的话赞美道。

“没什么。”她一边从柜橱里找餐巾纸，一边答道，“我其实是一个最平凡无奇的人，是那种除了自己的孩子以外对什么都不感兴趣的人。”

“你去和别人说这种话吧，”阿默瑞笑着说，“你知道你是个最迷人的人。”

他向她问了一个明知会让她尴尬的问题——那也是让人类祖先亚当最厌烦的第一个问题：

“和我说说你自己吧。”

而她的回答也是亚当会作的回答：

“没有什么好说的。”

但最终亚当也许还是回答了这个烦人的问题，说出了蟋蟀在沙地的草丛中歌唱的夜晚他内心所想的一切，而且肯定还拿出一副屈尊俯就的架式告诉夏娃自己与她是多么的不同，丝毫没有想到夏娃和他也是那么的不同……不管怎么说，那天晚上克拉拉还是把自己的身世告诉了阿默瑞。

自从十六岁以后，她的生活就再也没有了平静。她突然中断了学业，手里攥着大把的空闲时间。阿默瑞在翻阅她图书室的书时发现了一本灰色的卷了边的书，从这本书中掉出来一张发黄的纸。他冒失地展开那张纸，发现那是一首她在学校时写的关于一个阴暗的日子里的一面修道院灰色墙壁的诗，诗中的女孩迎风坐在墙头，遐想着外面多彩的世界，任风将她的披风吹起。一般情况下阿默瑞是不太喜欢这类伤感诗的，但这首如此简单、如此忧伤的小诗却使阿默瑞脑中出现了一幅克拉拉的图画。克拉拉在一个寒冷、阴沉的日子里睁着她那双渴望的蓝色大眼睛看着悲剧穿过门外的花园向她走来。他嫉妒起那首诗来，他多么希望自己和她在一起向坐在那高高的墙头上的她倾诉衷肠啊！他开始拼命地嫉妒起克拉拉身边的一切：嫉妒她的过去，她的孩子，还有那些蜂涌而来、尽情吸吮她如水般平静的柔情、放松其疲倦的大脑的男男女女们。

“你好像从不厌烦任何人。”他评论着。

“实际上这个世界上有一半人都让我厌烦，”她说了实话，“可有这样一个比例就很不错了。你说是不是？”她找出一本勃朗宁的书，想在其中找一段与这个话题有关的内容，她是他见过的唯一一个谈话过程中从书中引经据典的人。但这并不使人反感，也不会使人精力分散。她经常这么做，而且态度严肃认真又充满热情，以至于他渐渐喜欢上了看着她那一头金发的头埋在书中，眉毛微蹙、查找某个句子的样子。

3 月初，阿默瑞喜欢上了去费城度周末的方式。每次他去时她家里总是有其他人在场，而她也不急于和他单独相处，因为有很多次，只要她一句话，他们就能在一起待上甜蜜温馨的半小时。他又恋爱了，脑子里开始疯狂地设想结婚的事。虽然这念头在他脑海里盘旋了许多次，甚至话已到了嘴边，但他事后还是明白，这想法并没有什么基础。一次他梦见他的愿望实现了，但却一个激灵惊醒了过来，因为他梦见克拉拉变成了一个愚蠢的、长着亚麻色头发的女人，她头发的金黄色不见了，那伶牙俐齿的口才也消失得无影无踪，只剩下了个谈吐平庸不堪的女人。但无论怎么说，她是他所见过的第一个好女人，也是能够使他兴趣大增的为数不多的好人之一。她已经把她的友善变成了一种财富。阿默瑞认为大部分好人有的是把对人友善当作了一种义务，不情愿地履行着，还有的是装出一副亲切友好的样子，这里面当然还总有一些人是自命不凡者和伪君子（阿默瑞从没把这些人放在被拯救的范围之内。）

圣西西利亚[①]

在她灰色天鹅绒的裙摆上，
和轻轻飘落的长发里，
玫瑰色的亮光在淡淡的忧伤中闪耀。
它们忽明忽暗，把她衬托得如此美好。
灯光、笑声和轻轻的叹息
伴着玫瑰色的亮光在他与她之间回荡，
他只是隐隐约约地知道，
这里有笑声、闪电，还有玫瑰色的亮光。

“你喜欢我吗?”

“当然了。”克拉拉严肃地说道。

“为什么?”

“因为我们之间有那么多共同的地方，我指的是我们身上天然的、原有的东西。”

“你是说我没有好好利用我自己?”

克拉拉犹豫了一下。

“嗯，我说不好，一个男人当然应该多经历一些事情。我是受保护惯了。”

“请你别打岔，克拉拉。”阿默瑞打断了她，“请你再说说我吧，好吗?”

“当然可以，我很高兴谈谈你。”她说这话时脸上没有一丝笑容。

“你真好，请先回答我几个问题。我是不是特别自负?”

“呃——不是，你的自尊心很强。但看重这一点的人会觉得有趣的。”

① 圣西西利亚（? ~177?）：又译圣塞西莉亚，是天主教中的音乐家和教堂音乐的守护神。西西利亚生活的时代，基督徒常因坚持信仰而受到世俗当权者的残酷迫害，她宁死不屈，被当权者残忍杀害。她后来被移葬至罗马的圣西西利亚大教堂，而且其遗骸至今不朽，仍保持当初殉道时的原样。——译注

“我明白了。”

“你其实内心是很自卑的。当你觉得受到轻视的时候，你会陷入沮丧的三重地狱。你并没有多少自重。”

“你两次都说对了，克拉拉。你是怎么样发现这一切的？你平时连一句话都不让我说。”

“当然不能让你说——一个人在高谈阔论的时候，我是无法判断他是一个怎样的人的。我还没说完呢，虽然你常常对那些庸俗之辈宣称自己是个天才，但你没有多少真正自信的原因，是你把最严重的错误都归结到自己身上，然后再尽力去犯这些错误。比如说你总说自己是个酒鬼。”

“可我其实就是。”

“你还说你性格软弱，缺乏意志力。”

“是没有一点意志力，我是情绪、爱好的奴隶，大部分时间都受着各种欲望的支配。”

“你不是这样的！”她把一只小拳头放在另一只小拳头上，“你是个奴隶，但只是这世界一样东西的奴隶——你的想象力。”

“这话听上去很有意思。如果你不感到厌倦地话，请继续说下去。”

“我注意到了，你要是想晚一天回学校，你总是迟疑不决。其实回不回去的利弊你心里很清楚，但一开始你就拿不定主意。你得想上它几个小时，然后再决定该怎么做。当然了，如果有时间，你能用你的想象力想出一百万个理由留下来，所以你一旦决定下来，你的决定就不是好的初衷，而是带有一定偏见的了。”

“是这么回事，”阿默瑞又提出了疑问，“我让想象力把自己带入歧途，这难道不是缺乏意志力的表现吗？”

“我亲爱的小伙子，这就是你最大的错误了。这和意志力没有关系，不管怎么说，这是个愚蠢的、毫无用处的字眼。你缺的是判断力——是明知自己的想象力只要有机会就会把你带入歧途而当机立断的能力。”

“这么说我是死定了！”阿默瑞惊奇地叫了起来，“这是我最不希望听到的话了！”

克拉拉并没幸灾乐祸，她马上改变了话题。但她毕竟引起了他的思考。他相信她的话一半是对的。他觉得自己就像一个工厂主，刚刚斥责完工人的不诚实行为就发现自己的亲生儿子每星期都到办公室偷改账本。他那饱受他和朋友责难的意志力现在终于洗清了冤屈，而他的判断力则与他那顽童般淘气、在他身边又蹦又跳地嘲笑他的想象力一起，被投进了监牢。克拉拉的建议是他唯一完完全全听进去了的建议，也许达西主教给他的建议也是一个例外。

他是多么喜欢和克拉拉一起做任何事啊！和她一起逛商店是一种难得的、最大的享受，在每家她买过东西的商店里都能听到人们对这位漂亮的佩奇太太的小声议论。

“我敢打赌，她不会单身很久的。”

“别这么大声，她并不想听到什么建议。”

“她真是美极了。”

（这时走过来一位接待员，他一边朝她走来一边傻笑着。）

“她是个社交场上的人物，是不是?”

“是啊，但我想她现在是破产了，大家都这么说。”

“嘿，姑娘们，她可真是与众不同啊！”

无论听到了什么，克拉拉都照样光彩照人，阿默瑞相信商店里的人在价钱上给她打了折扣，有时她知道，有时不知道。他只知道她一向穿着都很得体，家中的用品也都是最上乘的。至少，她也每次都能受到领班招待的特别关照。

有时星期天他也和她一起去教堂。走在她身边，他会对她那受到清新空气中的细小水珠滋养而略显湿润的脸蛋儿着迷、发痴。她是个非常虔诚的教徒，只有天主才知道她的信仰已经达到了何等的高度；也只有天主才知道当她跪下身子，一头金发沐浴在从教堂彩色玻璃透进来的阳光中时，她汲取了多大的力量。

“圣西西利亚啊！”一天，阿默瑞不由自主地失声叫了出来。大家全都转过脸来看着他，神甫也停止了布道，这让克拉拉和阿默瑞的脸腾地一下红了起来。

那是他俩一起度过的最后一个星期天。那天晚上，他把一切都破坏掉了——但他实在是控制不住自己了。

那天傍晚，他们在3月的春风中漫步。天气温暖得犹如6月的夏日一般。阿默瑞的心中荡漾着青春的快乐，他觉得自己一定要一吐为快了。

“我想，”他用颤抖的声音说道，“如果我对你失去信任，那我肯定也就对天主失去信念了。”

她用一种十分惊讶的表情看着他，以至令他问起她是怎么了。

“没什么，”她慢慢地说道，“只不过在你之前已经有五个人和我说过这话了。我实在有些害怕。”

"噢，克拉拉，这就是你的命！"

她没有作答。

"我想爱情对你来说——"他又说。

她闪电般地转过身来。

"我从来就没爱过。"

他们慢慢地走着，阿默瑞突然意识到她把自己的那点事都告诉了他……从来没爱过……突然间，她好像变成了光的女儿，他整个人都脱离了她的轨道。他只想亲手摸摸她的裙子，同时他也意识到了若瑟从玛丽亚那里得到的生命永恒的意义①，然而，他只听到从自己的嘴里发出这样干巴巴的声音：

"可我爱你——我身上最大的潜能就是……噢，克拉拉，我也说不清，但如果两年后我回来准备娶你的话——"

她摇了摇头。

"不，"她说，"我不会再结婚了。我有两个孩子，我想自己把他们养大。我很喜欢你——我喜欢所有聪明的男人，特别是你——但你了解我，我不会嫁一个聪明的男人——"她突然停止不说了。

"阿默瑞。"

"什么？"

"你并没有爱上我。你绝不想和我结婚，是不是？"

"只是傍晚的缘故，"他惊奇于自己所说出的话，"我没想到自己把话说了出来。但我确实爱你——敬慕你——崇拜你——"

"这就是，你五秒钟之内有这么多的感情。"

他不情愿地笑了笑。

"不要把我说得那么无足轻重。克拉拉，有时候你真会让人沮丧。"

"你并非无足轻重。"她认真地说。她挎起了他的胳膊，睁大了她的眼睛。他能看得出她眼中的热情正在黄昏中渐渐地消失。"无足轻重意味着一个永久

---

① 若瑟从玛丽亚那里得到的生命永恒的意义：这是作者使用典故。据《圣经》记载，青年木匠若瑟和姑娘玛丽亚订了婚，但玛丽亚却在结婚同居前怀孕了，人们对此议论纷纷。若瑟是个义人，不愿以退婚公开羞辱玛丽亚，但心中也颇踌躇。天使在若瑟梦中提示他不要害怕，这是天主之子（即耶酥），于是若瑟娶玛丽亚为妻。婚后，夫妻二人在各种艰难困苦甚至在逃亡追杀的恐惧中，也不怨天尤人，而是相敬相爱。童贞玛丽亚无玷受孕和若瑟勇于担当父亲和丈夫的责任，在天主教里特别受到崇敬，若瑟被称为大圣若瑟，玛丽亚被称为圣母玛丽亚。——译注

的否定。”

“今天的天气真暖和——你的心中也装满了令人安逸的甜蜜。”

她放下了他的胳膊。

“你现在挺好，我感觉也不错。给我支烟，你是不是还从未见过我吸烟？是的，我抽烟，大约一个月抽一次吧。”

之后，那个漂亮女孩和阿默瑞一起在淡蓝色的黄昏中像两个淘气的疯孩子般向街角跑去。

“我明天就要到乡下去了，”她站在街灯洒下的光环之外，喘着气宣布着，“这些日子实在是太难忘了，尽管待在城里我会更加思念这些天的生活。”

“噢，克拉拉！”阿默瑞感叹道，“如果天主把你的灵魂朝相反的方向扳一下，你会变成怎样的一个魔鬼呀！”

“也许是，”她答道，“但我想我不会那样，我现在没有失去理智，以前也从未失去过。那次的爆发只是喷泉的喷射而已。”

“你也就是一座喷泉。”

此时，他们正肩并肩地走着。

“不，你又错了。你这么一个以为自己很聪明的人怎么会一而再、再而三地误解我呢？喷泉所代表的一切都和我恰恰相反，如果我看上去像那些多愁善感的希腊雕塑家喜欢的那种东西，那实在是一种不幸。我可以告诉你：如果不是为了面子的话，如果没有我那两个宝贝孩子需要我回去照顾，我会到修道院去做个安安静静的修女。”她边说边小跑起来，声音从前面飘到阿默瑞的耳朵里，他紧紧地跟了上去。

她是他所认识的唯一让他想变成另一个男人的女孩。阿默瑞常常紧紧地盯住一些初识的少妇，想从她的脸上读出这样的暗示：“噢，我要是能得到你该有多好！”噢，多么强烈的男性自负！

但那一夜是星光和声音相伴的一夜，克拉拉灵魂的光芒似乎还在他们走过的那些街道上闪耀。

他对着小水坑唱着：

> 金色，金色的微风——金色的微风中传来了金色曼陀林奏出的金色音符；金色的小提琴拉出金色的涟漪。美妙，噢，多么令人消沉的美妙乐曲……手编的篮子中垂下凡人摸不到的条条丝线，啊，是什么样年轻、狂放的神仙谁能知晓、谁能……？谁能把这样金色的……

阿默瑞的憎恶

就在阿默瑞与人闲谈、整天幻想地打发日子的时候，战争终于像一排大浪一般缓慢而不可避免地卷到了海边，冲平了普林斯顿玩耍的沙滩。体育馆里每天晚上都聚集着一排又一排的军人，他们在地上走来走去，把地板上的篮球线都磨掉了。阿默瑞在第二星期周末去华盛顿回来的路上，在普尔门卧铺车上又感受到了战争的的危机，这危机很快变成了一种反感的情绪。他对面的卧铺都被那些浑身散发着臭气的外国人占满了——猜想他们是希腊人，或是俄国人。他感叹着，与自己的同胞一起高喊爱国主义是一件多么容易的事情，而且要像当初殖民主义者或者十三个联邦州那样无畏地战斗也该是多么容易的一件事情。那一夜他通宵未眠，整夜听着那些外国人高声说笑，酣声大作，把整个车厢熏得臭气冲天。

在普林斯顿，大家在公共场合互相开着玩笑，但私下里却暗暗下决心一定要死得英勇。文科的学生狂热地阅读鲁伯特·布鲁克的著作，那些讲究穿着的人只担心政府是否允许军官穿英国制作的制服；少数无可救药的懒虫给战争部属的某个不知名的部门写信，要求给他们分配一些轻松的任务，并分配他们坐软卧去执行任务。

接着一星期之后，阿默瑞见到了伯恩，他立刻就明白和他争论已经毫无意义——伯恩已经变成了持不抵抗态度的和平主义者。伯恩涉猎了大量社会主义刊物和托尔斯泰的作品，再加上他自己迫切渴望拥有一份能将自己体内的能量调动出来的事业，这一切都决定了他把宣传和平当成个人追求的理想。

他说："德国人入侵比利时的时候，如果居民都平静地去做他们自己的事情，也许德国军队就会自行解体——"

"我知道，"阿默瑞打断了他的话，"我听说过这套理论，但我不想和你一起谈这些宣传，也许你是对的，但我们离不抵抗主义变成现实的日子还有几百年呢。"

"可是，阿默瑞，你听我说——"

"伯恩，那样我们就只有争吵下去。"

"很好。"

"我只想说一件事——我不想要求你去为你的家人和朋友想想，因为我知道他们和你那责任感比起来一钱不值——可是伯恩，你怎么知道你读的那些刊物、参加的那些团体不是德国人办的？你认识的那些理想主义者不是普通的德国人呢？"

“他们中有些人就是普通的德国人。”

“你怎么知道他们不全是拥护德国的呢？也许其中有不少软弱分子，是德国犹太人。”

“当然有这种可能性，”他说得很慢，“我现在采取这种态度有多少是受了宣传鼓动的影响，这我不清楚。但我肯定这是最由衷的信念——这就像在我眼前展开的一条道路一样。”

阿默瑞的心沉了下去。

“可你想想这样做有什么价值——没有人会因为你是个不抵抗的和平主义者而为你歌功颂德，你会因此陷入最糟糕的——”

“我不相信。”他插了一句。

“可这一切听起来都像纽约的波西米亚式的东西。”

“我知道你是什么意思。也就是因为我知道我才不想和你争论这件事。”

“伯恩，你就一个人，而你要去说服一群根本不肯听你讲的人，任凭天主给了你多大本领，你能做得到？”

“这个问题是斯蒂芬许多年前就该想过的。但他还是照样传播他的教义，最终让他们给杀了。他临终前也许想过，这一切都是白白的牺牲，但你知道，我一直觉得保罗在去大马士革的路上正是因为听到了斯蒂芬的死讯才奔走于世界各地传播基督思想的。”

“说下去。”

“说完了——这就是我的特殊使命，虽然现在我只是个小卒——一个被牺牲掉的小卒。主呀！阿默瑞，你觉不觉得我也像个德国人了？”

“呃，我没什么好说的了——说到不抵抗，我的逻辑就跟不上趟了。就像排中律一样，人就是、而且永远都会是一个巨大的光谱，一端是托尔斯泰的思想，另一端是尼采的——”阿默瑞突然停止了，“你什么时候走？”

“下星期。”

“那我当然要来送你。”

在他转身离开的那一瞬间，阿默瑞似乎看到在伯恩的脸上有和凯瑞两年前在布莱尔拱型门下和他说再见时一样的表情。阿默瑞感到很奇怪，不知为什么，他总是不能以自己最自然的那种真诚去和这两个人相处，这令他十分不快。

“伯恩是个狂热份子，”他对汤姆说，“而且我认为他是大错特错了。他不知道，他只是一群无政府主义出版商和德国人出钱雇佣的织破布的人手里的一个小卒子。可他还是让我时常想起。他就这么把一切有价值的东西都抛弃了，而——”

一星期之后，伯恩以一种平静的、戏剧化的方式离开了学校。临行前伯恩卖掉了所有的个人物品，然后骑着辆破旧的自行车到阿默瑞的宿舍来和他道别。他就是要骑这辆破车回他在宾夕法尼亚州的家乡。

“彼得隐士来和黎希留主教告别了。”亚历克靠在窗边的沙发上，看着伯恩和阿默瑞两人握手时说。

可阿默瑞此时却没有开玩笑的心情，他看着伯恩的一双长腿蹬着他那辆可笑的破车消失在亚历山大楼后时，心里就知道在接下去的一星期里他不会有好日子过了。他倒不是对战争本身有所怀疑：对他来说，德国人是所有令人厌恶的东西的化身，功利主义和无法无天的集权也令他深恶痛绝。他担心的是自己脑海中伯恩的那张脸，一想到他那歇斯底里的宣传，阿默瑞就感到恶心。

“这个时候临时抱佛脚地看歌德①的书到底有什么用?”他问亚历克和汤姆，“为什么要写出来证明是他发起的战争？或者说那个愚蠢的、被人捧上了天的席勒是只披着羊皮的狼?”

“你读过他们的东西吗?”汤姆狡猾地问。

“没有。”阿默瑞照实说来。

“我也没有。”他大笑着说道。

“人们在外边大喊大叫，”亚历克平静地说道，“可歌德只是静静地躺在图书馆书架上的老地方——谁想读他，他就会把谁烦死。”

阿默瑞没有吱声，他们也没有再谈这个话题。

“阿默瑞，你有什么打算?”

“去当步兵或者空军飞行员。我还没拿定主意呢。我讨厌机械方面的东西，可我觉得当飞行员肯定适合我——”

“我和阿默瑞有同感，”汤姆说，“步兵或空军飞行员——飞行员当然听起来像战争中浪漫的一面。你知道，这就像古代的那些骑士一般有趣儿。但我和阿默瑞一样，连马力数都弄不清。”

不知怎么，阿默瑞对战争就是提不起精神来，尤其是当他把战争的起因都归结于他的祖先时就更是如此了，这令他对自己十分不满。想想那些在1870年为德国欢呼的人们……还有那愈演愈烈的功利主义思潮，以及德国科

---

① 约翰·沃尔夫冈·冯·歌德（1749~1832）：著名的德国剧作家、诗人、思想家，有名作《浮士德》等传世。——译注

学和效率的那些崇拜者吧。一天，他坐在教室里上英文课，听到老师引用了《洛克斯利庄园》里面的一些诗句，于是他带着一种鄙视的心情沉思起丁尼生的诗和他所代表的一切。阿默瑞认为他是所有维多利亚时代人的代表。

维多利亚的人们，维多利亚的人们，
你们从未学会过哭泣，
但种下的那痛苦的种子，
却要你们的后代去收获——

阿默瑞在他的笔记本上顺手写下了这几行字。老师正在讲丁尼生诗的力度，五十个脑袋都埋得低低的，忙着做笔记。阿默瑞把笔记本翻到新的一页，继续涂写起来。

远远见到达尔文先生他们就瑟瑟发抖，
听到华尔兹舞曲响起，
纽曼[1]先生急匆匆走出去，
他们也瑟瑟发抖——

华尔兹的乐曲早就响起了，于是，他把那个句子又划掉了。

“这首诗的题目是《有序时代之歌》，”教授的声音又从远处传来，像蜜蜂的“嗡嗡”声一样单调、乏味。有序的时代——主呀！所有的东西都被装在一个大盒子里，维多利亚的人们都坐在盒盖上平静地笑……勃朗宁在他意大利的乡间别墅中正勇敢地喊出“一切会更好”的诗句。阿默瑞又接着写下去：

你在庙宇之中跪下，他[2]弯身听着你的祈祷，
感谢他赐予你的“宏恩”，埋怨他为何是个“中国佬”。

他为什么一次只能写出两行呢？

现在他需要一句与下面这一行押韵的诗：

---

① 约翰·亨利·纽曼（1801~1890）：英国红衣主教、作家。——译注

② 他：原文都是大写，指天主。——译注

你用科学来约束他，
虽然他以前一直做错……

不管怎样，他还是写了下去：

你在家中见到了孩子们，
向他们喊着：
“我已经把它修好了！”
你掏出来五十年的欧洲交到他们手中，
然后英勇地——合上了眼睛。

“从很大程度上来说是丁尼生的思想，”教授的声音又传了过来，“斯文本恩的这首《有序时代之歌》可以当作丁尼生的诗文很好的标题。相对于混乱和荒芜来说，他把秩序理想化了。”

阿默瑞终于想出来了。他又找到了新的一页，一阵疾风暴雨般地用这节课剩下的二十分钟把这首诗写了下来。然后，他走到了讲台前，把从他笔记本上撕下的一张纸放在了上面。

“这是致维多利亚人的一首诗，先生。”他冷冷地说道。

教授好奇地拿起了那张纸，阿默瑞则迅速地退到了门外。

下面就是他写的这首诗：

有序时代之歌
你让我们唱出，
排中律所得出的验证，
并把生活的答案，用韵律唱出。

唱开监狱紧锁着的牢房，
也唱出古老的钟声，让它轰然作响。
时间是所有谜的终结，
我们则是时间的终结。

我们的脚下是故乡的大海，
头顶是伸手可揽的蓝天，

身边有枪炮和戒卫的边界，
和那不可丢卸的盔甲。

千种古老的情怀
都已成为老生常谈，
这就是有序时代的歌
和我们所能唱出的所有音调。

诸事的终结

4月上旬在不知不觉中很快就过去了。学生们每天晚上在俱乐部的走廊上用留声机放《可怜的蝴蝶》那支歌，因为这是那年最流行的歌曲。战争离他们似乎很遥远。如果不是每隔一天下午都有操练的话，这个春天就不会和从前四年级的学生所度过的春天有什么不同。尽管如此，阿默瑞还是深深地感到这将是他在旧体制下所度过的最后一个春天了。

"这是对超人的一种巨大的反抗。"阿默瑞说。

"我看的确如此。"亚历克附和着。

"这种人不会向任何理想妥协。只要他一出现，一开口，麻烦就来了，他能调动起所有潜藏的邪恶力量，使大众人心涣散，摇摆不定。"

"当然了，他只不过就是个没有道德感的天才而已。"

"就是这么回事。我认为这是最糟糕的事，以前有过这样的事，什么时候还会有呢？拿破仑在滑铁卢战败五十年之后，英国的小学生就又有了个崇拜偶像——威灵顿[1]。咱们怎么能知道自己的子孙不会把冯·兴登堡[2]像拿破仑和威灵顿一样当作偶像去崇拜？"

"这怎么可能？"

"时间长了就有可能，还有那帮该死的历史学家也不起好作用。如果我们总能认识邪恶——无论它被穿上什么样的外衣——那该有多好！"

---

① 阿瑟·韦尔斯利·威灵顿（1769～1852）：英国政治家、元帅，在打败拿破仑的滑铁卢战役中立过大功，曾任英国首相。——译注

② 保罗·冯·兴登堡（1847～1934）：德国元帅、政治家，1925～1934年任德国总统。第一次世界大战时，他因击败过俄罗斯军队而名声大震（实际运筹帷幄的是埃里希·鲁登道夫将军）；他在当总统时，任命希特勒为总理，为纳粹上台大开了门路。——译注

“主啊！在学校的这四年来我们不是一直在怀疑一切吗?”

终于，最后的一个夜晚来临了。在不同的操练队中训练了一上午的汤姆和阿默瑞，这时像往常一样在洒满绿荫的小路上散着步，他们在周围还能见到一些熟悉的面孔。

“今晚的草丛中好像藏满了鬼。”

“整个校园里都是鬼。”

他们在小路上停了下来，抬头望着天上的月亮慢慢升起，在道底楼的石板屋顶上洒上一层银光，也给身边婆娑摇曳的树木涂上了一层蓝色。

“你知道，我们现在的这种感觉是两百年来所有在这里度过了他们青春岁月的优秀青年所共有的感觉。”汤姆小声说道。

这时，从布莱尔拱型门中传来了离别的歌声——那是个因永久的离别而变得嘶哑的噪音唱出的歌声。

“我们在这里要告别的不仅仅是一个班级，而是青春的遗产。我们只是一代人，但我们将打碎那些把我与脚蹬长筒马靴的那些高贵的前辈束缚在一起的锁链。我们并肩，我们与伯尔①和骑快马的哈利·李②并肩走过了多少这样的深蓝色的长夜。”

“对，他们就是深蓝色的，”汤姆扯开了话题，“再涂一点儿就会把它们整个破坏掉，使它们看上去不伦不类。直耸入云的塔尖，它们是黎明的前兆。还有石板屋顶上的蓝光——看见它真让人心痛……而且——”

“再见了，阿伦·伯尔，”阿默瑞向着空旷无人的那索大楼喊了一声，“你和我都要开始过不同的生活了。”

他的声音在一片寂静中回响。

“火焰已经熄灭了，”汤姆低声自语，“啊，马萨丽娜，长长的影子投在运

---

① 阿伦·伯尔（1756~1836）：美国政治家，美国竞选政治的创始人，有“现代竞选之父”之称。他曾在美国独立战争中任军官，以勇敢作战著称；在1801~1805年任副总统（托马斯·杰斐逊为总统）；因与著名政治家亚历山大?汉密尔顿发生争执，在1804年的决斗中打死了汉密尔顿；1807年被联邦政府签通辑并以叛国罪起诉，但联邦法院著名的约翰·马歇尔大法官判决其叛国罪不成立，伯尔也因在法庭上的雄辩表现而被视为英雄。——译注

② 哈利·李（1766~1818）：即亨利·李，绰号“轻骑兵哈利”，是乔治·华盛顿手下最著名的骑兵将领和美国独立战争的英雄。其父理查德·亨利·李是弗吉尼亚州在《独立宣言》上签字的代表，其子罗伯特·爱德华·李亦是一代名将，在美国南北战争时期曾任南部联盟军队总司令。——译注

动场上，看起来就像是清真寺的塔尖——”

有好一会儿，他们做新生时发出的歌声、笑声又回响在他们的耳畔。两人执手无言，泪眼相望。

“该死!”

“该死!”

最后的一丝光亮从塔尖下阳光灿烂的那块低矮狭长的草地上消失了，夜晚的鬼怪们又拨响了他们的七弦竖琴，在林间长长的小路上游荡着，唱出了一支凄婉的歌。微弱的火光借着夜色从一个塔身映到了另一个塔身。噢，无梦之眠，无倦之梦，请把这瞬间的芳香永留在压平的荷花瓣中。不必再等在月光中与星星、与塔尖告别：这一个欲望永恒的早晨能变成任意的时间，任意一个尘世间的午后。大力神海格利斯啊，你是否能透过那逝去的岁月，在火光与斗转星移的时间变幻中发现我欲目睹的这个夜晚？它在灰烬中轻舞，在火焰中收缩。你是否也能发现，这世界上有着无限的辉煌，也有不尽的悲伤？

插曲 1915 年 5 月 ~1919 年 2 月

这是一封 1918 年 1 月达西主教写给阿默瑞的信。阿默瑞此时正在长岛的米尔斯营地的登陆港执勤，任一七一步兵团第二中尉。

我亲爱的孩子：

你只需要告诉我你还活着，这就行了，其余的事情我会在我那难以驾驭的记忆中去寻找。我这记忆专门贮存兴奋的事情，年轻时和你一模一样。但在人生的舞台上人们总是喋喋不休地争吵不停，你我只能从舞台的两侧徒劳地向对方大声呼喊，直到人生最后的那块大幕突然间落下，落到你我晃动着的头上。你正在用同样丰富的经历点燃你那劈啪作响的神灯，上演你的人生剧目。在这里，我需要告诉你的是怎样才能把人们从愚昧的沉睡中唤醒……

有一件事是明了的，那就是无论你朝好的方向还是朝坏的方向变化，你都不会再是以前我认识的那个阿默瑞·布莱恩了，我们再也无法像从前那样会面了，因为你们这一代的成长经历更加坎坷，比起我们那一代来要坎坷多了，我们这一代至今还躺在 1890 年代的荣华之上逍遥自得呢。

阿默瑞，我最近又重读了埃斯库罗斯[①]的悲剧，在他的《阿伽门农》一剧中，我终于发现了我们这个时代为何如此痛苦——我们身边的这世界正在崩溃，而唯一一个与这个时代有共同之处的就是他那个妥协与顺从的时代。有时我都觉得我们的士兵就是罗马军团的战士，他们来自游牧的部落，远离自己腐败堕落的城市……毕竟部落比腐败堕落的城市更具威胁性……再给那个民族一个狠狠的打击吧……想想多年前我们凯旋时狂欢的情景，再想想整个维多利亚时代我们在敌人的尸体上胜利地欢呼的情景……

可胜利之后我们得到的却是一个彻头彻尾的功利的世界，当然还有天主教教堂，我不知道哪个更适合你，但有一点我能确定：你生为凯尔特人[②]，死也一定会死得像凯尔特人一样。因此，如果你不去天堂继续实现你的理想，那么你就会发现尘世在招唤你去继续施展你的抱负。

阿默瑞，我突然发现我老了。和所有的老人一样，我也有过许多梦想。我想把这些梦想告诉你，因为我一直幻想着你就是我的儿子。也许是年轻时代我一度陷入了一种幻境，那样生下了你，可等我清醒之后所有的记忆全部都消失了。这是一种父亲的直觉。你知道，阿默瑞，独身生活所意味的要比肉体的独身多得多……

有时候我觉得我们之间之所以有那么多的相似之处，其原因就在于我们拥有过一位共同的祖先，而且我发现奥哈拉家族与达西家族都和奥多纳休斯家族有血缘关系。我想这位祖先的名字应该是斯蒂芬……

如果说天上划过一道闪电，那么它就会同时照亮我们两个人：在你还没有到达登陆港的时候，我就已经接到指令要动身去罗马了。我正静静地等待，等待指示我去何处登船启航的命令。在你收到这封信之前我就已经漂泊在海上了，而下一个就要轮到你了。你从容地奔赴了战场，就像你去上中学、上大学一样，因为那是你该做的事情。最后把空谈和胆小的英雄主义留给那些中产阶级的庸人，他们在这方面比你更擅长。

你还记得去年3月的那个周末，你把伯恩·霍利德从普林斯顿带来

---

① 埃斯库罗斯（前525～前456）：古希腊悲剧诗人、悲剧作家，有“悲剧之父”、“有强烈倾向的诗人”的美誉，有《被缚的普罗米修斯》、《阿伽门农》、《善好者》等名作传世。——译注

② 凯尔特人：公元前2000年活动于中欧地区的有着共同的文化和语言特质的一些有亲缘关系的民族的统称，与日耳曼人并称为蛮族。——译注

见我的事情吗？他是一个多么出色的小伙子！当你事后写信给我，说他对我的评价是“杰出”的时候，我简直是给吓呆了。他怎么能这么没眼力呢？你和我一样，我们都不杰出，我们有许多其他的美德——我们与众不同，我们脑筋聪明，我想我们还称得上是才华横溢，但我们称不上杰出。我们有吸引力，会营造气氛，甚至会在凯尔特人的敏锐精明之中失掉我们凯尔特人的灵魂，我们永远能以自己的方式行事，但“杰出”？我们还谈不上。

此次罗马之行，我身上带有极好的个人档案材料和介绍信，而且到欧洲每个国家的首都会引起不小的轰动。我多么希望你能与我同行啊！这段话听起来好像有些玩世不恭，不像是个中年神甫对一个即将奔赴战场的青年的临别赠言，但请你原谅他吧，因为这实际上是他的内心独白。你我心中都很清楚，在很多事上我们之间有很深的相知。我们两人都拥有伟大的信念——虽然你的信念现在还不十分明朗。我们都诚实得无可救药，这是一种经什么样的诡辩都无法摧毁的品质。而且最重要的是我们俩身上都有孩子般的纯真淳朴，这使我们与邪恶永远无缘。

我为你写下了下面这首挽歌，很抱歉我所描写的脸颊与你的不太一样，但你一定会抽着烟读上它一夜的——

好了。诗是这样的：

为我的义子、为他即将奔赴战场与异族君王争战而作的挽歌

呜呼！
我心中的儿啊，他已经离我远去，
他的青春年华就像安格斯·奥格①
艳丽的鸟儿一样灿烂无比。
他意志坚强，头脑敏锐，就像穆尔希姆的库丘林②一样。

啊，
他的眉毛如梅佛所养的奶牛的奶一般洁白，
他的脸颊似树上的樱桃。

① 安格斯·奥格：凯尔特神话中的人物。——译注
② 库丘林：远古时的爱尔兰卫国英雄。——译注

当年玛丽亚为天主之子哺乳时，
樱桃树就曾为他们弯下了腰。

噢，
他的金发就像塔拉图君王金色的衣领，
他的眼睛有如爱尔兰四周的大海般蔚蓝，
他环视群山时的眼神，
似雨中的雾霭。

呜呼！
他即将驰骋在那激昂而血腥的战场，
和所有的将领一起展示他英雄的胆量。
他的生命即将离他而去，
我生命的琴弦也将随之折伤。

啊！
我的心与我儿的心一起跳动，
我的生命与他的生命紧紧相连。
人只有通过他的后代
才能让生命两度年轻，二次辉煌。

我的儿呀，我要为你欢呼！
愿天主之子伴随在他的左右，
愿万物之主用迷雾将异国君王的双眼遮挡，
愿女王的天恩将他指引。
让他冲入敌群，如入无人之境。
愿盖尔人的巴特里克①、天主教的柯伦姆，
以及爱尔兰的五千圣徒，
在他战斗的时候，
一齐化作一面护卫他的金盾。

---

① 巴特里克（389～461）：在爱尔兰建立基督教会的英国传教士、爱尔兰主保圣人。爱尔兰有纪念巴特里克的传统节日——译注

呜呼哀哉！

阿默瑞、阿默瑞，我似乎觉得这就是诀别，我们两人中有一个注定是熬不过这场战争了……近几年来我一直在和你讲我的生命在你身上延续这件事，你知道这对我是多么的重要……我们相似得奇特，不同得也很奇特……

再见了，我亲爱的孩子。

愿天主与你同在！

萨耶尔·达西

深夜登船

阿默瑞朝甲板的前部走了走，在一盏灯下找到了个凳子。他坐下来，从口袋中掏出笔记本和一支铅笔，开始慢慢地、吃力地写起来：

今夜我们就要出发，
在寂静无人的街道上穿行。
昏暗、灰冷的光照射下来，
沉闷的脚步声惊起在黑暗中的鬼怪。
夜色中的船坞里
日夜回响着这脚步声。

我们徘徊在无风的甲板上，
看着那幽灵出没的海岸
和千日的阴影与灰色船泊的残骸。
啊，我们是否还要去探究
那些已逝去的岁月？
大海就是这样变得灰白！

乌云散去，天空被烧得火一样通红，
闪烁着的光
照在空旷无人的高速路上
翻卷的海浪打在船尾，

一浪高过一浪，谱成一支恢宏的夜曲。

……今夜我们就要离去。

下面是1919年3月11日阿默瑞在奔赴布莱斯特之前给驻守在佐治亚州戈登营地的丹维利尔中尉的一封信：

亲爱的波德莱尔：①

我们将于本月30日在曼哈顿聚齐，然后去租一间像样的公寓房，你、我和亚历克三个人。写这封信时亚历克就在我的身边。我还不知道将来自己会做些什么，但我有种预感，觉得自己该去从政。凭什么在英国从政的都是牛津和剑桥的高材生，而在美国，从政的却都是些粗俗之辈？这些人在贫民院里长大，在流水线上受教育，之后就被送往国会，是些腐败的、大腹便便的败类。用辩论家们的话说，他们是既无思想也无理想。四十年前我们的政界还有些好人，可现在呢？我们这么多人成长了起来，却只能无所事事。有时我真想做个英国人。美国的生活太乏味、太无聊、太四平八稳了。

由于可怜的碧阿特丽丝的死，我今后的生活可能会拮据一些，只能有很少的一点儿钱。对于妈妈所做的一切我都能原谅，唯一不能原谅的就是她在最后那些日子里突然对宗教发生了狂热的兴趣，把已经所剩无几的财产的一半都捐给了教堂和神学院。我的律师巴顿先生来信说，我那成千上万的美元大部分都被投到了电车公司里，而据说因为电车车票每张只卖五分钱，他们正在赔钱。想想吧，每月三百五十美元的生活费，这对一个目不识丁的人来说都算不上什么！虽然我亲眼目睹了家中那一度可观的财产是怎样被投机、浪费、无章的管理和所得税侵吞一空，但我还是信心十足——这就是现代派的我，彻头彻尾的现代派，梅布尔。

不管怎么样，我们还是得去租间像样的房子。你可以在某个畅销的杂志社找份工作，亚历克可以去他家开办的那家锌业公司或是其它什么公司找份差事——亚历克正趴在我旁边看我写信，他说是铜业公司。我想这没什么区别，你说呢？要论赚钱，靠锌赚来的钱和靠铜赚来的钱一样不干净。至于大名鼎鼎的阿默瑞嘛，他可以写一些不朽的诗篇——如

---

① 夏尔·皮埃尔·波德莱尔（1821~1867），著名的法国现代派诗人，象征派诗歌先驱，传世名作《恶之花》。——译注

果他敢于把这些东西拿给别人看。把几句陈词滥调轻巧地改头换面，留给后人，我想没有什么比这份礼物更加危险了。

汤姆，你为什么不去信奉天主教呢？当然了，要做好一个天主教徒你得放弃你和我讲过的那些激进、复杂的想法。但你若想写出好诗来，你就得和高高的金色烛台、唱诗班冗长、舒缓的咏唱，还要与美国小资产阶级的神甫（这是碧阿特丽丝的说法）打打交道。你还得到那些装饰华丽的教堂去历行朝拜。我会把你介绍给达西主教，他可是个了不起的人物。

凯瑞的死对我们是个打击，从某种程度上来说杰西的死也是一样。我十分渴望知道伯恩到底藏到这个世界的哪个古怪的角落里去了。你猜他会不会以一个什么假名被关在哪个监狱里？我得承认，这场战争不但没有让我正统起来，反而让我成了一个狂热的不可知论者。天主教教堂的翅膀近来时常被折断，它的作用已经变得十分微不足道了。宗教界也已经没有什么出色的作家了。我对切斯特顿也感到了厌烦。

我只发现了一位已经渡过了大家一直议论的精神危机的士兵，与唐纳·汉克和我所认识的另一位士兵一样，但在这方面已经成熟了。老实说我认为这很荒唐，但对于家乡的人们来说，这倒不失为一种感情上的慰藉，能让父母为他们的儿子感到骄傲。这伴随危机而繁荣起来的宗教根本没有什么价值，它至多也就是昙花一现，逞一时的荣华罢了。我想，与热衷于巴黎物质享受的人比起来，到天主那里寻求精神支持的人毕竟是少数。

可是我们呢？你、我、还有亚历克。唉，咱们几个去找个日本男管家，穿上礼服去赴宴，再在桌上摆一瓶好酒，先过上它一段沉思默想，把感情抛到九霄云外的生活，然后再和那些有钱人一起去抢机关枪，或者和布尔什维克们一起去扔原子弹。天哪！汤姆，我真希望能发生点什么事，我已经像鬼一样坐立不安了，我怕发胖，怕恋爱，怕变得婆婆妈妈。我怕得要命。

我在日内瓦那边的房子要租出去，但一上岸我想先去西部见见巴顿先生，了解一些事情的细节。请你把回信写到芝加哥，请布莱克斯通转交给我。

再见了，鲍斯威尔。

塞缪尔·约翰生①

---

① 塞缪尔·约翰生：前文中，阿默瑞和丹维利尔两人在交往中曾以鲍斯威尔和约翰生相互戏称。——译注

第二部

成长的历程

第　一　章

初次登场

早春2月，在纽约六十八街康纳基寓所里有一间宽敞雅致的卧室，这显然是一间少女的闺房：粉色的墙面，粉色的窗帘，奶白色的床上铺着粉色的床罩。温馨的粉色和奶白色构成了房间的主色调，但是举目所及，一眼能看到的唯一的家具是一张安有玻璃顶和三面镜的豪华梳妆台。墙上挂着一幅名为《樱桃熟了》的昂贵版画，几只出自兰德塞尔①之手的温顺的狗，还有一幅马克斯菲尔德·帕里什②创作的《布莱克岛的国王》。

房间里凌乱地散放着一些衣物：七八个空纸盒子，长条的卫生纸卷儿松松垮垮地从盒口耷拉下来；全新的休闲装和晚礼服系列堆放在桌面上；一卷皱皱巴巴的薄纱全然失去了其本来的高雅品质，弯弯曲曲地缠绕着视野中的东西；两张小椅子上摆满了华美无比的女式内衣。谁能不在这一派雍容华贵的景象前流连忘返？谁能强压下渴盼一睹闺阁公主芳颜的热望？——瞧！来人了！真扫兴，来人原来是个找东西的女佣——她从椅子上拾起一堆东西，走到别处，又从梳妆台和五斗柜上搜罗了一堆衣物，细细一看，发现手里拿着几件漂亮的无袖裙和一件奇美的睡衣，然而女佣脸上分明写着不满意——她走出了房间。隔壁房间里依稀传来几声嘟嘟哝哝的抱怨。

此刻，我们禁不住热血沸腾，亚历克的母亲康纳基太太露面了。她体态丰满，气质高贵，略施粉黛，浑身一副贵妇派头，不过她憔悴不堪的面容破坏了美的完整性，颇为令人遗憾。她四处搜寻着一件东西，嘴唇意味深长地翕动着。她倒不像女佣那般尽心尽力，草草扫了几眼，举手投足之间还夹杂着一丝愠恼，似乎这才能弥补此番寻物的辛苦。薄纱绊住了她的脚，“该死的!”脱口而出，掷地有声。她走出房间，手中空无一物。

外边喧闹声更响了，一个娇气十足的女孩的声音说：“在这群蠢家伙之中——”

---

① 埃德温·亨利·兰德希尔（1802～1813）：英国画家，尤以描绘狗、鹿的画作闻名。——译注

② 马克斯菲尔德·帕里什（1870～1966）：美国艺术家，有“伪装大师”之称，他在风景画、摄影、广告画、插画领域都有卓越的成就。——译注

过了一会儿，第三个人出场了，那娇滴滴的声音并非出自来人之口，她比说话的人更加年轻稚嫩。进来的是塞西莉亚·康纳基，一位正值二八芳龄，清秀娇美，颇工心计，生性幽默的女孩子。她穿着一件简简单单的睡袍，却要替别人找晚礼服，心里自然有些不乐意。她走到最近的一堆衣物前，拣出一件长的粉色衣服，举到空中，细细品度着。

塞西莉亚：粉色的吗？

罗萨琳德〔从外边〕：是的！

塞西莉亚：俏丽活泼的式样吗？

罗萨琳德：没错！

塞西莉亚：我找着了！

〔她回头望见了梳妆镜中的自己，开始激情地摇摆起来〕

罗萨琳德〔从外边〕：你在干什么——在试衣服吗？

〔塞西莉亚停止摇摆，走出房间，右肩上搭着刚挑好的裙子。

亚历克·康纳基从另一扇门走进来。他飞快地扫视四周，直着嗓子大声喊道："妈妈！"隔壁房间里传来一阵闹哄哄的争吵声，好奇心驱使他走过去，又听见一阵喧哗声，他停住了脚步。〕

亚历克：原来你们都在这儿！阿默瑞·布莱恩来了。

塞西莉亚〔飞快地〕：带他到楼下来。

亚历克：哦，他就在楼下。

康纳基太太：那么，领他去看看他的住处。转告一声，我很抱歉现在抽不出时间见他。

亚历克：他久闻你们的大名。我希望你们动作快一点。父亲正在与他聊战争感受，他等得有点烦躁不安。他这个人有几分神经质。

〔最后一句话足以吸引塞西莉亚走进屋来。〕

塞西莉亚〔挺直腰肢，坐在一堆内衣上〕：你说"神经质"是什么意思？过去在信中你也这样评价他的。

亚历克：哦，他常搞点小创作。

塞西莉亚：他弹钢琴吗？

亚历克：我想他不会。

塞西莉亚〔若有所思〕：他喝酒吗？

亚历克：是的——他身上没什么超凡脱俗的地方。

塞西莉亚：他有钱吗？

亚历克：天哪——你自己去问他吧。他以前拥有过一大笔财产，现在也还有经济来源。

康纳基太太：亚历克，你的任何一个朋友来访我们当然都很高兴。

亚历克：你当然得见见阿默瑞。

康纳基太太：当然，我希望见见他。但是我认为你离开这么完美的家，搬去与另外两个男孩住在某个令人难以置信的公寓里，这未免太孩子气了。我希望你们几个没有养成敞怀豪饮的恶习，想喝多少就灌多少。〔她顿了一会儿。〕今晚他将受到一点冷遇。你知道这一星期属于罗萨琳德。一个女孩子初次步入社交圈，当然应该成为所有人关注的焦点。

罗萨琳德〔从外边〕：嗯，那么快过来看着我呀。

〔康纳基太太走了过去。〕

亚历克：罗萨琳德一点也没变。

塞西莉亚〔低声地〕：她被宠坏了！

亚历克：她今晚要会见意中人呢。

塞西莉亚：谁——阿默瑞·布莱恩先生吗？〔亚历克点点头。〕

塞西莉亚：罗萨琳德仍然不得不与难以对付的男人打交道。亚历克，说真的，她对男人们可真够狠心的。她随心所欲地责骂他们，折磨他们，无缘无故失约，当着他们的面哈欠连天——他们反而来得更殷勤了。

亚历克：男人们喜欢这一套。

塞西莉亚：他们讨厌这些伎俩。她这个人——有几分像吸血鬼，这是我个人的看法——她常常能支使女孩子听命于她——不过她讨厌女孩子。

亚历克：我们这一家人个个个性十足。

塞西莉亚〔温顺地〕：我猜个性还没跑到我身上就溜出了我们家的门。

亚历克：罗萨琳德乖吗？

塞西莉亚：不算太乖。哦，表现一般——时不时抽抽烟，喝喝混合饮料，与人接接吻——哦，是这样的——这是大家的共识——你知道的，这是战争后遗症之一。

〔康纳基太太出现了。〕

康纳基太太：罗萨琳德差不多打扮好了，现在我可以下楼见见你的朋友了。

〔亚历克和母亲走出房间。〕

罗萨琳德〔从外边〕：哦，妈妈——

塞西莉亚：妈妈下楼了。

〔此刻罗萨琳德走进屋来。罗萨琳德是——十足的罗萨琳德。她属于那么一种女孩子，毫不费力就能俘获男人的心。几乎只有两类男子不会爱上她：一般而言，木讷迟钝的男子往往害怕她的聪明伶俐，头脑敏捷的男子则害怕她的美貌。任何其他类型的男子都会拜倒在她的石榴裙下。

如果过分溺爱会让罗萨琳德丧失本性的话，现在早已被宠坏了。然而事实上，她的天性根本不同于人们想象中的娇小姐的脾性。她心念一动，想得到什么就能得到什么。得不到心中所想，她就不遗余力地折磨身边的人——但是从真正的意义上来看，她并没有被娇纵惯坏。她浑身上下充满了蓬勃的青春活力，她愿意慢慢走向成熟，逐渐学习新知识和新经验，她始终坚信浪漫情感永远不会枯竭。她的勇气和诚实的本质——这一切闪光的品质根植于她的天性，没有因备受娇宠而完全消失。

在很长的一段时间里，她和家人都在互相怨恨。她不愿受管教约束。她的生活哲学可以解释为：劝己及时行乐，待人宽容放纵。她喜欢读惊险故事。她性情美好迷人，不过美好之中常夹杂着粗鲁的痕迹。她盼望得到人们的垂青和欢心，但是如果别人喜欢她，她绝不会为此费心劳神，或者尝试改变自己。

她绝非完美性格的典范。

男人们普遍认为如何教导美女是一个值得关注的问题。而罗萨琳德已对单个的男人彻底丧失了信心，但是对男性这一整体，她始终未曾改变信念。她讨厌女人。她敏锐地感觉到了自身的劣根性，并对此鄙夷不屑，而女人们恰恰体现了这些恶劣品质——早期的卑鄙、虚荣、怯懦、小小的不忠。一次，当着满屋子母亲的女友们，她公然宣称女性存在的唯一理由是为了给男性世界添点乱子。她的舞跳得很棒，作画时很有灵感，不过常常草草收笔。她有惊人的语言天赋，却只在写情书时才加以运用。

然而，她的美貌最终抵消了所有的批评。她披着一头金黄闪亮的秀发，激起了人们追求发型时尚的愿望，这无疑强有力地支持了印染工业。她那张百吻不厌的小嘴，稍显性感，完全能搅得人心神不宁。她长着一双灰色的眼睛，面部皮肤并非毫无瑕疵，两颗淡淡的粉刺使她的脸平添几分俏丽。她在屋里踱步，或在街上漫步，或在高尔夫俱乐部挥棍，或者翻个“侧身筋斗”，一举手一投足之间都充满了一种令人赏心悦目的魅力。

变化多端是罗萨琳德最大的性格魅力所在，她与伊莎贝拉夸张的不自然的风格迥然不同。在达西主教的眼里，她算得上一个特别的人物或角色，无论怎么个叫法，都可见其对罗萨琳德了解之透彻。她或许正是那么一个性格微妙、复杂多变、百年难遇的矛盾体。尽管平日里稀奇古怪、扑朔迷离的念头塞满了她的小脑子，初涉正式交际场合的那天夜晚，她仍然欢欣雀跃，开心得像个未谙世事的小女孩一样。她母亲的女仆刚替她做好了头发，然而她却不耐烦地宣称自己的手艺比女仆高明得多。此时此刻，她焦虑不安，心绪不宁，烦躁地在屋里走来走去。正因为无法排遣紧张情绪，她才走进这间乱七八糟的卧室里。她要开口说话了。如果说伊莎贝拉女低音般的嗓音宛如小提琴拉出来的低调旋律，那么罗萨琳德的声音里则充满了跳动的音符，犹如那欢快流畅的飞瀑。〕

罗萨琳德：说真的，在这个世上我真心喜欢的服饰只有两种——〔在梳妆台前梳理自己的秀发〕一种是带灯笼裤的圈环裙；一种是连身泳装，这两种款式穿在我身上十分迷人。

塞西莉亚：即将进入社交圈了，高兴吗？

罗萨琳德：当然喽。你呢？

塞西莉亚〔带讽刺意味地〕：你能如愿以偿嫁一个年纪轻轻、成家心切的小伙子，幸福地定居在长岛上，心里自然美滋滋的。你想把生活变成一条与男人逢场作戏的链子，而在每一个不同的环节都有一个不同的男人。

罗萨琳德：想把它变成一条长链！你言下之意是说我已经发现生活本来就是这个样子。

塞西莉亚：哈哈！

罗萨琳德：塞西莉亚，亲爱的，你不了解生活对我而言是怎样严峻的考验——像我这么貌若天仙的人，走在大街上，只有把脸绷得像钢铁一样，男人才不会对我挤眉弄眼。在戏院里看戏，如果赶上坐在前排，只要我开怀大笑，喜剧演员紧接着就会专门为我一个人表演。舞会上，与谁搭了个话，不经意瞥了谁一眼，不留神丢了块手帕，我的舞伴就会在接下来的一星期里没完没了地打电话纠缠我。

塞西莉亚：这一定让人大伤脑筋。

罗萨琳德：不幸的是，那些能让我提起兴趣来的男子根本就不符合标准。现在——如果我贫困潦倒，我就会去当演员。

塞西莉亚：没错，你还能靠演出所得的薪水自食其力呢。

罗萨琳德：有些时候当我自己觉得特别光彩照人时，我想过自己为什么要在一个男人身上浪费青春和芳颜呢？

塞西莉亚：每逢你歇斯底里发作时，我就百思不得其解，为什么你单在一家人身上浪费你的娇小姐脾气。〔起身〕我想我该下楼见见阿默瑞·布莱恩先生。我喜欢情绪化的男人。

罗萨琳德：世上根本没有情绪化的男人。男人们根本不懂什么叫真正的脾气，什么叫真正的快乐。——那些确实喜怒无常的家伙，轻易就会精神崩溃。

塞西莉亚：我庆幸自己没有你那么多的烦恼。我订婚了。

罗萨琳德〔轻蔑一笑〕：订婚了？咦，你这小疯子！如果妈妈听见了这些话，她会把你送到你该去的地方——寄宿学校。

塞西莉亚：说归说，你不会向妈妈告密的，因为我手里还有你的把柄——你这个极端自私自利的家伙！

罗萨琳德〔稍微有点生气〕：快走开，小女孩！你与谁订婚了，与卖冰郎，还是与糖果店老板？

塞西莉亚：低级趣味——再见，亲爱的，回头见。

罗萨琳德：哦，千万记着来找我——你总能帮上我的忙。

〔塞西莉亚退出了房间。罗萨琳德梳顺了秀发，站起来，口里哼着歌儿。她走到穿衣镜前，在柔软的地毯上欢快地旋转着舞步。她执着的目光并没有停留在转动的脚步上，而是专注地凝望着自己美丽的双眸——从来不会漫不经心地瞥一眼，总是那样深情款款，那样全身心投入。即使她笑意盈盈时，她也依然只会注视着自己的眼睛。门突然开了，阿默瑞站在门口，"砰"一声甩上了门，他依然英俊潇洒。看到屋里美丽的少女，他顿时一片迷乱。〕

他：哦，很抱歉。我认为——

她〔灿烂地笑着〕：哦，你就是阿默瑞·布莱恩，对吗？

他〔细细打量着她〕：那么你就是罗萨琳德了？

她：我要称呼你为阿默瑞——哦，快进来吧——没关系，妈妈马上就来——〔压着嗓子〕太不幸了。

他〔四处看了看〕：现在我的眼前真是一片新天地。

她：这天地里没有男性。

他：你住在这儿吗——你——〔停住了〕

她：是的——这儿的一切都属于我。〔她走到五斗柜前〕瞧，我的胭脂口红——我的眼线笔。

他：没料到你原来是这个样子。

她：你以为呢？

他：我以为你有点——有点——缺乏性感，你知道的，只会游泳和玩高尔夫球。

她：哦，玩乐是我的本色——不过工作时间我并非这样。

他：工作？

她：六点至两点——严格地说。

他：我想在你就职的公司买点股份。

她：哦，我不在公司上班——就在自己的“罗萨琳德无限公司”谈生意。公司共有百分之五十一的股份像名声哪，善意哪，每样东西一年值都两万五千美元。

他〔反感地〕：听起来挺让人寒心的。

她：阿默瑞，你不会在意——对吗？如果让我碰上了一个两星期之后还不叫我腻烦的男人，世界或许就从此大不一样了。

他：奇怪，你对男人的看法怎么与我对女人的看法完全一样呢？

她：我不是真正的女权主义者，你知道的——在我的骨子里。

他〔饶有兴趣〕：说下去。

她：不，你——你接着说吧——你一直让我谈论我自己。这不合规则。

他：规则？

她：我自己拟定的规则——但是你——哦，阿默瑞，我听说你非常出色，我们全家人对你寄予厚望。

他：这话真鼓舞人心！

她：亚历克说你教会了他思考，对吗？我可不信谁能做到这一点。

他：不是这样的。我这个人其实呆头呆脑的。

〔显然，他没有以为罗萨琳德会把此话当真。〕

她：撒谎。

他：我——我笃信宗教——喜欢文学，我已经——甚至写过诗呢。

她：自由诗吧——太棒了！〔她高喊道〕

树儿绿了，
鸟儿在林间歌唱，
少女吮吸着毒汁，
鸟儿飞走了，少女死了。

他〔开心地笑了〕：不，不是这类肤浅的诗。

她〔蓦然地〕：我喜欢你。

他：可别这样。

她：还很谦虚嘛——

他：我怕你。通常我害怕女孩子——直到吻过她后，恐惧感才会消失。

她〔加重语气〕：亲爱的小男孩，战争已经结束了。

他：因此我永远也摆脱不了对你的惧怕。

她〔相当忧郁地〕：我也这么看。

他〔细致思考之后〕：听着，我请你做一件惊天动地的事。

她〔明白将要发生些什么〕：五分钟之后再说。

他：不过你会——吻我吗？或者说你怕吗？

她：我从未害怕过——只是你给出的理由不够充分。

他：罗萨琳德，我真心实意想吻你。

她：我也是。

〔他们真真切切、深深地拥吻在一起。〕

他〔扣人心弦的一刻之后〕：嗯，你的好奇心满足了吗？

她：你的呢？

他：没有，我的好奇心反而被勾起来了。

〔他注视着她的娇唇。〕

她〔梦幻般地〕：我吻过成打的男人。我还想吻更多的男人。

他〔神不守舍地〕：是的，我想你可能——喜欢这样。

她：大多数人喜欢我接吻的方式。

他〔想起了自己〕：天哪，千真万确。再吻吻我吧，罗萨琳德。

她：不——一般而言一个吻足以满足我的好奇心了。

他〔垂头丧气〕：这也是一条规则吗？

她：我根据具体情况制定规则。

他：我们俩有几分相似——不过我岁数比你大，人生阅历比你丰富。

她：你多大年纪了？

他：差不多二十三岁了，你呢？

她：刚满十九岁。

他：我猜你是由一所摩登学校调教出来的。

她：错了——我还是纯真无瑕的。我被斯潘塞学校开除了——原因我可忘了。

他：你一般的善恶标准是什么？

她：哦，我这个人聪明伶俐，自私自利，易触景生情，喜欢崇拜——

他〔蓦然地〕：我希望自己别爱上你——

她〔扬扬眉梢〕：没人逼你。

他〔漠然地接下去〕：不过我或许将坠入爱河。我喜欢你的嘴。

她：嘘！请别爱上我的嘴——迷恋我的头发、眼睛、肩膀、拖鞋，什么都行——只是别迷恋我的嘴。人人都爱我的嘴。

他：它长得很美。

她：太小了。

他：不，一点也不小——我们来试试看。

〔他又一次深深地吻住她。〕

她〔芳心大动〕：说点好听的吧。

他〔吓坏了〕：主啊救救我。

她〔抽回身子〕：好吧，别说了——如果你这么为难。

他：我们要弄虚作假吗？这么快就坠入爱河了吗？

她：我们的时间标准与别的人不一样。

他：既成事实——管别人怎么看呢。

她：咱们装成相爱的样子吧。

他：不，我不会作假——这是情感呀。

她：你不会这样多愁善感吧？

他：不会，我天性浪漫——凡是多愁善感的人都认为美好的事物将永存于世——而凡是浪漫主义者则抱着侥幸的念头，希望美好不要长驻。情感意味着，感情丰富和外露。

她：你可算不上感情丰富。〔半闭着眼〕你或许还自以为这样就能表现得高人一等呢。

他：好了——罗萨琳德，别斗嘴了——再吻吻我。

她〔此时表情冷漠〕：不——我连一点欲望都没有。

他〔显然吓了一跳〕：一瞬间之前你还想吻我呢。

她：彼一时，此一时。

他：我最好还是离开这里。

她：最好不过了。

〔他挪步到门口。〕

她：哦！

〔他往回走。〕

她：〔放声大笑〕：得分，我方：一百分，对方：零分。

〔他转身朝门走去。〕

她〔迅速地〕：有雨——赛事取消。

〔他走出房间。

她静静地移步走到五斗柜前，取出一个香烟盒，藏在桌子靠边的抽屉里。她母亲走进屋来，手里拿着一个记事本。〕

康纳基太太：好的——我一直想在我们下楼前与你单独谈谈。

罗萨琳德：天哪！你别吓唬我！

康纳基太太：罗萨琳德，你一直是个奇货可居的宝贝。

罗萨琳德〔温顺地〕：是的。

康纳基太太：你知道你父亲已不如从前那样富有了。

罗萨琳德〔绷着脸〕：哦，请别提钱。

康纳基太太：没钱你就会一事无成。今年是咱们住在这幢房子里的最后一年——除非情况发生变化，塞西莉亚不具备你这样优越的先天条件。

罗萨琳德〔烦躁不安地〕：那么——你到底想跟我谈什么呢？

康纳基太太：因此我想请你时时提醒我注意记在笔记本里的几条要求。其一：请不要跟着青年小伙子溜走。或许到特定的时候，这种举动会具有价值，不过现在我希望你老老实实地待在舞厅里，我希望能在那儿找到你。我还想让你结识几个男人，我可不愿看见你躲在艺术学校的某个角落里，和别人做出什么傻事来——或者听到诸如此类的事情发生。

罗萨琳德〔讥讽地〕：没错，听到比亲眼看到好受多了。

康纳基太太：不要在那些大学生身上浪费宝贵的青春——我是说那些十九岁或二十岁的毛头小伙子们。你参加大学生舞会或者橄榄球赛，我不会干涉你的自由，不过你躲避对你、对我们一家人大有裨益的聚会，与什么汤姆、迪克、哈利厮混在一起，跑到市中心的小咖啡馆里去吃东西——

罗萨琳德〔谈自己的观点，语词锋利，尖刻程度不亚于母亲的约法三章〕：妈妈，别再谈些无聊的话题了——如今都什么年代了，你不能抱着1890年代初期的旧思想不放手。

康纳基太太〔毫不在意〕：你父亲有几个单身的朋友，我想让你与他们见见面——全是些年纪不算太大的人。

罗萨琳德〔心领神会地点头示意〕：都在四十五岁上下吧？

康纳基太太〔厉声地〕：有什么不可以吗？

罗萨琳德：哦，没什么大不了的——他们洞析人生百态，脸上还挂着令人景仰的倦意〔摇摇头〕——不过他们会跳舞。

康纳基太太：我没见着布莱恩先生——但我想你不会喜欢上他，听起来他不像是个会赚钱的人。

罗萨琳德：妈妈，我从不考虑钱的因素。

康纳基太太：你从来不愿多想想钱的种种好处。

罗萨琳德〔长叹一声〕：是的，我想或许有一天我会嫁给一吨钱——等我百无聊赖的时候。

康纳基太太〔翻看一下笔记本〕：我收到了哈特福德的电报。道森·赖德快要来访了。现在总算要来一个合我心意的年轻人，他简直就是飘浮在钱堆上。我看你也腻味了霍华德·吉莱斯皮，不妨给赖德先生一点鼓励嘛。今天可是他在一个月内的第三次造访了。

罗萨琳德：你怎么知道我厌烦了霍华德·吉莱斯皮呢？

康纳基太太：可怜的男孩每次来访都情绪低落。

罗萨琳德：战前的几桩浪漫爱情故事中有一桩对他打击很大。那几次浪漫经历全出了乱子。

康纳基太太〔总结性发言〕：无论如何，今晚你得让我们大家为你自豪。

罗萨琳德：你看我够不够漂亮？

康纳基太太：你知道的，你非常美。

〔楼下传来吱吱嘎嘎的调试小提琴声和阵阵鼓声。康纳基太太飞快地转向女儿。〕

康纳基太太：快点！

罗萨琳德：等一会儿！

〔她母亲走了。罗萨琳德走到梳妆镜前，沉湎在极大的自我陶醉中。她吻了吻自己的手，用手轻轻抚摸着镜中小巧玲珑的嘴。然后她关上灯，离开了房间。一阵短暂的沉寂。透过半掩的门，从外面台阶上传来了钢琴弹出的几声清脆的琴音，若有若无的不协调的鼓点声，新丝绸摩擦发出的沙沙的声音。下面的欢声笑语越来越大，越来越响。有人走进来，关上了门，打开了灯。原来是塞西莉亚。她走到带镜的五斗柜前，翻了翻抽屉，稍稍迟疑了一下——随后走到藏着香烟的桌子旁，拿出香烟盒，取出一支烟。她点燃了烟，尔后边抽边吐，走到穿衣镜前。〕

塞西莉亚〔以老练世故的口吻〕：哦，是的，谁不知道这年头无论办什么正式的社交舞会，都简直形同闹剧。十七岁以前，姑娘们在外头早已玩疯了，完全与传统习俗背道而驰。〔与臆想中的中年贵族握了握手〕是的，阁下——我相信姐姐跟我提过你。抽一口吧——这烟味道不错，您不抽烟吗？真遗憾！我猜是国王殿下没恩准吧。是的，我要跳舞了。

〔因此她在屋里旋转着，踩着楼下音乐声的节奏，她的双臂伸向虚设的舞

伴，香烟在手里随着舞步而摇晃。〕

几小时后

楼下一间小屋的角落里，满满当当地塞着一张十分舒适的皮长沙发，沙发两头的上方各挂着一盏小小的壁灯，中间位置悬挂着一幅1860年代中期一位老态龙钟、高贵尊严的绅士的肖像。外头传来了狐步舞的乐曲。

〔罗萨琳德坐在长沙发上，左边坐着二十四岁的霍华德·吉莱斯皮，他一副无精打采、郁郁寡欢的样子，而她也觉得索然无味。〕

吉莱斯皮〔有气无力地〕：你说我变了是什么意思？我的感情始终如一。

罗萨琳德：但是在我眼前你与从前判若两人。

吉莱斯皮：三个礼拜以前，你还不时说你喜欢我是因为我如此冷漠超然，对什么都无动于衷——我丝毫没有改变呀。

罗萨琳德：可我时时都在变。我过去喜欢你是因为你长着一双棕色的眼睛和两条修长的腿。

吉莱斯皮〔无助地〕：我的腿仍然是修长的，眼睛仍然是棕色的。你是个不折不扣的吸血鬼，就这么简单。

罗萨琳德：只有即席演奏吸血鬼（vampire）的发音与即席演奏（vamping）有些相似。① 钢琴我还能勉强对付。男人们总想不通我何以如此轻松自然、从容不迫。我过去蛮以为你不会吃醋，现在可好，我走到哪里，你的眼睛就跟到哪里。

吉莱斯皮：我爱你。

罗萨琳德〔冷淡地〕：我知道。

吉莱斯皮：你连着两个礼拜没吻我了。我以为吻过一个女孩子之后，就赢得了她的芳心。

罗萨琳德：那年头早已过去了。你每见我一次，都得重新尝试赢得我的心。

吉莱斯皮：此话当真？

罗萨琳德：我一直都很认真。过去吻有两种不同的表象，其一是姑娘们被吻过之后遭抛弃，其二是订婚之吻。现在多了第三种，男人们被吻过之后

① 罗萨琳德故意装作没听清楚，好岔开话题。——译注

遭抛弃。如果在 1890 年代琼斯先生吹嘘自己吻了一个女孩子，大家心里就会明白他们之间已经完了。如果在 1919 年琼斯先生还吹同样的牛，原因显而易见，他根本没有机会再次吻她。当代社会里，只要有一个良好的开端，任何女孩子都能击败男性对手。

吉莱斯皮：那你为什么热衷于玩弄男性呢？

罗萨琳德〔信赖地欠身过去〕：最初，他对一切都感到新鲜有趣。有那么短暂的一瞬——哦，初吻发生之前，柔情的软语轻喃——总有点什么叩响了心扉，使吻变得很有意义。

吉莱斯皮：然后呢？

罗萨琳德：然后你设法让他谈论自己，要不了多久，他就别无他求，一心一意只想与你单独相处——他为你怄气懊恼，从不与你争长论短，无意于拿你寻开心——你就大获全胜了！

〔道森·赖德走了进来。二十六岁的赖德仪表堂堂，富有阔绰，坚守自身的信条。他或许生性乏味，然而他坚定不移地追求着生活和事业的成功。〕

赖德：罗萨琳德，我确信这支舞曲轮到我了。

罗萨琳德：道森，你认出我来了。现在我知道了自己没有抹太厚的脂粉。赖德先生，这是吉莱斯皮先生。

〔他们礼节性地握了握手，吉莱斯皮走开了，显然一副无精打采的样子。〕

赖德：你的舞会无疑非常成功。

罗萨琳德：是吗——我近来没什么感觉。我很疲倦——你介意出去小坐一会儿吗？

赖德：介意——我乐意从命。你知道我讨厌"行色匆匆"，只能在昨天、今天、明天见见心爱的姑娘。

罗萨琳德：道森！

赖德：怎么了？

罗萨琳德：我拿不准你是否知道自己爱上了我。

赖德：什么——哦——你心里明白自己是个出类拔萃的女孩。

罗萨琳德：因为你也清楚我是个可怕的人物。谁娶了我，谁就注定要终身奔波忙碌。我这个人很卑鄙——非常卑鄙！

赖德：哦，我可不这么认为。

罗萨琳德：哦，是的，我就是这样的人——尤其对最亲近的人，更是如此。〔她站起来。〕走吧，我们走吧，我改变主意了，我想跳舞了。妈妈或许正在大动肝火呢。

〔两人退场。亚历克和塞西莉亚走进来。〕

塞西莉亚：舞曲间歇时能与自己的亲哥哥待在一块儿，我真走运。

亚历克〔阴郁地〕：如果你同意，我想离开舞场。

塞西莉亚：天哪，别走开——你走了，下支舞曲我与谁跳？〔一声哀叹。〕法国军官归国后，跳舞一点意思也没有。

亚历克〔心思重重〕：我不愿阿默瑞爱上罗萨琳德。

塞西莉亚：怎么了，我还以为你巴不得这样呢。

亚历克：我确实想过，不过自从看见这么些姑娘们后——我不知道为什么想法变了。我喜欢阿默瑞。他很敏感，我不希望看见他为了一个不在乎他的人被整得肝肠寸断。

塞西莉亚：他长得相当帅气。

亚历克〔仍然若有所思地〕：她不会嫁给他的，可女孩子也没有必要为伤人的心而嫁人。

塞西莉亚：怎么才能伤男人的心？我希望自己知道秘密所在。

亚历克：唉，你这个冷血的小猫咪。上天赐给你一个朝天鼻，这对男人来说可算一件幸事。

〔康纳基太太进来了。〕

康纳基太太：罗萨琳德到底跑到哪里去了？

亚历克〔容光焕发〕：你找到我们算是找对了人。她自然要与我们待在一起。

康纳基太太：你父亲精拣细选，挑出了八个百万富翁与她见面。

亚历克：你可以组建一支追求队伍，绕着大厅转上几圈。

康纳基太太：我是相当严肃的——因为我清楚在她涉足正式社交场合的晚上，她可能会与哪个橄榄球运动员在科科阿纳特·格罗夫厮混。你往左边去找，我去——

亚历克〔轻率无礼地〕：你是不是最好派男管家到地下室里找一找？

康纳基太太〔相当严肃〕：哦，你真的认为她会在那里吗？

塞西莉亚：他仅仅是开个玩笑而已，妈妈。

亚历克：妈妈肯定想象着她在地窖里和某个高个子跳栏运动员开啤酒桶的盖子呢。

康纳基太太：咱们马上分头去找。

〔他们离开了。罗萨琳德与吉莱斯皮结伴而来。〕

吉莱斯皮：罗萨琳德——我再问你一次。我身上没有一点你在意的东西吗？

〔阿默瑞轻快地走进来。〕

阿默瑞：这曲舞归我。

罗萨琳德：吉莱斯皮先生，这是布莱恩先生。

吉莱斯皮：我见过布莱恩先生，在日内瓦湖，不是吗？

阿默瑞：没错。

吉莱斯皮〔激动地〕：我去过那里。在——在中西部，对吗？

阿默瑞〔一本正经地〕：差不多吧。不过我一直觉得自己宁愿做有地方特色的玉米麦圈包馅卷，也不做清淡无味的汤菜。

吉莱斯皮：什么意思！？

阿默瑞：哦，没有什么恶意。

〔吉莱斯皮弯腰鞠了一躬，转身走了。〕

罗萨琳德：他简直俗不可耐。

阿默瑞：我还曾爱上过一个大俗人。

罗萨琳德：是吗？

阿默瑞：哦，是的——她叫伊莎贝拉——她这个人一点内容都没有，仅有的那点意思还是我读进去的。

罗萨琳德：你们之间怎么了？

阿默瑞：我最终让她相信她比我聪明得多——然后她甩掉了我。你知道她批评我吹毛求疵，毫不务实。

罗萨琳德：毫不务实怎么解释？

阿默瑞：哦——会开车，却不会换轮胎。

罗萨琳德：你将来有什么打算？

阿默瑞：难说——竞选总统，写点东西——

罗萨琳德：在格林威治村定居吗？

阿默瑞：天哪，不——我是说写点东西——不是喝酒作乐。

罗萨琳德：我喜欢商人。聪明的男人大多很平庸。

阿默瑞：我觉得我们相识相知已有几个世纪之久了。

罗萨琳德：哦，你要开始讲“金字塔”的故事了吗？

阿默瑞：不——我可要讲一个法国故事。假如我是路易十四[①]国王，而你

---

① 路易十四（1638～1715）：本名路易·迪厄多内·波旁，法国波旁王朝的著名国王（1643～1715在位），号称“太阳王”其，执政期是欧洲君主专制的典型和榜样，对法国影响深远。——译注

是我的一个——我的——〔变了声调〕再假如——我们相爱了。

罗萨琳德：我建议过咱们可以假装相爱。

阿默瑞：如果我们相恋，一定会爱得轰轰烈烈。

罗萨琳德：此话怎讲？

阿默瑞：因为自私自利的人善于制造惊天动地的爱情。

罗萨琳德〔撇了撇嘴〕：可以装嘛。

〔他们从容不迫地拥吻在一起。〕

阿默瑞：我笨嘴笨舌，不会说甜言蜜语。不过真的非常美。

罗萨琳德：别说这个。

阿默瑞：那说什么呢？

罗萨琳德〔哀怨地〕：哦，没什么——只是我渴望着感情，真情实感——我从未找到过真正的感情。

阿默瑞：在这世上，除了感情，我从未找到过别的什么——我讨厌这个样子。

罗萨琳德：找一个能满足人艺术情趣的男性太难了。

〔有人打开了门，华尔兹舞曲涌进屋内。罗萨琳德站起来。〕

罗萨琳德：听！乐队在演奏《再次吻我吧》。

〔他深情地凝望着她。〕

阿默瑞：可以吗？

罗萨琳德：可以吗？

阿默瑞〔温柔地——败下阵来〕：我爱你。

罗萨琳德：我也爱你——此时此刻。

〔他们的唇紧紧贴在一起。〕

阿默瑞：哦，天哪，我都做了些什么？

罗萨琳德：什么也没做。哦，别说话。再吻吻我。

阿默瑞：我不知道为什么，也不知道怎么了，可我爱你——从见到你的那一刻开始。

罗萨琳德：我也爱你——我——我，哦，今晚是今晚。

〔她哥哥慢慢走进来，看见屋里的情形吓了一跳，然后直着嗓子嚷道“哦，打扰了”，随后便走开了。〕

罗萨琳德〔唇几乎没有抖动〕：别让我走——我不在乎谁知道我在做什么。

阿默瑞：说呀！

罗萨琳德：我爱你——此时此刻。〔他们松开了拥抱。〕哦——我如此朝气蓬勃，谢天谢地——而且如此年轻貌美，谢天谢地——还这样开心快乐，谢天谢地——〔她停住了，随之又蹦出一句稀奇古怪的预言，接着说了“可怜的阿默瑞”！〕

〔他再次吻住了她。〕

命运

两星期之内，阿默瑞与罗萨琳德如醉如狂、如梦如痴地沉浸在爱河之中。两人天生挑剔的性格曾一度葬送了多少甜美浪漫的爱情，如今爱如潮水将他们紧紧包围着，麻痹着他们敏锐的感官神经，让他们如入忘我之境。

“或许这就是疯狂的爱情，”她对焦虑万分的母亲说，“可这不是疯狂。”

阳春3月，爱情的狂流将阿默瑞席卷到一家广告公司中。他一面震惊于自己狂野的工作干劲，一面沉湎在狂热的幻想中，梦想着自己突然腰缠万贯，与罗萨琳德携手同游在意大利的绮丽风光里。

他们经常碰面，一块儿用午餐、晚餐，几乎每晚都待在一起——相聚的时光里，一切仿佛都无声无息，时空仿佛都已凝结，两人就这样痴痴对望，默默无语，似乎他们总也摆脱不了强烈的恐惧，不知哪一刻爱情的魔力解除了，他们将被逐出玫瑰盛开、爱火熊熊的伊甸园。然而爱情的魔力让他们神思恍惚，混沌迷离，似乎日复一日，与日俱增；他们开始商量在7月间或6月间结婚。爱情的喃喃细语成了生活全部的内容，一切人生体验，一切欲念奢望，一切鸿鹄大志，仿佛都消失了，飘散在爱的迷雾里——两人的诙谐幽默偷偷溜到安静的角落里呼呼酣睡，而昔日的恋情此刻回首细想竟觉出些滑稽和荒唐，以往的种种不过是一段青春无怨无悔的回忆罢了。

漫漫人生旅途中，阿默瑞第二次体验了翻天覆地的骚动和震憾，尔后又踩着匆匆的脚步追逐着同龄人的大潮。

一段小插曲

阿默瑞缓缓地走在大街上，心里细细揣想着那必将来临的夜晚——黄昏时分，朦胧黯淡的大街小巷，在暮蔼中呈现出最后的喧哗和繁忙……他宛如终于合上了一本渐失和谐的书，迈步走进了美好明朗的生活大潮之中。随处可见数也数不清的华灯，宁静的街道上歌声荡漾，哼吟着夜的希望——半梦半醒之间，他在人群中穿梭、寻觅，仿佛期待着罗萨琳德从每一个街角奔扑进他的怀抱……暮色里张张生动难忘的脸庞全将幻化成她那张美得异乎寻常的脸，无数奔波忙碌的脚步和千万种步履都将消融成她的纤纤细步；她温柔的双眸深深地望进他的眼底，那又将是怎样一种酒不醉人人自醉的感觉。如今，连他的梦也似那飘渺的小提琴声，在夏日的空气里飘荡着隐隐约约的仲夏之声。

屋里一片深沉的黑暗，汤姆无力地斜倚在打开的窗子旁，手中的香烟在黑暗中淡淡地发着光。阿默瑞甩上了门，背靠着门静静伫立着。

"嗨，本文纽托·布莱恩，今天的广告生意怎么样？"

阿默瑞慵懒地趴在长沙发上。

"我像往常一样讨厌它！"广告公司里繁忙热闹的景象稍纵即逝，取而代之的却是另一幅画面。

"天哪！她太美了！"

汤姆无言长叹。

"我根本描述不出，"阿默瑞絮絮叨叨，"她到底有多么美丽。我不想让你知道，不想让任何人知道。"

窗边又传来一声叹息——长长的一声叹息。

"现在她就是我的生命，我的希望，我的幸福，我整个的世界。"

他感觉到自己的眼濡湿了。

"哦，天哪，汤姆！"

痛苦的甜蜜

"像以前那样坐着吧。"她低语道。

他坐在大大的椅子上，伸开双臂搂抱着她，她温柔地依偎在他的怀抱里。

"我知道你今晚会来看我，"她柔声细气地说，"像今年夏天一样，在我最需要你的时候来陪伴我……亲爱的……亲爱的……"

他的唇漫无目的地在她的面颊上游移。

"你的味道真好。"他叹了口气。

"怎么这样说呢，我的情人？"

"哦，太甜美了，太甜美了……"他更紧地拥抱着她。

"阿默瑞，"她喃喃耳语，"等你准备好接纳我时，我就嫁给你。"

“一开始我们不会太富有。”

“别再说了！”她提高了嗓音，“你为了那些自己无力给予我的东西而自怨自艾时，就会伤害我们的感情。我已经完完整整拥有了一个珍贵的你——这对我来说已经足够了。”

“告诉我……”

“你知道的，对吗？哦，你知道的。”

“是的，可我想听你再说一遍。”

“我爱你，阿默瑞，全身心地爱着你。”

“你会永远爱我吗？”“一生一世——哦——阿默瑞——”

“什么？”

“我想完全属于你，我想让你的亲朋好友也成为我的，我想为你生孩子。”

“可我没有什么亲朋好友。”

“别嘲笑我，阿默瑞，吻吻我吧。”

“你想让我做什么，我就做什么，”他说。

“不，你想让我做什么，我就做什么。你我之间你才是一切——我不是。哦，你在我的心目中太重要了，你是我的一切。”

他心醉又心碎地闭上了双眼。

“我幸福得有些后怕。如果现在是——是我们爱情的顶峰，想起来是不是很可怕？……”

她梦幻般地凝望着他。

“我明白美丽和爱情逝去无痕……哦，还有缠绵悱恻的伤悲。我想一切伟大的幸福中都孕含着丝丝伤悲。美丽意味着玫瑰的芬芳和玫瑰的凋零——”

“美丽意味着奉献的伤痛和伤痛的结束。”

“阿默瑞，我们青春美丽，风华正茂。我深信天主怜爱着我们——”

“天主怜爱你，你是天主最宝贵的财富。”

“我不是天主最宝贵的财富，我是你的所有。阿默瑞，我属于你。与你初相识时，我就懊悔与别人接过吻；现在我才了解一个吻的意义有多么重大。”

随后他们抽抽烟，他会耐心地描述白天在办公室里工作的琐事——再讨论讨论婚后在哪儿定居。有时他没完没了，絮絮不休，使她不胜困倦，躺在他的臂弯里进入梦乡。尽管如此，他依然深恋着罗萨琳德——深恋她的一切，犹如在这世上他从不曾爱恋过别的女子。时光在不知不觉中远走，多少往事交付给逝去的光阴，再难想起，再难诉清。

水上插曲

一天，阿默瑞在闹市区碰上了霍华德·吉莱斯皮，两人决定一块儿用午餐。就餐时，言谈之中霍华德提到了一件有趣的往事。几杯鸡尾酒下肚后，吉莱斯皮谈兴颇浓；他告诉阿默瑞，说他认定罗萨琳德有些古怪诡秘，借此打开了话匣。

一次，他陪她参加了西彻斯特县的游泳聚会，期间有人谈到了安尼特·凯勒曼有一天来此地游泳时，从一个三十英尺高的晃晃悠悠的凉亭顶上跳进水里。罗萨琳德立即执意要求霍华德与自己一道爬上凉亭顶，看一看那上面究竟是个什么样子。

片刻后，他坐在凉亭顶的边缘，在空中晃动着两腿时，突然见眼前一道光亮闪过，罗萨琳德做了一个美丽的天鹅扑水的姿势，舒展双臂，跃身而下，“扑咚”一声潜入清澈澄明的水中。

“我当然只能横下一条心，闭着眼往下跳——为此我几乎搭上了性命。在我看来，哪怕尝试一下也显得我这个人还不赖。当时在场的人可没有谁有胆量一试的。事后，罗萨琳德居然还大大咧咧地质问我为什么要弯腰哈背。‘这样一点也不能降低跳水的难度，’她说，‘相反还会使你丧失勇气，担惊受怕。’你说说看，男人对这样一个女孩该怎么办？我拼着性命陪她冒险，完全没有必要。”

吉莱斯皮不明白为什么自始至终阿默瑞都笑得那样开心，他私下里揣摸这个人或许属于那种穷开心，盲目乐观的人。

五星期之后

再次回到康纳基寓所的图书室。

〔罗萨琳德单独呆在那儿，坐在长沙发上，眼底一片空落迷茫，神情幽怨哀伤。她最近明显变了——一来她看上去憔悴消瘦了一些；二来她眼神中流动的光彩黯淡了；三来她看似在不经意之间又长了一岁。

她母亲走进屋来，身上穿着看戏的宽松外套，她紧张地瞥了一眼罗萨琳德。〕

康纳基太太：今晚谁要来？

〔罗萨琳德没听清母亲的话，至少她根本没有留意。〕

康纳基太太：亚历克今晚带我去看巴里[1]的戏剧——“原来还有你啊，布鲁图斯[2]!”〔她发觉自己简直在自言自语。〕罗萨琳德！我在问你谁今晚要来？

罗萨琳德〔猝然受惊〕：哦——什么——哦——阿默瑞——

康纳基太太〔讽刺挖苦地〕：近来你的追求者太多了。我可想象不出是哪一位。〔罗萨琳德缄默不语。〕道森·赖德比我想象的还有耐心，这一星期来，你一个晚上的时间也没给过他。

罗萨琳德〔脸上出现前所未有的倦意〕：妈妈——请——

康纳基太太：哦，我不会管你的事。你已经在一个身无分文的理论天才身上浪费了两个多月时间，不过继续与他交往吧，浪费你的生命吧。我不会横加干涉。

罗萨琳德〔仿佛在背诵烦人的功课〕：你知道他有一点收入来源——你知道在广告公司他每周能挣到三十五美元。

康纳基太太：那还不够给你买衣服吧？〔她住了嘴，可罗萨琳德没有丝毫反应。〕我苦口婆心地劝你不要一时冲动酿成大错，免得以后抱憾终生，这可完完全全是为了你着想。看来你父亲帮不上你的忙了。近来他的日子也不好过，他现在年纪大了，力不从心了。你绝对可以将终身托付给一个梦想家，一个出色的、背景好的男孩，只可惜就是个想入非非的空想家——仅有点聪明劲儿而已。〔她的意思是说，聪明本身就不是一件好事。〕

罗萨琳德：看在老天爷的份上，妈妈——

〔一个女佣过来通报布莱恩先生随后就到。十多天来，布莱恩的朋友们打趣他“活像大发雷霆的天主”，他的脾气的确糟透了。事实上，他已经一连三十六个小时没有吃过一点东西了。〕

阿默瑞：晚上好，康纳基太太。

康纳基太太〔还算友好地〕：晚上好，阿默瑞。

〔阿默瑞和罗萨琳德互换了一下目光——亚历克走进来，他自始至终对两人的恋爱关系保持中立态度。他深信婚姻将塑造一个碌碌无为的阿默瑞和一

---

① 詹姆斯·巴里（1860～1937）：英国小说家、剧作家，传世名作有《彼得·潘》等。——译注

② 原来还有你啊，布鲁图斯：这是古罗马凯撒大帝在公元前44年遇刺后，见到其好友也在行刺者之列时说的话。这里当是莎士比亚戏剧《尤利乌斯·凯撒》中的台词。——译注

个凄凄惨惨的罗萨琳德，可他仍然十分同情两人的处境。〕

亚历克：嗨，阿默瑞！

阿默瑞：嗨，亚历克！汤姆说他在剧院等你。

亚历克：耶，我刚才碰上他了。今天广告公司的业务怎么样？写出点什么上乘之作没有？

阿默瑞：哦，与平时没有什么两样。我涨薪水了——〔每个人都急切地注视着他〕——每星期多挣两美元。〔大家一下子全都没了兴致。〕

康纳基太太：走吧，亚历克。我听见汽车声了。

〔夜色迷人，不过阵阵寒意袭人。康纳基太太和亚历克走后，有那么一瞬两人都沉默不语。罗萨琳德依然哀怨地盯着壁炉。阿默瑞走近她，一把将她拥进怀中。〕

阿默瑞：我心爱的姑娘。

〔他们拥吻着，紧接着又是一段无语的片刻，随后她抓起他的一只手，深情的吻雨点般地落下，吻遍之后她把手放在自己的胸口。〕

罗萨琳德〔悲伤地〕：我爱你的双手，胜过爱一切。你不在我身边时，我常常看见它们——十分疲惫的样子；我记住了上面的每一条纹路。亲爱的手！

〔他们的目光交织在一起，然后她开始抽泣——无泪的啜泣。〕

阿默瑞：罗萨琳德！

罗萨琳德：哦，我们太可怜了！

阿默瑞：罗萨琳德！

罗萨琳德：哦，我想死！

阿默瑞：罗萨琳德，再像这样过一个晚上，我会彻底崩溃掉。一连四天你一直是这个样子。你应当多鼓励鼓励我，否则我无法安心工作，吃不香也睡不着。〔他无助地环视四周，仿佛在搜寻新的字眼来取代这些陈词滥调。〕我们得创造我们生活的开端。我希望我们俩齐心协力共创一个开端。〔当看到她反应木然时，他心中强撑起来的希望褪色了。〕到底怎么了？〔他猛地起立，烦躁不安地踱着步。〕与道森·赖德有关吧？他就是问题的症结所在。他一直在挖空心思讨你欢心。一星期以来，你每天下午都与他呆在一起。许多人告诉我看见你们俩在一块儿，我只好强颜欢笑，点头示意，故意装出一副毫不介意的样子。你们的关系有所进展，你却连半点风声也没向我透露。

罗萨琳德：阿默瑞，如果你不坐下来，我就大喊大叫。

阿默瑞〔突然坐在她身边〕：哦，天哪。

罗萨琳德〔温柔地拿起他的手〕：你知道我爱你，对吗？

阿默瑞：是的。

罗萨琳德：你知道我会永远爱你——

阿默瑞：别这样说，你吓着我了。听起来仿佛我们再也不会互相拥有。〔她哭了一小会儿，从沙发上站起来，走到扶手椅旁。〕整整一个下午，我预感事情在变，变得更糟了。在办公室里，我近乎疯狂——一句话也写不出来。告诉我发生的一切吧。

罗萨琳德：我想说，没什么可说的。我只是过分紧张罢了。

阿默瑞：罗萨琳德，你正在考虑要不要嫁给道森·赖德。

罗萨琳德：他一天到晚都在向我求婚。

阿默瑞：他可真胆大包天！

罗萨琳德〔又顿了片刻〕：我喜欢他。

阿默瑞：别说这话。太伤我的心了。

罗萨琳德：别像个冒傻气的白痴！你知道你是我唯一爱过的男人，也将是我永远爱着的人。

阿默瑞〔飞快地〕：罗萨琳德，我们结婚吧——下周就举行婚礼。

罗萨琳德：我们不能。

阿默瑞：为什么不能？

罗萨琳德：哦，我们不能。我将成为你的妻子——在某个可怕的地方。

阿默瑞：我们总共有二百七十五美元的月收入。

罗萨琳德：亲爱的，平常我甚至连自己的头发也不用做。

阿默瑞：我来替你做。

罗萨琳德〔啼笑皆非〕：谢谢。

阿默瑞：罗萨琳德，你不可能想着嫁给别人。告诉我你的真实想法！你什么都瞒着我。只要你肯把真相和盘托出，我一定能帮你摆脱出来。

罗萨琳德：这仅仅是——我们之间的事。我们太可怜了，就这些。你身上那些唤起我无比爱意的品质正是那些将永远使你饱尝失败的滋味的东西。

阿默瑞〔阴沉着脸〕：说下去。

罗萨琳德：哦——是因为道森·赖德。他那么值得信赖，我几乎觉得他将成为一种——一种依托。

阿默瑞：你不爱他。

罗萨琳德：我知道，可我尊敬他。况且他是个好男人，坚强的男人。

阿默瑞〔不情愿地〕：是的——他是那样的人。

罗萨琳德：嗯——我记得一件小事。有个星期二的下午，我们在拉伊碰见一个可怜的小男孩——哦，道森抱他坐在自己的大腿上，与他聊了一会儿，还答应给他买一件印度装——第二天，他想起了这事，买了一件印度装——哦，多甜美的记忆，我情不自禁地想他将来也会如此对待——我们自己的孩子们——细心照料他们——我一点也不用操心。

阿默瑞〔绝望地〕：罗萨琳德！罗萨琳德！

罗萨琳德〔带着一种模模糊糊的恶作剧意识〕：别作出一副受苦受难的样子！

阿默瑞：我们真有能耐彼此伤害呀！

罗萨琳德〔又开始呜咽〕：一切曾那样完美——你我之间的一切。完美如梦，我曾渴望这样的美梦，我还以为我永生永世也找不到它。生命中我第一次感觉到真正无私的情感。我不能亲眼看着它在一种无色的氛围中逐渐黯淡褪色。

阿默瑞：它不会褪色——不会的！

罗萨琳德：我宁愿它成为一种美好的记忆——深藏在我的心底。

阿默瑞：是的，女人能做到这一点——可男人做不到。时光不再，记忆犹存，我永生难忘的不是那段美丽的回忆，而是心中刻骨的痛楚，那将陪伴我终生的痛楚。

罗萨琳德：别这样！

阿默瑞：有生之年不再相见，不再吻你，只留给你一扇紧锁的房门——你没有勇气成为我的妻子。

罗萨琳德：不——不——我正面临最艰难的决择，最激烈的决择。嫁给你会成为我人生的败笔，我从未失败过——如果你再这样走来走去，我就要大喊大叫了。

〔他再次绝望地坐在沙发上。〕

阿默瑞：过来吻吻我。

罗萨琳德：不。

阿默瑞：你不想吻我了吗？

罗萨琳德：今晚我宁愿你平静理智地爱我。

阿默瑞：要结束了。

罗萨琳德〔迸出深刻的见解〕：阿默瑞，你还年轻，我也很年轻。现在人们可以原谅我们年少时的装模作样和虚荣骄狂，原谅我们像桑丘·潘塞①，一

---

① 桑丘·潘塞：西班牙作家塞万提斯笔下的人物，为《堂吉诃德》中堂吉诃德的侍从。现引伸为轻信的仆从、人云亦云的帮手。——译注

样盲从，轻信他人，却又翻脸改变成另一副自以为是的态度。现在人们可以宽谅我们。可你却要遭遇很多挫折和不幸。

阿默瑞：你是害怕与我一同承受这些。

罗萨琳德：不，不是这样的。我记得在哪儿读过这样一首诗——你或许会说是埃拉·惠勒·威尔科克斯之流笔下的诗歌，对它嗤之以鼻，大加嘲笑——不过请用心听听。

> 因为这是智慧——爱和生活，
> 承受命运或神明的赐予，
> 莫再疑问，莫再祈祷，
> 吻一吻恋人的娇唇，轻抚恋人的秀发，
> 我们迎接爱情的潮流，飞驰的爱情在消退，
> 去拥有去把握，尔后及时地——让它流逝。

阿默瑞：可我们并不曾真正拥有。

罗萨琳德：阿默瑞——我是你的——你知道的。上个月间有很多次只要你开口，我就会完完全全地奉献自己。不过我不能嫁给你，亲手毁了我们两个人的生活。

阿默瑞：我们应该把握寻找幸福的机会。

罗萨琳德：道森说我会试着去爱他。

〔阿默瑞把头深埋在自己的手心，他僵住了，纹丝不动。仿佛蓦然间他的生命已弃他远去。〕

罗萨琳德：爱人！爱人！没有你我没法活下去，我无法想象没有你的生活会变成什么样。

阿默瑞：罗萨琳德，我们在互相折磨。仅仅因为我们俩都太紧张不安了，而且这一星期里——

〔他的声音里充满了莫名其妙的沧桑，她走向他，用双手捧起他的脸，深情地亲吻着他。〕

罗萨琳德：阿默瑞，我不能嫁给你。我无法忍受远离花草树木、守着一套不见天日的狭小公寓、整日里无所事事地期待着你的归来的生活。在那狭窄的天地里，你会怨恨我。我也会使你心生怨气的。

阿默瑞：罗萨琳德——

罗萨琳德：哦，亲爱的，走吧——别这样难分难舍！我受不了——

阿默瑞〔耷拉着脸，声音发紧〕：你知道自己在说什么吗？你是说让我永远消失吗？

〔他们的痛苦实质上有些不同。〕

罗萨琳德：难道你看不出——

阿默瑞：如果你爱我，我恐怕看不出来。你害怕与我共同去面对两年时间的逆境。

罗萨琳德：我不会再是那个你挚爱的罗萨琳德。

阿默瑞〔略有些歇斯底里〕：我不能放弃你！我不能，没别的好说的！我一定要得到你！

罗萨琳德〔声音中夹带一丝尖刻〕：你现在在耍小孩脾气！

阿默瑞〔疯狂地〕：我不在乎我什么样！你在毁灭我们的生活！

罗萨琳德：这样做是明智之举，是唯一可行的路。

阿默瑞：你会嫁给道森·赖德吗？

罗萨琳德：哦，别问我。你知道在某些方面我够成熟了——在另一些方面我——嗯，我还只是个小女孩。我喜欢明媚的阳光、美丽的事物和舒心欢畅——我害怕承担责任，我不愿操心锅碗瓢盆、厨房、扫帚等等琐碎的家务事。我只关心在阳光下游泳，我的双腿会不会变得光滑细腻、棕褐发亮。

阿默瑞：可你爱我。

罗萨琳德：这恰恰是这段感情不得不终止的原因。飘泊动荡太伤害感情，我们不能再像这样动荡不安了。

〔她缓缓从手指上退下他送的订婚戒指，递还给他。他们泪眼朦胧。〕

阿默瑞〔用唇轻吻着她沾满泪水的面颊〕：别！戴上它！请——哦，别让我撕心裂肺！

〔她轻轻地将戒指塞进他的手里。〕

阿默瑞：再见——

〔她再次凝视着他，心中充满了无尽的期盼和无尽的悲伤。〕

罗萨琳德：阿默瑞，别忘了我。

阿默瑞：再见——

〔他朝门口挪动着沉重的步伐，走到门边，茫然不知所措地四下寻摸着门把手，终于摸到了——她眼见他最后一回首——就永远地离开了——她从沙发上略微直起身子，蓦地又将脸埋在枕上。〕

罗萨琳德：哦，主啊，我想死！

〔稍过片刻，她站起来，闭着眼摸到门边。随后她转过脸，再次扫视着房间里的一切。他们就依偎着坐在这里，憧憬美好的未来；她常常刻意在那浅盘里为他装满火柴。那个长长的周日下午，他们小心翼翼地放下了百叶窗。泪水模糊了她的双眼，她伫立在门边，追忆过往的点点滴滴；她失声了叫起来。〕

哦，阿默瑞，我都对你做了些什么？

〔此刻罗萨琳德深陷在痛苦中难以自拔，随着时光的流逝，再深的痛楚也会渐渐淡化了痕迹，然而她感觉自己失落了些什么，却不清楚到底失落了什么，也不知道为什么就生出这般强烈的失落感。〕

第　二　章

恢复期的试验

克尼克博克尔酒吧热闹非凡，酒吧里挂着马克斯菲尔德·帕里什的画作《老国王科尔》，生动欢快，色彩明艳，照得满堂熠熠生辉。阿默瑞在门口停住脚步，抬手看看腕上的手表；他格外想知道准确的时间，因为脑海中那些分门别类的记忆想要明明白白、清清楚楚筛选和删掉一些内容。他迄今还能清楚地记得“那件事发生在1919年6月10日这一天，一个星期四的八点二十分”，并从中获得了一种隐隐约约的满足感。从她家走出来正好需要二十分钟的时间——事隔很久以后，他依然十分清楚地记得当时自己是怎样艰难地走出了她的家。

他当时处在相当稀奇古怪的境遇中：一连两天烦躁不安，忧心忡忡，夜难成眠，食难下咽，直至感情危机的最终到来，罗萨琳德突然作出分手的决定——沉重的精神负担麻痹了他敏锐的大脑，将他抛进了悲悲戚戚、昏昏沉沉的状态中。他笨拙地摆弄着免费午餐桌上的橄榄时，一位男子走近他，与他攀谈起来。由于紧张，橄榄从他手中掉落。

“阿默瑞……”

他是在普林斯顿结识的这个人，可怎么也想不起这人的名字。

“嗨，老兄——”他听见自己张口说道。

“我叫吉姆·威尔森——你忘了。”

“当然，说得一点也没错，吉姆。我记得。”

“去参加大学校友联谊会吗？”

“你怎么知道！”同时他马上意识到自己不是去参加校友联谊会。

“要出国吗？”

阿默瑞点点头，眼神古怪，直愣愣地瞪着对方。他抽回脚给他人让路时，一不留神碰翻了桌上盛橄榄的碟子，在地板上“啪”的一声摔了个粉碎。

“太糟糕了，”他口里咕噜着，“来点酒吗?”

威尔森生硬而又老练地伸出手，轻拍他的后背。

“你喝得够多了，老兄。”

阿默瑞表情呆滞，无言地上下打量着他，直到看得威尔森手足无措，面呈窘态。

“够了，见鬼!”阿默瑞终于开口了，“我今天一杯还没喝呢。”

威尔森满腹狐疑的样子。

“要不要喝一杯?”阿默瑞粗声粗气地嚷道。

他们一道跌跌撞撞摸到柜台前。

“一大杯裸麦威士忌酒。”

“给我来杯布朗克斯鸡尾酒就行了。”

威尔森又要了一杯酒；阿默瑞接连喝下去数杯酒。他们决定坐下来。夜里十点钟，他身边的人不再是威尔森而是1915届的卡林了。阿默瑞摇头晃脑，憨态可掬，口若悬河地谈论起战争来，俨然一副志得意满的模样，仿佛一层层的柔情覆盖住了昔日心灵的伤痕。

“有一种精神浪费，”执拗的话语中显露出一种大智大慧，“整整两年的生命耗费在所有这些空虚无聊的事情上。打着许多理想主义的幌子，实质上是动物的自然本性在作祟。”他激动地对老科尔王画像晃动着拳头，“就像普鲁士人那样对待一切，尤其该那样对待女人。我过去还公正地看待女子大学。现在才不要管这些事呢。”他故作放荡不羁地大手一挥，一个赛尔脱兹瓶子被扫倒，“咣当”一声在地板上摔了个粉碎，可他没有因此停止高谈阔论。“在找到欢乐的地方及时行乐，因为我们明天都会死去。从今往后我将以此为人生哲学。”

卡林打着哈欠，可阿默瑞酒后精神焕发，继续大谈特谈：“过去我也常常困惑——为什么人们喜欢妥协让步，凡事采取折中的态度。现在我不再迷惑了，不再迷惑了　　”为了打动卡林，他反复强调自己不再迷惑的事实，以至于说起话来前言不搭后语，他洒脱地对着柜台作了总结性的发言，将自己归类为“自然动物”。

“你在庆祝什么，阿默瑞?”

阿默瑞亲昵地向前倾斜着身子。

“庆祝我生命中的重创。那伟大的时刻重击了我的生命。你难道看不出来

——”

他听见卡林对酒保说：“给他来点镇静剂。”

阿默瑞愤愤不平地直摇头。

“别给我那玩意儿！”

“可听我说，阿默瑞，你故意折磨自己。你苍白得像个幽灵。”

阿默瑞的脑子里转动着这个问题。他试着照了照镜子，看看自己的模样，但是他甚至费劲地眯起一只眼，视线也只能达到柜台后的一排酒瓶远的地方。

“我想来些固体的东西。我们去取——取些色拉。”

他满不在乎费力地脱掉外套，可他实在无力迈步走出酒吧，身子一歪倒在了椅子上。

“我们去尚利酒吧吧。”卡林提了个建议，用手臂扶住了阿默瑞。

在卡林的扶持下，阿默瑞挪动着双腿，艰难地穿过了第四十二街。

尚利酒吧灯光黯淡。他意识到自己在大声地说话，语言简洁明快，富有说服力，他脑子里冒出了一个冲动的念头，想将酒吧里的人全踩在自己的脚下。他一口气吃了三块夜总会三明治，一口吞咽一块，仿佛三明治只有一块小小的巧克力糖那么大。填饱了肚子后，罗萨琳德出其不意地闯进了他的大脑，他听见自己的嘴唇反复默念着她的名字。再后来倦意袭身，他意识涣散，疲乏无力，朦胧之间觉得有一群穿着晚礼服的人围站在他的桌边，或许是酒吧招待吧……

……他在一间屋子里，卡林似乎在谈论他的鞋带结什么的。

“不是我的，”他昏昏欲睡地挤出一句话，“在他们这儿睡觉……”

酗酒如故

他大笑着醒来，目光慵懒地漫视着四周，显然自己正在一间不错的带浴室的旅馆客房里。他头晕目眩，一幅幅画面在眼前晃过，时而清晰，时而模糊，时而又重叠交织在一起。然而他再也笑不出来，昏头昏脑，不知道自己究竟在干什么。他伸手拿起床边的电话筒。

“你好——请问是哪家旅馆——？”

“克尼克博克尔？好的，请送两杯黑麦高杯酒——”

他在床上躺了一会儿，脑子里懒洋洋地转着一个念头，不知道他们会送整整一瓶酒还是只端上来两个小小的玻璃杯。随后，他挣扎着从床上爬起来，一寸一寸地挪到浴室。

他站在浴室里，茫无目的地用毛巾擦着身子，忽然只见酒吧的男招待端着盘子，站在那儿一副欲笑不敢笑的样子。他回过神来，觉出这实在很不雅观，于是挥手示意男招待退下。

新上的酒咕咚咕咚灌进了肚里，他通体发热，先前那一幅幅单个儿的画面慢慢的连接成片断，昨天发生的事一幕一幕展现在眼前。他又看见罗萨琳德蜷缩成一团，伏在枕上伤心痛哭，他似乎又触摸到了她面颊上的泪水。她说过的话在耳边萦绕："别忘了我，阿默瑞——别忘了我——"

"见鬼！"他支支吾吾地骂道，尔后他感觉到悲伤一阵阵袭上心头，他喉头哽噎，乏力地倒在床上。过了一小会，他睁开眼，呆呆地瞪着天花板。

"大傻瓜！"他嫌恶地骂自己，叹了口气，起身走到酒瓶子前。又一杯酒下肚，他情难自已，狂泪如雨。他刻意去追忆那已逝的春天的桩桩件件细琐的往事，自言自语倾吐着满腹的柔情蜜意，只有在感情力量的托持下，他才有勇气面对痛苦。

"我们曾那样幸福，"他背诵台词一样自语道，"曾那般那般的幸福。"他不免又悲上心头，跪在床边，把头半埋在枕头上。

"我的女孩——我的——哦——"

他咬紧牙关，泪如泉涌。

"哦……我的宝贝女孩，你是我的全部，你是我的需要！……哦，我的女孩，回到我的身边来吧，回来吧！我需要你，……需要你……我们太可怜了……我们带给彼此的只有永无止境的刺痛……她将永远离我而去，被锁在我找不到的地方……我不能再见她；我不能成为她的朋友；只能是这个样子——只能——"

尔后他又喃喃低语：

"我们曾那般幸福，那般那般幸福……"

他勉强站起来，心情激荡，难以自控，再次悲伤地扑倒在床上。随后近乎虚脱的他静静躺着，意识慢慢开始复苏，回想起自己昨夜酩酊大醉的醉态，他的脑子里又狂乱地旋着圈儿。他笑了，站起身，经过长途跋涉，再度走向冥府的忘川……

中午，他在比尔的摩酒吧碰见了一群人，混乱的场面再次重演。后来他恍恍惚惚记得曾与一个英国军官谈论过法国诗歌，有人介绍那人时称他为"在脚国王统率下的老皮上尉"。阿默瑞记得自己在午餐桌上试着背诵《明亮的月亮》，然后就不醒人事地躺倒在一张又大又柔软的椅子上，呼呼大睡，直到五点钟，另一伙人走进酒吧，将他吵醒。紧接着，几种品性不同的酒混合掺杂灌入愁肠，就成为一顿痛苦的晚餐的调味品。喝完酒，他们决定在泰森剧院看戏，挑了一场长度相当于喝四杯酒的时间的戏——剧中只听到两个单调乏味的声音，只看见一大堆乱哄哄的灰暗晦涩的场景。他睁圆了双眼四顾，仍然无法看清灯光效果。事后他想象着自己看的戏可能是——

……然后阿默瑞又跑到科科瓦纳特·格罗伍喝酒。醉酒后，他再次睡倒在酒吧外边的小阳台上。在尚利，在扬克斯，他几乎变得很有逻辑性，小心翼翼地约束着自己，定量地喝了几杯高杯酒，神志反而异常清醒，只是十分多话。他发现与他结伴喝酒的有五个人，其中有一两个还稍有些面熟；坚持由自己来付自己的酒钱，还任性地吵着由他来安排一切，逗得邻桌的人忍俊不止。

有人提到邻桌坐着一位专职在餐馆酒吧表演歌舞的明星，因此阿默瑞站起来，挨近歌舞明星，大献殷勤，还自作多情地做了一番自我介绍……此举为他招来了麻烦，他先与明星的同伴发生争执，而后又与领班招待面红耳赤地争论起来——阿默瑞的态度高傲自负，礼节过分夸张……众口难驳，他理屈词穷，最终被领回到自己的桌边。

"我决定自杀。"他蓦地宣布。

"什么时候？明年吗？"

"现在。明天清晨。在康芒多尔要个房间，冲个热水澡，切开一条血管。"

"他变得越发病态了！"

"你需要再喝一杯黑麦威士忌酒，老兄！"

"我们大家明天再讨论自杀的问题。"

可没有人能劝得住阿默瑞，至少他争论时不争出个结果来绝不会罢休。

"你有过想自杀的感觉吗？"他悄悄地问道。

"当然有过！"

"经常有吗？"

"常常冒出这样的念头。"

这一话题引发一场激烈的讨论。有个男人自称有时情绪糟糕透顶，他会严肃地考虑自杀的问题。另一个人随声附和，声称人活在世上毫无意义可言。"老皮上尉"不知怎么从哪儿冒了出来，加入到争论的行列中。他认为当个人健康状况不佳时，求死的感觉尤为强烈。阿默瑞建议每个人要一杯布朗克斯鸡尾酒，把碎玻璃渣掺在酒里，然后一饮而尽。幸好没有人起哄附和，他才能如释重负地松了口气，因此他喝干了高杯酒，用手撑住下颌，肘部靠在桌上——他深信这是一种姿态优美又不易为人察觉的睡姿——随后就昏昏沉沉睡着了……

一个女人紧紧贴在他身上，把他从沉睡中惊醒。那个漂亮的女人生着一头乱蓬蓬的棕色头发和一双深邃的蓝眼睛。

“带我回家！”她喊道。

“你好！”阿默瑞眨眨眼打了个招呼。

“我喜欢你。”她柔声地宣布道。

“我也喜欢你。”

他发觉身后有个人在叫叫嚷嚷，与一个同伴粗声粗气地争执着什么。

“我觉得自己跟上了一个大笨蛋，”蓝眼睛的姑娘在他耳边低语道，“我恨他。我要跟你回家。”

“你喝醉了？”阿默瑞发出十分敏锐的质疑。

她羞怯腼腆地点了点头。

“随他回家吧，”他严肃地提议道，“他带你到这儿来的。”

话音刚落，背后那个喧嚣的人扒开阻挡他的人群，怒气冲冲地逼过来。

“嘿！”他恶狠狠地说，“我把这姑娘带到这儿来，你胆敢凑热闹！”

阿默瑞冷冷地直视着他，姑娘更紧地依在他的胸前。

“你放开怀里的女孩子！”那个人大声嚷道。

阿默瑞尽量使自己的目光里充满一种威慑力。

“你见鬼去吧！”他终于发号施令了，目光柔情地注视着怀中的美女。

“一见钟情。”他说。

“我爱你。”她吸了一口气，紧依在他的怀中。她的眼睛着实美丽动人。

有人倾身在阿默瑞耳边低语。

“这正是玛格丽特·戴蒙德。她醉酒了，那个家伙领她来的。你最好放开她。”

“那就由他悉心照料她吧！”阿默瑞愤愤然地喊道，“我可不是基督教女青年会的工作人员，对吗？——对吗？”

“放开她。”

“她自己硬拽着我，见鬼！让她拽着吧！”

围观的人越来越多。一时之间酒吧的气氛十分紧张，双方随时都有可能大打出手。好在一个油头粉面的招待用力向后掰玛格丽特的手指，直到她松手为止。气急败坏的姑娘立即甩手在招待脸上打了一记响亮的耳光，尔后张开双臂，飞扑进怒气冲冲的原来的伙伴的怀抱中。

“哦，老天爷！”阿默瑞失声大喊。

“咱们走吧！”

“动作快点，出租车越来越少了。”

“结账，招待。”

“算了吧，阿默瑞。你的罗曼史已经收场了。”

阿默瑞开怀大笑。

“你不知道你说得简直对极了。没办法。这就是所有的麻烦。”

辞职纠纷

两天后，阿默瑞大清早来到了巴斯科姆和巴洛广告公司，敲响了总裁办公室的门。

“进来！”

阿默瑞踉踉跄跄走进去。

“早上好，巴洛先生。”

巴洛先生扶好眼镜，上上下下端详着他，口略微张着，摆出一副洗耳恭听的样子。

“嗯，布莱恩先生，我们好些日子没见面了。”

“没错，”阿默瑞说，“我要辞职。”

“嗯——嗯——这是——”

“我不想在这儿干了。”

“我很遗憾。我原本以为我们相处得——啊——十分融洽。我看你像个勤快人，工作十分卖力——或许有点爱写花哨东西的癖好——”

“我厌倦这份工作，”阿默瑞无礼地打断他，“黑尔贝尔家的面粉是不是比别的面粉厂的产品质量好些，与我半点关系也没有。事实上，我从来没吃过这家生产的面粉，所以我讨厌向别人做广告推销——哦，我知道我一直在喝——”

巴洛先生板着脸，不苟言笑，脸上红一块白一块，表情煞是丰富多彩。

“当初可是你自己跑来求职——”

阿默瑞挥手示意他住嘴。

“我认为我的工资待遇实在太糟了。一星期只赚三十五美元——还比不上一个好木匠的收入。”

“你刚刚起步。况且你又没有工作经验。”巴洛先生口气十分冷淡。

“培养我为你撰写这些玩意儿的能力所花费的教育经费却不下一万美元。

不管怎样，就服务年限而言，这儿不是有那么多速记员，一直守着每周十五美元的薪水，为你卖了十五年的命嘛。”

“我不想与你斗嘴争强，先生！”巴洛先生起身站立。

“我也不想。我只想告诉你我要辞职。”

他们僵持了一会儿，面无表情地看着对方，然后阿默瑞转身离开了办公室。

短暂的间歇

四天后，他终于回到了久违的公寓。汤姆业已受雇于《新民主》书评专栏，现在正忙着写一篇书评。他们相视片刻，默默无语。

“你好吗？”

“你好吗？”

“老天呀，阿默瑞，你从哪儿弄来的黑眼圈——和黑黑的下巴？”

阿默瑞笑了。

“没什么大不了的。”

他剥下外套，露出肩膀。

“瞧这儿！”

汤姆轻吹了一声口哨。

“被什么打伤的？”

阿默瑞又笑了笑。

“哦，一大群人。我挨揍了。真的，”他慢慢穿好衣服，“这是迟早的事，不管怎样也躲不过去。”

“谁打你来着？”

“嗯，我想，有一些酒吧招待，还有几个迷路的行人吧。这是一种最奇特的感受。哪怕仅仅为了体验一下，你也应该被别人痛打一顿。瞬间之后你倒在地上，倒地前，每个人都大打出手——随后还拳脚相加。”

汤姆点燃了一根烟。

“阿默瑞，我在城里追了你整整一天。不过你总跑在我前头。我还以为你一直忙着参加什么聚会呢。”阿默瑞躺倒在椅子上，开口向他讨了一支烟。

“现在清醒了吗？”汤姆揶揄地问道。

“非常清醒。出什么事了？”

“亚历克走了，他的家人成天追着他，让他搬回去住，所以他——”

突如其来的疼痛让阿默瑞浑身一激灵。

“真糟糕。”

“是的，真糟糕。如果我们还想继续住下去，就得另外找个合住的人。房租正在上涨。”

“当然。得找个人合住。交给你了，汤姆。”

阿默瑞走进自己的卧室里。首先映入眼帘的是罗萨琳德的照片。他本来打算给照片镶个镜框，此刻照片斜靠在镜橱上面的一面镜子上。他愣住了，目不转睛地盯着照片。他时时把她想起，脑海里闪进一幅幅生动的画面之后，奇怪的是照片中的她反而显得那样不真切了。他回到书房里。

“有纸盒子吗？”

“没有，”汤姆茫然不解地回答道，“为什么我应该有纸盒子呢？哦，是的——亚历克的房间里或许有一个。”

阿默瑞终于找着一个纸盒子。回到卧室的镜橱前，打开一个抽屉，里头满满当当塞着信笺、便条、一段链子、两块小手帕和一些快拍照片。他小心翼翼地把抽屉里的东西挪到盒子里，思绪飘忽不定，忽儿想起读过的一本书，书中的男主人公整整保存了一年恋人使过的一条肥皂，最后还是用它来洗手了；想到这儿他咧嘴一笑，嘴里开始哼哼“你离开后”……忽又嘎然而止……

绳子绷断了两次之后，他设法捆好纸盒子，将它放进大衣箱的箱底，“啪”一声合上了箱盖，再次回到书房中。“要出门吗？”汤姆的声音里隐含着一丝焦虑。

“嗯——哼。”

“去哪儿？”

“不能告诉你，老家伙。”

“一块儿吃晚饭？”

“抱歉。我答应与萨凯·布雷特一块用晚餐了。”

“哦。”

“再见。”

阿默瑞穿过街道，喝了一杯高杯酒；然后他来到华盛顿广场，上了一辆公共汽车，在上层找了个座位。他在第四十三街下了车，信步走进比尔的摩酒吧。

“嗨，阿默瑞！”

“喝点什么？”

"你好！酒保！"

气温正常

"三十一号"开始实施的禁酒突然中止了阿默瑞成天借酒浇愁的痛苦的日子。一天清晨，他醉后醒来，发觉昔日从一家酒吧喝到另一家酒吧的好时光已经结束了，他既不为过去三星期内苦中作乐的生活感到懊悔，也不留恋那一去不返的日子。假如说借酒浇愁是最脆弱的方式，同时它也是最激烈的渲泄，藉此远远逃开刺痛的记忆，不过他也不会误把喝酒当良方推荐给别人效仿，临到头来，他发觉酗酒已经完成了它的使命：他已经摆脱最初的尖锐的疼痛。

千万别误解！阿默瑞曾那样痴狂地爱恋过罗萨琳德，就像他再也不会爱上另一个活在世上的人一样。她带走了他最初的青春活力，唤醒了他心灵里不为己知的莫测高深的柔情，和那从未给予与他人的温柔和无私。以后的岁月里，他有过别的恋情，可那些全然不同于这一段刻骨铭心的经历：每每与他人相爱，他都会不由自主回到从前。或许在这种更为典型的思维定式里，当年深深爱过的女孩子已成为一面反射他喜怒哀乐的镜子。罗萨琳德从他身体里抽取出来的远不止深情的仰慕；他对罗萨琳德永存一份深沉的永不枯萎凋落的爱意。

然而到头来，他经历了多少不期而至的悲剧，尤其是那三个星期梦魇般痛苦的生活达到悲伤的极至，感情的负荷已让他精疲力竭。记忆中那些冷冷的矫情的人们和景物反而演变成他心灵的避难所。他撰写了一篇描述父亲葬礼的文风尖锐的文章，寄给一家杂志社，结果他收到了一张六十美元的支票和索要同样风格文章的稿约。这一小小的成功撩拨起他的虚荣心，却没有激发起他再创作的热情。

他博览群书。《一个青年艺术家的肖像》让他黯然神伤，迷茫困惑；《琼和彼得》以及《永生的火焰》让他兴致高昂、情绪饱满，通过一个名叫门肯的文艺批评家，他意外地发现了几本优秀的美国小说，读后竟让他叹为观止，其中有：《范多弗和野兽》，《西伦·韦尔的毁灭》，《珍妮·格哈特》。麦肯齐[1]、切斯特顿、高尔斯华绥[2]、贝内特[3]等等几经悉心研读，在他眼里居然从睿智的、生命力旺盛的天才沦落为只会玩味消遣文学的现代作家。萧伯纳独树一帜的简洁明快和卓越超凡的前后连贯性，威尔斯[4]令人心醉神迷的诸多尝试将罗曼蒂克匀称美的钥匙巧妙地插进现实的锁眼里，单单这些就值得他全身心的投入。

他想去拜访达西主教，他回城后给他写过信，却从未收到回信；更何况他明白拜访达西主教势必会重提罗萨琳德的故事，一想到将揭开旧日伤疤，他就一阵寒噤。

他在脑海中搜寻冷静的人，于是便想到了劳伦斯太太——一个聪慧过人、高贵尊严的女士。她皈依基督教，虔诚地崇拜着达西主教。

一天，他给她挂了电话。是的，她非常清楚地记得他；不，达西主教不在城里，她认为他有可能在波士顿；他以前答应过一回来，就去她那儿用晚餐。阿默瑞能不能与她一道吃顿午餐呢?

"我想我最好碰巧赶上了，劳伦斯太太。"阿默瑞到她家时含含糊糊来了这么一句话。

"达西主教上周来过，"劳伦斯太太不无遗憾地说，"他急于见到你，可他把你的地址落在家里了。"

"他不会以为我勇敢地投身到布尔什维主义运动中去了吧?"阿默瑞饶有兴趣地发问道。

"哦，他现在心里很不好受。"

"为什么?"

"与爱尔兰共和国有关吧。他认为爱尔兰共和国缺乏国格和尊严。"

"怎么了?"

"爱尔兰共和国总统抵达波士顿时，他碰巧也在那儿。他情绪坏透了，因

---

① 康普顿·麦肯齐（1883～1972）：英国作家、史学家，曾充当英国情报部门的间谍，有间谍小说《希腊旧事》等传世。——译注

② 约翰·高尔斯华绥（1867～1933）：著名的英国批判现实主义小说家、剧作家，1932年获得诺贝尔文学奖，传世名作有《福尔赛世家》等。——译注

③ 阿诺德·贝内特（1867～1931）：与高尔斯华绥、威尔斯并称的英国批判现实主义作家，有《五镇的安娜》等作品。——译注

④ 赫伯特·乔治·威尔斯（1866～1946）：英国科学幻想小说和批判现实主义作家，有《时间机器》《星际战争》等传世。——译注

为他们一群人驱车行进时，接待委员会的成员们竟与堂堂的一国总统勾肩搭背。”

“这不能怪他。”

“那么，你在军中服役期间，给你留下最深刻印象的是什么呢？你看起来成熟老练多了。”

“这是因为我经历了另一场更为不幸的战斗，”他回答道，不由自主地笑了笑，“不过军旅生涯嘛——让我想想——嗯，我发现体内的勇气在很大程度上取决于一个人身体的强壮程度。我发现我比别人勇敢不到哪儿去——为此我还曾心怀不安呢。”

“还有呢？”

“嗯，还有那种认为男人习惯了什么就能承受什么的观点，以及我在心理测验中得高分这事。”

劳伦斯太太舒心地笑了。在河畔大道这幢凉爽的房屋里，阿默瑞卸下了心灵上沉重的负担，日益拥挤不堪的纽约远离了他，狭小的空间里喧哗的人群呼出的大量废气远离了他，他找到了久违了的轻松之感。劳伦斯太太隐隐约约让他想起了碧阿特丽丝，两人的相似性并不表现在性情上，而是表现在那仪态万方、尊贵高傲的气质上。这幢房子、屋里的陈设、就餐的礼仪规矩，与他在长岛上见识过的一些大场面大相径庭。在那些地方，佣人们过份碍手碍脚，弄得人满心不爽，只想把他们从身边赶走，甚至在更守旧一点的“联合俱乐部”，遭遇也大致相同。他感觉劳伦斯太太表现出一种欧洲化的不温不火的风度和气质，心里不禁暗自咂摸不知道这承袭于她的新英格兰先祖，还是得益于长期生活在意大利和西班牙所受的熏陶。

午餐上，阿默瑞喝过两杯法国白甜酒后，谈兴大增，宗教、文学、威胁社会秩序的种种现象，无所不谈，滔滔不绝，旧日的风流潇洒似乎又重放光彩。看来劳伦斯太太十分喜欢面前的青年小伙子，尤其是对他的思想发生了浓厚的兴趣。他再次渴望别人欣赏自己的思想——过一会儿它可能就是一个绝好的栖息所。

“达西主教仍然认定你是他的化身，而你终将澄清自己的信仰。”

“也许，”他表示认可，“目前我一点也不信教。原因很简单，在我这个年纪，宗教似乎与人生没有丝毫瓜葛。”

他离开她的住所，心满意足地漫步在河畔大道的大街上。重新回到青年诗人史蒂芬·文森特·贝内特和爱尔兰共和国之类的主题上是多么有意思的事呀。在爱德华·卡森与贾斯蒂斯·科伦陈腐变质的谴责声中，他本来已经完全厌倦了讨论爱尔兰问题；然而有那么一段时间，塞尔特人的特质曾一度成为他人生哲学的支柱。

只要他不再逃避这重萌的旧时兴趣，突然之间，生活中值得留恋的东西似乎变得多了起来。

心灵的骚动

"我太老太倦了，汤姆。"阿默瑞有一天这样说，舒舒服服地平躺在靠窗摆放的椅子上。仰卧之姿总让他感觉非常轻松自然。

"从事写作之前，你这个人还蛮有意思。"他接着说，"现在只要冒出你认为有可能变成铅字印刷出版的想法，你统统吝啬地收藏了起来。"

生活回复了昔日的平淡。他们俩认为以他们现有的财力暂时还支付得起公寓的租金，而汤姆恰似怀旧的老猫一样对旧居怀着难以割舍的情结。墙上古老的英国式狩猎图是汤姆的财产，那幅大大的挂毯是颓废的大学时代的见证，那一大堆顾影自怜、空空如也的烛台，还有那把雕刻着路易十五图像的破椅子，一坐上去就摇摇晃晃，要不了一分钟，剧烈的晃动就能摇得你腰酸背痛。汤姆幸灾乐祸说这是自作自受，谁叫你坐在蒙特斯庞侯爵夫人①的魂灵上呢——无论如何，汤姆的家具确实挽留住了他们离去的步伐。

他们很少出门，偶尔看看戏，去丽兹酒店或去普林斯顿俱乐部吃顿晚餐。禁酒令的颁布使那些最佳消遣场所受到了致命的重创；人们再也不能在午夜十二点或凌晨五点闲逛到比尔的摩酒吧，喝上两杯宜人美酒，而汤姆和阿默瑞也早丧失了昔日在第二十俱乐部（正式名称叫伙伴俱乐部）或广场玫瑰屋与中西部或新泽西的妙龄少女们狂欢劲舞的兴趣——"此外，跳舞也得借几杯鸡尾酒来迁就在场的妇女们的智力水平。"阿默瑞大放厥词，吓坏了一个已婚妇女。

近来阿默瑞收到了几封巴顿先生的信，信中警告说阿默瑞日内瓦湖的房产太大了，不易找到承租户；目前最高的租金支付了今年的课税和必要的修缮费用之后，所剩寥寥无几；事实上，律师认为整个房产形同阿默瑞手中一件笨重而无用的累赘。然而哪怕接下来的三年间房产毫利不生，出于一种难

---

① 蒙特斯庞侯爵夫人（1641～1707）：法国国王路易十四的情妇，隐退巴黎圣若瑟隐修院，后任院长。——译注

以说清的情愫，阿默已痛下决心：他现在无论如何也不会出售房产。

在一个特殊的日子里，阿默瑞与汤姆的一番交谈很具有代表性，准确无误地反映了他百无聊赖的心态。晌午时分他从床上爬起来，与劳伦斯太太一道用过午餐后，他搭上了一辆自己钟爱的公共汽车，挑了个上层的位置，心不在焉地往家里赶。

“你为什么不应该百无聊赖呢，”汤姆打着哈欠，“难道无聊是你这个年纪和这种境遇下的年轻人的思维定式吗？”

“没错，”阿默瑞陷入沉思中，“不过我远不止无聊，我简直躁动不安。”

“这是爱情和战争造成的。”

“那么，”阿默瑞想了想，“我不能断定战争本身有没有极大地影响你我——不过毫无疑问，战争打破了旧有的框架，或多或少地扼杀了我们这一代人的个人主义。”

汤姆惊愕地抬头望着他。

“确实如此，”阿默瑞固执己见，“我不敢断言战争是不是扼杀了整个世界的个人主义。哦，天哪，过去醉心于成为一位经天纬地的独裁者、了不起的作家、卓越的宗教或政治领袖，是多么令人心荡神驰呀——可现在，即使列奥那多·达·芬奇[1]和罗伦佐·德·美第奇[2]，在这个世界上也算不上什么真正的昔日英雄了。生活的面太广，生活的底蕴太复杂。世界快步走向衰老，如今苍老得抬不起自己的手指头，我过去还计划着成为那样一根重要的指头呢——”

“我不敢苟同，”汤姆插嘴道，“自从——哦，自从法国大革命时期以来，再也没有人被摆到这样的个人主义的位置上。”

阿默瑞表示了激烈的反对意见。

“你对这一时期有很深的误解，在这一段个人主义膨胀的时代，人人都是以自我为中心的个人主义者。威尔森成为代表人物时才大权在握；他被迫一而再再而三地妥协让步；只要托洛茨基和列宁一明确表示他们的一贯立场，

---

① 达·芬奇（1452～1519）：欧洲文艺复兴时期伟大的意大利画家、雕塑家、发明家、哲学家、音乐家、寓言家、医学家、生物学家、地理学家、建筑工程师和军事工程师。——译注

② 美第奇（1449～1492）：欧洲文艺复兴时期的意大利政治家、外交家，佛罗伦萨的实际统治者，也是学者、艺术家和诗人的赞助者。——译注

他们就仅仅会成为克伦斯基似的昙花一现的历史人物。甚至连福煦[1]的历史意义也抵不上斯通沃尔·杰克逊的一半。战争过去曾是人们追求个性化的极至，然而大受欢迎的战争英雄们既不掌握实权也没有责任感：盖纳梅和萨金特·约克就是最好的例证。一个小男生怎么可能成为潘兴[2]式的英雄人物呢？大人物除了坐着摆摆威风，确实没有时间干别的事。”

“那么你是否认为世上不会再出现永恒的英雄呢？”

“没错——历史上有过——现实生活中不会再有。卡莱尔[3]寻找撰写《英雄与英雄崇拜》新一章节的素材将困难重重。”

“说下去。今天，我愿意做个好听众。”

“现在人们努力尝试去相信领袖人物，那股劲头简直让人可怜。不过一旦出现一个备受大众青睐的改革家、政治家、士兵、作家或哲学家——一位罗斯福[4]，一位托尔斯泰，一位伍德[5]，一位萧伯纳，一位尼采[6]，舆论批评的逆流就会将他冲走。我的天哪，这年头没有人能忍受别人的出类拔萃。这必将导致名人的湮没。人们讨厌重复听到相同的名字。”

“那么你将此归咎于新闻界吗？”

“百分之百。瞧瞧你，你的雇主《新民主》被公认为这个国家里最优秀的周刊，拥有一大批脚踏实地的读者。你都干些什么呢？每写一个人，一种信条，一本书，或写写摊派给你阐释的政策时，你都要绞尽脑汁地写出敏锐讥诮、趣味横生、愤世嫉俗的文采来。语言越锋利，曝光越凶，揭露越多的丑陋心态，付给你的稿酬就越丰厚，掏钱买报纸的人也越多。你，汤姆·丹维

---

① 斐迪南·福煦（1851～1929）：法国陆军元帅，曾任高级军事学院院长，第一次世界大战期间任法军参谋总长、协约国军总司令，著有《战争原理》。——译注

② 约翰·潘兴（1860～1945）：美国将军，第一次世界大战期间指挥在欧洲的美国远征军，战后升任为五星上将，任陆军参谋长。——译注

③ 托马斯·卡莱尔（1795～1881）：苏格兰散文作家和历史学家，有《法国革命》《论英雄、英雄崇拜和历史上的英雄事迹》等著作。——译注

④ 西奥多·罗斯福（1858～1919）：美国政治家、军事家，于1901～1909年任总统，以独特个性和改革主义政策著称。——译注

⑤ 格兰特·伍德（1892～1942）：美国画家，中西部地域画派主要画家之一，画作具有写实风格，作品有《美国哥特人》《革命的女人们》等。——译注

⑥ 弗里德里希·威廉·尼采（1844～1900）：著名德国哲学家、诗人和散文家，西方现代哲学的开创者，影响到后来的生命哲学、存在主义、弗洛伊德主义、后现代主义等。——译注

利尔，活脱脱一个受苦受难的雪莱，情绪多变，反复无常，头脑灵活，肆无忌惮，代表了这个民族的批判意识——哦，别顶嘴，我很了解你那个行当。上大学时我常常写书评；我以为硬要把正直诚实地提出一种理论和补救措施的最新尝试说成是‘我们暑期消遣性读物的喜人收获’，这真是罕见的笑话。”

汤姆开怀大笑，阿默瑞得意洋洋地继续说了下去。

“我们想去信任别人。青年学生试着相信年长的作家们，选民们试着相信他们的国会议员，国家试着相信他们的政治家们，可被信任的人什么也不相信。在太多鱼龙混杂的呼吁声中，在太多凌乱不堪、缺乏逻辑、用心阴险的批评的重重包围之下，他们不敢轻信。五花八门的报纸的情形就更糟糕了。任何富有的、思想落伍的老朽，只要是具备所谓金融天才那贪婪的恋财心理，都有机会登堂入室，成为某家报纸的东家，而这家报纸在千千万万疲惫不堪、奔波操劳的人们心中无异于必不可缺的精神食粮。他们深深地卷入现代生活的纷繁事务中，除了那些经过加工处理的简化材料，根本吸收不了其它任何玄妙高深的东西。花上两分钱，选民们就能从报纸上买到自己的政治观点、世俗偏见和哲学思想。一年后，出现新的政治动向，报纸换了个新主人，其后果不难想象：新思想忽然汹涌而至，几经锤炼，几经净化，仍然遭到四方贬斥，局面越发混乱不可收拾、矛盾重重——”

他稍稍停顿了一下，喘了一口气。

“我曾许下重诺，除非等到我的观点得以完全澄清、彻底独立门户。我将永远不涉足报界，追根究底，原因就在这儿。没有将那些危险而肤浅的讽喻诗灌输进人们的大脑中去，我的灵魂已经承受了够多的罪恶的鞭笞；我可以轻易在一个可怜的温良的资本家与一枚炸弹之间建立庸俗的联系，或者让某个天真无邪的小布尔什维克与机关枪子弹扯上瓜葛——”

在自己与《新民主》的关系遭遇猛烈的攻击之下，汤姆变得焦躁不安。

“这一切与你的空虚无聊有什么关系呢？”

阿默瑞认为这两者之间有着很大的关系。

“我怎么去适应这一潮流呢？”他质问道，“我生存的价值是什么呢？宣扬这个民族吗？美国的本土小说诱导我们相信十九岁至二十五岁的‘健康的美国男孩’是毫无性欲的动物。实质上，越健康的人越不可能没有性欲。唯一能服众的解释是他除了某种暴力倾向，别无其他的爱好。谢天谢地，战争总算结束了。我深信作家的肩上责任重大，自己现在才不敢贸然提笔。至于做生意嘛，嗯，做生意自有做生意的道理。不过我感兴趣的事情没有哪一桩哪一件能与做生意挂得上钩，当然要排除它与经济学的细微的功利联系。我又怎能忍受在抄抄写写中虚度光阴呢，因为这样一来，在往后最美好的十年时间里，我将只能具备一部商业影片的内容和水准。”

“尝试写小说嘛。”汤姆提议说。

“麻烦的是我一写故事就神思飞扬——担心自己为此赔上一条性命——总幻想着生活或许就在丽兹的日本式花园或者在亚特兰大城或者在下东区①，向我挥手示意。”

“总之，”他接着说，“我没有那种狂热的冲劲。我只想做一个平平凡凡的人，可那个女孩却不能这样理解。”

“你会找到别的女孩。”

“天哪！抛开这念头。你为什么不直言不讳地说‘如果那姑娘值得爱，她就该等你’？不，先生，真正值得爱的姑娘是不会等待任何人的。如果我认为不能找到别的姑娘，我对人性残存的一点信念也会丧失殆尽。或许我会游戏人生——但在这偌大的世界里罗萨琳德是唯一能抓住我心的女孩。”

“好的，”汤姆打着呵欠，“我充当了整整一个小时的知己。尽管如此，我还是十分高兴看到你又开始对事物发表犀利的看法。”

“是这样的，”阿默瑞极不情愿地承认，“然而看到其乐融融的幸福家庭，我就直倒胃口——”

“幸福家庭就是要让别人反胃。”汤姆尖酸刻薄地说。

批评家汤姆

有一段日子，阿默瑞学会了做听众。那些天汤姆一边吞云吐雾，一边放肆地贬斥美国文学，把它攻击得体无完肤，还觉意犹难尽。

“年薪五万美元，”他常失声大喊，“天啊！瞧瞧他们，瞧瞧他们——埃德娜·费伯、古维纽尔·莫里斯、范妮·赫斯特、玛丽·罗伯茲·莱恩哈特——没有谁写出一个能够流传个十年的像样的故事或像样的小说。这个名为科布的人，我觉得他既不聪明也不风趣——更何况，我看绝大多数人都是如此，不过编辑们不包括在内。他不过是稀里糊涂地混迹在广告业中。还有——哦，哈罗德·贝尔·赖特，哦赞恩·格雷——”

“他们尝试过。”

① 下东区：美国纽约市曼哈顿区的东部。——译注

“不，他们甚至没有尝试过。他们中有一些人能写出东西，不过他们不肯静心坐下来，老老实实地写一篇小说。大多数人根本不是当作家的料。我相信鲁珀特·休斯曾试着描绘一幅真实全面的美国生活的巨幅画卷，然而芜杂鄙俗的文风和视角破坏了画面的美的质感。欧内斯特·普尔和多萝西·坎菲尔德尝试过，可极度贫乏的幽默感不可能激发思想的灵光；然而至少他们的作品充实丰满，而不是面面俱到，泛泛而谈，实际上内容单薄。每位作家都应该秉持谨小慎微的创作态度，好像一旦脱稿成书，他就有可能被送上断头台。”

“这是不是叫兼容并蓄呢？”

“别逗我开心了！现在他们中有几个似乎对文化背景有所涉猎，脑子还算机灵，辞章行文考究，可他们就是不肯老老实实搞创作；他们扬言优秀作品不会有市场。那么为什么威尔斯、康拉德①、高尔斯华绥、萧伯纳、贝内特和其他一大批优秀作家在美国市场叱咤风云，创下了作品总销量的一半的好记录呢？”

“怎么，小汤米喜欢诗人们呢？”

汤姆理屈词穷。他的双臂无力地下垂着，在椅子两侧晃晃悠悠，口里发出含含糊糊的咕噜声。

“此刻我正在写一首讽刺那些作家们的短诗，题为《波士顿游吟诗人和赫斯特评论家》。”

“说出来听听。”阿默瑞迫不及待地说。

“我刚写好最后几行。”

“非常时髦。如果有意思，不妨说说看。”

汤姆从口袋里掏出一张折叠的纸，大声朗诵着自己的得意之作，时不时停顿一下，好让阿默瑞发觉这是一首自由体诗。

因此
沃尔特·阿伦斯堡，
艾尔弗雷德·克兰堡，
卡尔·桑德堡，
路易斯·昂特迈耶，

① 约瑟夫·康拉德（1857～1924），英国小说家，作品大多描写航海生活经历，代表作有《水仙号上的黑家伙》《黑暗的中心》等。——译注

尤尼斯·蒂金斯，
克拉拉·尚纳费尔特，
詹姆斯·奥本海姆，
马克斯韦尔·博登海姆，
理查德·格莱恩泽，
沙梅尔·艾里斯，
康拉德·艾肯，
我把你们的名字放在这里
好让你们永世长存
哪怕仅仅作为名字
作为我年轻气盛的集子里，
弯弯曲曲、淡紫色的名字。

阿默瑞哈哈大笑。

“你比那些娘娘腔、脂粉气的男子汉强多了。好吧，为了你最后两行桀骜不驯的诗句，我去替你买晚餐。”

汤姆全盘否定美国的小说家和诗人，而阿默瑞并不持完全相同的立场。他十分喜爱韦切尔·林赛以及布思·塔金顿，同时由衷崇拜埃德加·李·马斯特斯绢秀细腻而又正气凛然的艺术才华。

“我讨厌这样愚蠢的胡说八道——我是天主——我是男人——我乘轻风——我穿透浓烟——我是生命的感觉。”

“糟糕透顶!”

“我希望美国小说家们别再故意缔造罗曼蒂克的意趣。除非那些油滑的作品，其余的是不会拥有读者的。如果想读消遣性作品，他们宁可去买詹姆斯·J·希尔的自传，也不愿买这些围绕烟的意义这种主题而展开的冗长乏味的办公室悲剧——”

“还有阴郁，”汤姆说，“这是美国文学的另一大嗜好，虽然我得承认阴郁是俄国人的专利产品。我们的特色在于诉说小女孩们摔断脊椎后，由老人们收养，老人们满腹牢骚，埋怨小女孩们笑容太多。或许人们以为我们这个民族里生活着一大群乐观开朗的瘸子而俄国农民的普遍命运是自杀身亡——”

“六点了，”阿默瑞瞄了一眼手表，“为了庆祝你们那《年轻气盛的集子》里诗句的力度，我去给你买一顿丰盛的晚餐。”

回首往事

酷暑难耐的7月步履姗姗，去意彷徨，只留下了最后炎热的一个星期。阿默瑞心烦意乱，又一次被卷进爱情的狂风巨流中。往事不堪回首，他和罗萨琳德在短短的五个月里走完了感情的全部里程。然而他已不忍心去回想当初那个百般痴情的男孩是怀着怎样激动和欢愉的心情热烈憧憬着生命的冒险。一天夜里，层层热浪从窗户逼进屋来，一连几个小时，阿默瑞苦苦挣扎，备受煎熬。不知出于一种什么样的情结，他却偏偏要拾起那段痛苦辛酸的回忆，在笔端记下了永远的痛楚。

〔早春2月的街道上，经历了夜风的刷洗，空气里迎面吹来时断时续的潮气，在寂静无人的林荫道上独自行走，闪烁的目光中只见湿漉漉的雪花飞溅在街灯晕黄的光束上，仿佛金色的原油从天上的机器里倾流而下。

奇怪的湿气——空气中充满了许多双眼睛，短暂的宁静之后到处挤满了蛹动的生命……哦，我青春年少，因为我还能再次把你想起，那么短暂，那么美丽，在依稀恍惚的梦境中轻轻品尝着你唇间新鲜甜蜜的芬芳。

……午夜的空气中传来一声清脆的迸裂声——死一般的沉寂，万籁俱静——生命如裂冰绽开！——一串美妙的音符，你站在那里，光华照人，面色苍白……春天来临了。（沿街人家的屋檐上冰柱闪耀，丑陋的城市为此孩子般地神魂颠倒。）

我们的思绪如轻飘的薄雾萦绕在檐上的冰柱间；我们的两个精灵在长长的错综迷离的高空电缆上久久地拥吻——鬼魅般的似笑非笑在午夜的空中回荡，留给年轻的渴望一声愚顽的长叹；遗憾紧紧跟随着被她爱的东西，只留下一副巨大的空壳陪伴着我。〕

另一个结局

8月中旬，阿默瑞收到达西主教的一封来信，显然他费尽周折才找到了阿默瑞的地址。

我亲爱的孩子：

读罢你的最后一封来信，我着实为你担忧。信文一点不像你的一贯作风。我从字里行间不难想象你与那位姑娘订婚后反而很不开心，我感觉得到战前你身上所有的那些浪漫情怀现在已经随风而逝。如果你以为浪漫可以脱离宗教而独存的话，你就大错特错了。有时候我觉得如果我们细心寻觅，就一定能找到一直以来成功地维系着我们之间关系的秘密，那就是我们俩共有的神秘成份：某种东西流进我们的体内，充实着我们的个性，当它流出我们的身体，我们的个性就枯竭衰落了。我得说你的最后两封信简直太萎靡不振了。千万当心不要为了他人，男人也罢，女人也罢，而丧失了自我。

红衣大主教奥尼尔阁下和波士顿主教正在我处造访，因此我几乎抽不出时间给你写信，可我希望你能来看看我，哪怕只待一星期也行。这星期我将动身前往华盛顿。

我将何去何从，目前还难下定论。我要告诉你一个秘密：在未来的八个月之内，如果红衣主教的红布戴在了我这颗不相匹配的脑袋上，我丝毫也不会诧异，请千万保密。无论如何，我很想在纽约或华盛顿买幢房子，这样你周末就可以常来坐坐。

阿默瑞，我很高兴我们仍然好好地活在世上；这场战争能轻而易举断送任何幸福家庭的命运。至于你的婚姻大事，我想说你正处在最危险的人生阶段上。你可能会草率成婚，然后终生抱憾。但我想你不会头脑发热，做出冲动之举。从你信中提及的经济拮据的窘境来看，你的愿望自然很难兑现。然而，如果以我常用的判断方法来判断你，我敢断言你在来年中会碰到感情危机之类的大事。

一定来信。长时间失去联系，我心很苦恼。

深爱你的萨耶尔·达西

收到达西主教的来信一个星期内，他们温暖的小家因突然的变故而支离破碎。直接原因是因为汤姆的母亲忽患重病，而且有可能转化为慢性疾病，因此他们被迫收拾好家俱，忍痛将房子转租出去，在宾夕法尼亚车站两人忧伤地握手言别。阿默瑞和汤姆仿佛永远都在说再见。

阿默瑞备感孤独，出于一时的冲动，他决定只身南下去华盛顿与达西主教会面。然而两小时的时间差使他们失之交臂。他们再次失去了联系。于是，阿默瑞记起了自己还有位年长的叔叔，他决意去叔叔那儿住上几天。阿默瑞长途跋涉，穿过马里兰州肥沃的田野，终于来到拉米利县。他本来计划待个一两天，没想到行期一再拖延，从8月中旬一直拖到了9月份，因为他在马里兰州邂逅了埃莉诺。

第 三 章

青春的嘲弄

多年以后，每每回想起埃莉诺，阿默瑞仿佛仍然能听见夜风在身旁呜咽，心的某些角落在凉风中瑟瑟发抖。夜晚，他们催马行走在斜山坡上，冷冷的月亮在云间浮荡，他感到内心更深处的某些东西失落了，而一旦失去了就永远无法复得；他失去了这种东西，同时也失去了为此抱憾的力量。在他的生命旅途中，埃莉诺就像是最后的妖魔，戴着美丽的面具，缓缓走入他的灵魂深处；她也是最后一段神秘的奇缘，让他如痴如狂，还将他的灵魂击成薄薄的碎片。

与她相伴，他就难以自持地充满了狂乱的幻想，正因为这样他们才在深夜里骑马走上高坡，观赏着一个邪恶的月亮爬上天空。他们心中明白在这样的月夜里他们能看进彼此的内心深处，捕捉到彼此心灵中的魔鬼。可是埃莉诺——阿默瑞可曾与她梦中相会？分别后，他们俩的魔影常在一块儿飞舞，然而在各自的灵魂深处，他们都期盼着永世不再相见。是她眼底的那一抹挥不去的忧郁打动了他的心，还是他在她那美好透明的心灵里照见了自己的影子呢？她不会像阿默瑞一样去冒险，如果这句话从她口中出来，就会成了：

“阿默瑞不会再像我一样去冒险。”

她从不叹息，阿默瑞亦不叹息。

埃莉诺曾试着将内心的感受诉诸笔端。

那些逝去了的
我们仅仅知道
我们会将它们遗忘……
会将它们抛在一旁……
那随着雪花融化了的欲望
和被遗忘了的梦想
这个日子
那突至的黎明
我们笑着相迎
人人能看到曙光，无人能分享黎明

那将只是黎明……如果我们相遇
我们将不在意

亲爱的……我们不会为此流一滴眼泪
从此，
决不去回味一个曾经
叩动心扉的亲吻——
即使我们相遇时缄默不语，
也绝不让回忆的幽灵来游荡
或者扰乱海面的平静……
如果海浪下漂浮着灰影
我们将看不见。

阿默瑞固执己见，认为“海”和“看”这一对词不可能押韵，两人为此发生口角，吵得天翻地覆，几乎翻脸成仇。后来，埃莉诺又为阿默瑞读了一首还没想好开头的诗：

……然而智慧走远了……而岁月
将依然如故给予我们智慧……生命
将回复到从前——一切流淌过的泪水
我们将无从知晓。

埃莉诺切齿仇恨着马里兰州。她属于拉米利县最最古老的家族，与外公一道守着一幢阴森可怖的大房子。她生于法国，在那里长大成人……我明白我生命的开端是一个错误，让我重新活过吧。

阿默瑞感到闷闷不乐，待在乡下的日子里他总也摆脱不了郁闷的感觉。他过去常常独自走一段长长的路——在田野上漫步，边走边给庄稼地里的玉米背诵《尤拉卢姆》,[①] 喃喃地恭贺爱伦·坡能在怡然自得、满面春风的豪饮中死去。一天下午，他沿着一条陌生的乡野小路信步走了几里地，然后经一位深肤色妇女的恶意指点，他穿过一片森林……终于完全迷失了方向。狂风

---

① 《尤拉卢姆》：美国诗人爱伦·坡的一首叙事诗。此词来自于拉丁文 ululare 一词，意为哭泣。——译注

骤雨酝酿着爆发的力量，乌云沉沉，天空漆黑一片，雨点迫不及待地从林间劈劈啪啪地砸下来，空气中弥漫着一股浓重的阴晦的鬼气，他焦躁不安，无所适从。雷声轰轰，森森然的闪电划过山谷，林间闪过一道道明晃晃的白光。他跌跌撞撞，四处摸索着出路，透过纵横交错的枝桠结成的一张巨网，在密密层层的大树间，他终于看到了一丝缝隙，一道完整的电光击破长空，开阔的原野重现在眼前。他快步冲到森林的边缘，忽而又犹疑地停住了奔跑的步伐。远处的山谷依稀可见一盏温暖的灯照亮了一处小小的人家，他踯躅不前，不知道该不该穿过田野到那里去寻找暴风雨中的避难所。刚刚五点半，可他简直无法看到十步之遥的地方。偶尔闪过一道电光，照得周围的一景一物分外的鲜明和壮观。

忽然，一种奇怪的声音传进他的耳朵里。那是一位姑娘沙哑的嗓音在轻轻哼唱着一支歌曲，侧耳细细一听，歌声就在不远的地方响起。若是在一年前，他或许会放声大笑，或许会浑身颤栗；可现在狂躁不安的他只是默默地站立着，凝神倾听着，意识慢慢地在复苏，歌词在耳边越来越清晰：

萧瑟秋天
提琴幽咽
声声情
单调颓废
深深刺伤
我的心。

一道闪电劈开万里长空，歌声依然声声入耳，里面没有一丝一毫的颤抖。显然唱歌的姑娘就在不远处的田野里。凭着歌声来分辩，她似乎就坐在前面二十英尺外的一堆稻草垛上。

歌声嘎然而止；片刻之后，歌声再次响起，轻柔的哼唱变成一种离奇的旋律，附和着暴风雨的声音，低吼着，徜徉着，又飘落下来。

一切闷人
苍白钟声
多忧郁
我忆起
昔日韶光

“究竟是谁在这拉米利的乡间唱歌？”阿默瑞含含糊糊地嚷道，“谁在给一堆湿漉漉的稻草即兴表演魏尔兰[1]的诗作？”

“有人在这儿！”不远处的回喊毫无戒备，“你是谁——曼弗雷德[2]，圣克里斯多弗，还是维多利亚女王？”

“我是唐·璜！”阿默瑞冲动地喊道，喊叫声盖住了嘈杂的雨声和风声。

稻草垛上传来一声欣喜若狂的尖叫。

“我知道你是谁——你就是那个肤色白净、喜欢背诵《尤拉卢姆》的男孩子——我听出你的声音了。”

“我怎样才能爬上去？”他站在稻草垛下面朝上高喊。他走到这儿时，浑身已被雨水浇透了，身上“嘀嘀嗒嗒”往下掉水珠。从垛顶的边缘探出一个脑袋——天色阴暗，阿默瑞只能依稀看见她额前的一缕湿头发和一对像猫一样的眼睛在黑暗中幽幽发光。

“往回跑！”女孩的声音传下来，“向上跳，我来抓你的手——不，不是从这儿，从另一边。”

他按照着她的吩咐，找寻着方向。他爬到那一端，双膝深埋在稻草堆里时，一双白净的小手伸过来，握住他的手，把他拖到稻草垛上。

“到了，唐·璜，”她的喊叫从湿湿的发间迸出来，“你介不介意我直接叫你璜呢？”

“你的大拇指很像我的！”他欢呼道。

“你抓着我的手，却看不清我的脸，这是很危险的。”他飞快地松开了她的大拇指。

苍天仿佛回应着他的祷告，刹那之间一道刺眼的白光照亮了雨中的黑夜。他热切地凝望着身边的女孩，他们并肩站在离地面十英尺高的湿草垛上，可她已用手掩住了脸，他什么也没看见，只看见一副苗条的身段，黑黑的湿湿的短发，一双白净的小手，大拇指像他的一样往后弯曲着。

“坐下来吧。”她礼貌地提议道；黑暗重新裹紧了他们。“如果你坐在我对

---

① 保尔·魏尔兰（1844～1896）：法国诗人，象征主义诗歌的代表之一，诗作富于音乐性，强调“明朗与朦胧的结合。”——译注

② 曼弗雷德：英国诗人拜伦的“戏剧性诗篇”《曼弗雷德》中的主人公，他住在阿尔斯山深处的古堡中，是个知识广博、能呼唤精灵的神秘人物。——译注

面的小坑里，就有半件雨衣替你挡些风雨。在你粗鲁地干扰我之前，我一直用雨衣搭着一个防水帐篷。”

“我是应邀而来的，”阿默瑞开心地说，“你请我上来的——你明明知道是你自己请我来的。”

“唐·璜总是设法让别人请他。”她开怀大笑，“可我不能再这样称呼你了，因为你长着淡红的头发。没想到你还能背诵《尤拉卢姆》，我将成为普绪客[①]，成为你的灵魂。”

阿默瑞的脸上升起一朵红云，幸亏雨幕替他遮掩了羞涩。他们面对面坐在一个下陷的稻草坑穴中，雨衣遮盖住他们大部分的身体，剩下一小部分则暴露在风雨中，任凭风吹雨打。阿默瑞拼命想看清普绪客的脸，然而天空再也没有出现亮光，他心急如焚地等待着天光照明。主啊！假设她一点也不美——假设她是一个四十岁的迂腐妇人——主啊！假设，仅仅假设一下，她根本就是一个疯子。但是他明白最后一种假设毫无价值可言。在这雨夜的田野上，老天指派一个女孩来取悦他，就像老天让本瓦纽托·塞里尼[②]去杀人一样。他暗自揣测不知她是否真是疯子，不为别的，只为她实实在在已左右了他的情绪。

“我没有。”她蓦地开口说。

“没有什么？”

“没有疯。我第一眼见你就没当你是疯子，因此你这样想我实在不公平。”

“你究竟怎么——”

埃莉诺和阿默瑞相识后，两人常常在热烈“谈论某一话题”时忽然闭口不言，各自的大脑却在清清楚楚地考虑着那个问题。然而十分钟的沉默之后，他们又会大声地攀谈起来，居然还诧异地发现他们的思路完全一致，得出的结论也十分相似。在外人眼里，他们后来的结论则与先前的观点一点也不沾边。

“告诉我，”他询问道，急切地前倾着身体，“你怎么知道《尤拉卢姆》——你怎么会知道我头发的颜色？你叫什么名字？你在这干什么？请立即告诉我！”

---

① 普绪客：亦译“普赛客”，希腊神话中人类灵魂的化身，以长着蝴蝶翅膀的少女形象出现，与爱神相恋。——译注

② 本瓦纽托·塞西尼（16 世纪）：意大利雕刻家、金匠，曾在暴怒之下杀过人。——译注

突然之间闪电掠过长空，向大地投下一束长长的跳动的光线，他看见埃莉诺了，第一次看进她那亮晶晶的双眸里。哦，她太美了——白皙的皮肤宛如星光中洁白的大理石的色彩，弯如柳叶的细眉，眼睛闪闪发光像那夺目的绿宝石在黑夜中发出眩目的光芒。她是个女巫，年纪大概在十九岁上下吧，机智敏锐，脸上挂着如梦如幻的表情，只有唇上那一圈乳白色的小绒毛真实地泄露了她内心深处的脆弱和欢愉。他喘着粗气，向后倾倒在稻草墙上。

“现在你见到我的真面目了，”她心平气和地说，“我猜你马上要说我炽热的绿眼睛照亮了你的大脑。”

“你头发的颜色是什么？”他专注地问道，“头发剪得很短，对吗？”

“没错，剪得很短。我也不知道自己的头发是什么颜色，”她若有所思，“许多男人都问过我同样的问题。我想它很一般吧——没有人会长久地注视我的头发。尽管我的眼睛长得非常美，不是吗。我不在乎你怎么回答，我的眼睛的确很美。”

“回答我的问题，马德琳。”

“我记不得你的问题了——还有我不叫马德琳，我叫埃莉诺。”

“我本来可以猜出你的名字。你貌似埃莉诺——你长得就像埃莉诺。你知道我的话是什么意思。”

他们聆听着雨声，沉默不语。

“雨点落在我脖子里了，我的疯子同伴。”她终于开口了。

“回答我的问题。”

“哦——全名埃莉诺·萨维奇；住在一里外的一幢大大的旧屋里；活在世上的最亲密的亲人是我外公拉米利·萨维奇；身高五英尺四英寸；表壳上的数字是3077W；长着小巧细致的鹰钩鼻；性情古怪——”

“我呢，”阿默瑞插嘴说，“你在哪儿看见我的？”

“噢，你是那么一种人，”她高傲地回答道，“一定会在言谈举止之中生硬地表现出自己的本色。哦，我的小男孩，上星期的某一天，我躺在树丛后晒太阳，有个男人走过来，口里念念有词，一副悠哉悠哉而又神气活现的神情：

此刻当夜晚在衰老
（他说）
星光指向黎明
路的尽头一束淡淡的
（他说）

模糊的光辉诞生了。

因此我抬眼望过幽密的树丛，可不知为何你开始飞奔而去，只留给我一个美丽的后脑勺。‘哦!’我自言自语，‘这地方居然还有这样一个人，许多人或许都会为之叹息，’我继续说着一口漂亮的爱尔兰语。”

“好了，”阿默瑞再次打断她，“现在谈谈你自己吧。”

“好的，我会的。我是那么一种人，活在世上是为了让别人激动，自己却很少激动，除非在这样静谧的夜里，我读透男人们的内心世界，才会心潮澎湃。我有足够的勇气走上舞台，却不具备足够的能量；我耐不住性子著书立传；我从未碰上一个我想嫁的男人。不过我才刚刚十八岁呢。”

暴风雨踩着漫柔的脚步渐渐远去，只有夜风时断时续，迎面吹来一阵阵鬼魅般的阴气，稻草垛在风中东摇西晃，左倾右倒。阿默瑞神思恍惚。他感到每一刻相聚的时光都如此珍贵。他从未碰上过她这样的女孩——时时刻刻都会带给你新鲜和不同的感受。他一点也没觉得自己像在扮演某部戏中的角色，在这特殊的际遇中——他反而有一种回家的感觉。

“我刚做出了一个重大决定，”埃莉诺再次打破沉默，“回答你的另一个问题，即我为什么跑到这儿来。我刚刚断定自己不相信永生不死。”

“是嘛？真是陈词滥调!”

“恐怕是这样。”她回答道，“可这念头令人憔悴、倦怠、消沉。我在这样的暴风雨之夜跑出来淋雨——淋得像只落汤鸡；落汤鸡的头脑往往相当清晰。”她作了个结论。

“继续说。”阿默瑞彬彬有礼地说。

“哦——我并不怕黑暗，所以我穿上雨衣和雨鞋跑出家门。你瞧，过去我也常常提心吊胆，不敢承认自己不相信天主——因为我害怕遭电打雷劈——可现在我就在这儿，安然无恙，闪电当然没有击中我，可最关键的一点是因为这一次我对闪电毫无惧意，就像去年当我还是一名基督教科学派的成员时，心中同样无畏无惧。因此现在我明白自己是个彻底的唯物论者。你突然现身，呆呆地站在那儿魂飞魄散时，我正在与稻草垛亲昵地窃窃私语呢。”

“喂，你这个小可怜——”阿默瑞心中愤愤不平，“我害怕什么了？”

“你自己!”她喊道，吓得他一跃而起。她拍着手，放声朗笑，“瞧——瞧！良知——学学我，抹杀掉那玩意儿！埃莉诺·萨维奇，唯物主义思想家——没有从地上跳起来，没有大惊失色，早早来到——”

“可我必须有灵魂，”他反驳道，“我不可能那样理性，我也不会成为什么化学分子。”

她倾斜着身子，炯炯发光的眼睛直视进他的眼里，带着一种浪漫主义的果断坚毅在他耳边低语：

“我也这么认为，唐，我也担心这样——你是个多愁善感的人。你不像我。我是个浪漫的小唯物主义者。”

“我并不多愁善感——我和你一样浪漫。你知道多愁善感的人认为万事都将延续长存——凡是浪漫的人都坚信世上的一切不会长久。”（这是阿默瑞区分二者的老办法。）

“讽喻诗，”她话里隐含着伤感，“咱们从稻草垛上下去吧，一块儿走到岔路口。”

他们慢慢地从稻草垛上爬下来。她不愿让他帮自己的忙，挥手示意他走开一些，做了一个优美的下跳的姿式，忽地跌落在一堆软泥上。她呆坐了一小会儿，自嘲地笑了笑，然后从地上爬起来，悄悄将手伸进他的手中。两人踮着脚尖穿过田野，边走边蹦，从一块干泥地上跳到另一块上。暴风雨疾驰西行，飞奔向西马里兰，月亮升上天空，皎洁的银辉普照大地，田野上的一个个小水坑似乎都闪烁着快乐的光芒。埃莉诺的胳膊轻轻碰着他的每一次轻触都激发出他想象的火光，在想象中他尽情描绘着身旁奇妙的少女，而他因为太害怕失去这黑暗中温柔的碰撞，竟只觉双手渐渐发冷。他们并肩走在夜色中，他不时通过眼角的余光打量着身边的女子——她是人生的享受，她是青春的荒唐，她是他命中注定的缘份，他只希望永远与她坐在一堆稻草垛上，通过她那双绿色的眼睛去透视人生。那天夜里，当她像一个灰色的幽灵飘逝在大路上时，他的心中涌动着狂野的信念，坚信冥冥之中必有鬼神的存在。田野里飘出的深幽幽的歌声陪伴他走在回家的路上。

整整一夜，夏蛾飞进飞出，轻轻拍打着阿默瑞的窗；整整一夜，巨大的隐隐约约的风声、雨声、雷声在神秘的梦里飘荡，穿过闪着银光的谷粒——守着黑暗，他的头脑异常清醒，彻夜难以成眠。

9月

阿默瑞摘下一片草叶，放入口中，细细咀嚼着草的清香。

“我从不在8月或9月谈恋爱。”他坦白道。

“那你什么时候谈恋爱呢？”

“圣诞节期间或者复活节期间。我是个严守礼拜仪式的人。”

“复活节！”她的鼻子往上耸了耸，“哈！穿着紧身服的春天！”

“复活节会使整个春天黯然失色，是吗？复活节编着辫带，身穿定做的盛装。”

> 穿着轻便的鞋，哦，你去飞
> 用你那美妙的疾行的脚

埃莉诺柔声地引用了两句诗，然后补充道：“我想，对于秋天来说，万圣节可比感恩节好。”

“好得多——圣诞夜是冬天的骄傲，可夏天里……”

“夏天里没有美好的日子，”她说，“夏天不是恋爱的季节。因此许多人试着将夏天变成一个众所周知的名称。夏天是唯一难以兑现的春天的承诺，它欺骗了我4月的憧憬，掠夺了我梦中温暖静谧的夜晚。夏天是一个生命终结的悲伤季节……夏天里没有美好的时光。”

“7月4日。”阿默瑞打趣地说。

“别犯傻了。”她转动着双眼，搜寻着他脸上的表情。

“啊，什么能实现春天的诺言呢？”

她认真地思考了一会儿。

“哦，我想老天可以，如果有老天的话，”她终于开口了，“一种非宗教意义的天——你应该是个唯物主义者。”她扯开了话题。

“为什么？”

“因为你长得非常像画片中的鲁伯特·布鲁克。”

在某种程度上，在与埃莉诺交往的那段日子里，阿默瑞尽力扮演着鲁伯特的角色。他所说的一切，他对待人生、对待她、对待自己的态度，无一不反映了那已故的英国人的文学情怀。她常常坐在草地上，一阵懒懒的风吹拂着她短短的秀发，她以沙哑的嗓音忽高忽低地朗诵，那声音仿佛从高地忽悠悠地落到海滩上一样。她大声读书时，声音里充满一种极大的激情。几乎从第一次邂逅开始，他们差不多就坠入爱河了。她常常静静依偎在他的怀里，他们一遍遍朗读着自己喜爱的诗歌时，似乎不仅仅心与心紧密相连，连他们的躯体也那样亲密无间。然而现在阿默瑞还有再爱的能力吗？他激越的热情往往能维持半个钟头，但是甚至他们沉浸在痴迷的狂想中时，他心里也明白他俩谁也不能可能像他曾经爱过的那样去疯狂地爱人——我想这就是他们为什么要避开爱情而谈论布鲁克·斯温伯恩、雪莱的原因。他们抓住一切机会使相聚的时光变得完满美好而且富有内涵和想象；他们必须弯下细细的金色触角，轻轻触碰彼此的想象力，用丰富的想象来取代伟大深沉的爱情。在他们之间爱从来不会走得太近，又从来不仅仅是幻梦一场。

他们一遍遍重复着同一首诗；斯温伯恩的《时间的胜利》。以后的岁月里，每逢圆润温暖的夜晚，当他看见萤火虫在幽暗的树枝间飞舞，听到一片低沉的蛙噪声，诗中的四句话就会在记忆中响起。然后埃莉诺似乎走出了浓浓的黑暗，慢慢地走向他，静静站立在他身边，而他仿佛再没听到那如羊皮鼓发出的沙哑的声音：

是否值得流泪，是否
值得浪费光阴
来想念那早已过去的一切；
那无果的壳，那易逝的花
那一去不复返的梦？

两天后，他们从正式的渠道了解了对方的背景。他的婶婶讲起了她过去的经历。当地有两位姓拉米利的人：老拉米利先生和他的外孙女埃莉诺。在法国她与不安分的母亲住在一起，阿默瑞想象着那女人一定像极了自己的母亲。母亲死后，她迫于无奈只身回到美国，在马里兰安顿下来。之前，她去过巴尔的摩，在单身的舅舅那里住过一段时间。十七岁那年，她执意遵照习俗，为自己举办了一系列的社交舞会。她度过了一个疯狂的冬天。由于种种原因她与所有住在巴尔的摩的亲戚吵翻了脸，他们大为震惊，更加强烈地反对她的一举一动，她只好离开了那座令人伤心的城市，于3月份来到了马里兰的乡下。埃莉诺与一大群年轻人厮混在一起，躲在大汽车里偷喝鸡尾酒，见到年长的人，她表面上毕恭毕敬，骨子里压根儿也瞧不起他们。埃莉诺的身上散发着蓬勃的青春活力，激发起人们关于法国林荫大道的联想，这种魅力将许许多多天真无邪、让人们想起圣提摩太[1]和法明顿似的年轻人引到放荡不羁、玩世不恭的人生之途上去。她的舅舅是个健忘却高傲的人，看似应属于一个更虚荣的年代。她的事传到她舅舅的耳朵里，他为此大动肝火。倔强的埃莉诺始终一言不发，可她无法按捺心中的愤慨和强烈的反抗情绪，终于

① 圣提摩太：基督教《圣经》中耶稣的使徒保罗的门徒。——译注

负气出走，独自来到乡下的外公这儿寻找避难所。她的外公已到了风烛残年，孤身一人在乡间安度晚年。这就是她的经历。她自己又讲述了不少故事，可这已是后话了。

他们常在一起游泳，阿默瑞悠闲地飘浮在水面上，一切思想都已凝固，只是偶尔他还会想起模糊得如肥皂泡似的田野，在那里树木在风中摇曳，阳光从林间倾泻。此时花季已逝，除了尽情嬉戏、潜水、闲坐在时间的边缘，还能思考些什么，还能担忧些什么呢？让日子走开，将一切忧伤、记忆和痛楚抛开，他再一次渴望飘泊，渴望重回青春旧时光，然后以调整好的心情坦然地去面对他们。

生活的大道本来一路平坦无险，沿途所见风景绮丽，景物相融，然而一连串杂乱的、飞驰的、互不关连的画面突然不期而至，阿默瑞不时痛恨生活里的这些变故——整整两年血与汗交融的经历，罗萨琳德的出现所激发起的一种近乎荒唐的父性之爱，还有与埃莉诺共同度过的这个半享受、半神经质的秋天。他感到即使耗费一生的光阴，他也无力将那些奇怪的累赘的画面一幅一幅粘贴在自己生命的剪贴薄里。这极像一次盛宴，他在青春里安坐了半个小时，尽力享受着面前精美的山珍海味。

他给了自己一个朦朦胧胧的承诺，终会有一天，所有的一切都将粘合在一起。数月来，他一会儿被爱的狂流或者迷恋的狂流卷走，一会儿又不停地在生活的漩涡中旋转，他不愿思考，只愿被抛上浪尖，再次顺流而去。

“这绝望垂死的秋天与我们的爱情——多么协调！”有一天，他们浑身滴着水珠躺在河边时，埃莉诺幽怨地说。

“我们心中的印度之夏——”他住口了。

“告诉我，”她终于问道，“她的肤色深还是浅呢？”

“浅色。”

“她比我长得更漂亮，对吗？”

“我不知道。”阿默瑞做了一个简短的回答。

一天夜里，明月初升，银辉满园，阿默瑞和埃莉诺走在梦中的仙境里，园中幻影摇动，仿佛是用莫测高深的神奇爱情的情绪来表达着永恒的美丽。他们走出皎洁的月光，走进爬满葡萄藤的宝塔的阴影里。

“划亮一根火柴吧，”她喃喃低语，“我想看看你。”

划着了！火光闪动！

这黑魆魆的夜和伤痕累累的树就像一台戏剧里的景致，阴影遍布，虚幻迷离。奇怪的是，他怎么突然地生出一种似曾相识的感觉，似乎他与埃莉诺早就来过此地。阿默瑞思索着为什么过去的一切总是显得奇怪而令人难以置信。火柴的光亮消失了。

“真黑呀。”

“我们现在仅仅是声音了，”埃莉诺喃喃低语，“小小的孤独的声音，再划亮一根吧。”

“刚才划掉了最后一根火柴。”

他突然将她紧紧地拥入怀中。

“你是我的——你知道你是我的！”他疯狂地叫喊着。

月光蜿蜒地穿过葡萄棚，静静聆听着他们爱的细言碎语……他们久久对视着，眼里闪动着爱的光芒，嘴里情话绵绵，萤火虫在他们身边萦绕飞舞，仿佛故意想获取阿默瑞的一瞥一视。

告别夏天

“草间没有风吹，一丝风也没有……明镜般的泉水流在隐匿的深潭中，敞开的胸怀拥抱天上的满月，将那金色的象征埋在它那如冰的水面上。”夜色中依稀可见树的轮廓，埃莉诺对着树林轻哼着哀怨的曲调。“这儿是不是有一股森森的鬼气呢？如果你还能催马前行，我们不妨穿过森林去寻找隐匿的深潭。”

“过了午夜一点了，你会碰上鬼怪的，”他提出了反对意见，“况且我对马也知之甚少，无法在大黑天骑马赶路。”

“住嘴，你这个老笨蛋。”她莫名其妙地说，然后她欠过身来用马鞭懒懒地抽打他，“你把你的老马留在我们家的马厩里，我明天给你送去。”

“可我叔叔明早七点还要骑这匹老马送我去车站呢。”

“别扫兴——记住，你这个人干什么都犹犹豫豫的，单凭这一点，你就不可能成为我生命中的全部光芒。”

阿默瑞策马走近一些，倾身抓住她的手。

“说我是的——快点，否则我就把你抓过来，让你骑在我的身后。”

她抬头望着他，笑意浅浅，兴奋得猛摇头。

“哦，说呀——还是别说了吧！为什么生命中兴奋的事情都令人这样不自在，不知道在加拿大作战、探险或滑雪会不会是这样呢？我们还要骑马上哈珀山。我想咱们大概差不多要五点钟才能赶到那儿。”

“你这个小妖精！”阿默瑞吼道，“你想让我陪你游荡一个晚上，然后明天像个外国移民一样在火车上呼呼大睡着回纽约。”

“嘘！来人了——咱们快走！呼——哈——嘿！”她的狂喊声或许会让迟归的夜行者一阵阵颤抖，随后她策马走进丛林，阿默瑞缓缓地跟在后头，接连三星期以来，他一直就是这样整天地追随着她的脚步。

夏天结束了。当埃莉诺孩子气地纵情享受浮华的欢乐时，或者他们在晚餐桌上写诗时，他就是这样成天呆呆地眼看着优美灵巧的曼弗雷德在为自己建造智慧的富有想象力的金字塔。

仿佛可以追溯到一百个快乐的6月以前，当虚荣亲吻着虚荣，他屏声静息地将她思念，那时天下所有的男人也许都知道他曾用生与死为她碧绿的双眸写下赞歌：

“我的爱永世不变！”他说……然而美丽的姑娘已与她的呼吸一同逝去，与她的恋人们一块儿消逝。她死去了……

——长存的是他的智慧而不是她的双眼，是他的艺术而不是她的秀发：

“要想学会诗的押韵，明智之举是先读读这首十四行诗。”……因此不管我说过的话多么真实，以后，我都只能对着第一千个六月轻轻把你歌唱，将无人知道知道你曾是某个午后的美丽姑娘。

一天，他想到了“黑姑娘十四诗”受到的世人的冷遇，他想到了人们早已淡忘了那个伟大诗人希望后人所铭记的黑姑娘，于是他提笔写下了心中的连翩浮想。只因当年莎士比亚一定带着那样神圣的绝望渴望自己笔下的黑姑娘将与世长存……可现在人们对她早已漠不关心……令人啼笑皆非的是如果阿默瑞将更多的注意力放在诗本身上而不是放在黑姑娘身上，他会发现这首十四行诗明显打上了效仿时尚、刻意雕琢的痕迹，二十年后将不再会有人问津。

那一夜是阿默瑞最后一次见到埃莉诺。清晨他将踏上归途，诀别的前夜，他们说好了在冰凉的月色中骑马走一段长长的路。她谈兴甚高，她说——在她的生命中这恐怕是她最后一次能保持理智（她指的是轻松自如的姿态）。因此他们走进树林，默默地溜达了半个小时，谁也不肯开口说话，间或有讨厌的树枝挡住了去路，她会低声骂道：“见鬼！”——她的低语声如此特别，没有哪个女孩子能够模仿得了。后来他们催动着疲惫不堪的马儿走上了哈珀山。

“天哪！这儿真静！”她低语道，“比树林中还要孤寂。”

“我讨厌树林，”阿默瑞打着寒噤说，“我痛恨夜间所有的树叶或灌木丛。在这儿心境是如此开阔坦然。”

“一条长长的斜坡。”

“还有一路冷月的光辉。”

“最后也最重要的是还有你和我。”

那是一个静谧的夜晚——他们沿着那条笔直的山路走到悬崖边。平日里不管什么时候，这条路上都几乎杳无人迹。偶尔会有一间黑奴的小木屋映入眼帘，在宛如岩石罗纹般的月光中闪烁着银灰色的光泽。小木屋的出现中断了连绵不绝的裸露的土地；屋后可见一片树林，黑魆魆的树木直立在树林边缘，仿佛在一块白色的蛋糕上覆上了一层黑色糖衣，而屋前则延伸着高耸陡峭的山路。夜更凉了——那夜刺骨的寒意驱散了所有有关温暖夜晚的记忆。

“夏天的尾声，”埃莉诺柔声地说，“听听马蹄声，——‘得——得——得——得’，你有没有头脑发热的时候，非要把一切喧哗声说成是‘得——得——得’的声音，直到你发誓说连永恒也能被细分成无数的‘得得’声呢？我总觉得——老马能跑出‘得——得’的蹄声……我猜想唯有这才能帮助我们区分马蹄声和闹钟声。人只要走出‘得——得——得’的脚步声就会失去理智。”

寒意逼人，埃莉诺裹紧了短披风，冻得瑟瑟发抖。

“你很冷吗？”阿默瑞问道。

“不冷，我在想自己呢——一个内在的黑色苍老的自己，一个真实的自己。内心里起码的诚实时时提醒我看清自身的邪恶，使自己不至于变得太坏。”

他们走到崖边，阿默瑞向下望去，在离崖边一百英尺远的地方，一处瀑布飞落在地面上，一泓黑色的泉水流成一条清晰的弧线，急流而下的飞瀑不时溅落闪闪发光的小水珠，掉在那条黑线上，破坏了它的完整性。

“腐败的，腐败的旧世界！”埃莉诺忽地爆发出一声狂喊，“最悲惨的是我自己——哦，为什么我是个女孩子呢？为什么我不是个傻瓜呢？——看看你吧，你比我要蠢，没有蠢很多，但确实蠢一些。你东飘西荡，等到烦了倦了，你又飘泊到别的地方去。你见一个爱一个，用不着担心自己掉进感情的罗网中。你随心所欲，还都有正当理由——而我呢，天资聪颖，完全能胜任一切，却被死死地绑在未来婚姻的沉船上。如果我出生在一百年以后，那该有多好呀，可现在前方有什么样的命运在等待着我呢——我不得不嫁人，别无选择。嫁给谁呢？大多数男人无法容忍我的聪明，而我不得不屈尊与他们为伍，由任他们趾高气昂地践踏我的才智，以此博取他们的欢心。每多过去一年，我就多丧失了一次嫁个上等男人的机会。我最多只能从一两个城市里挑选未来的丈夫，我当然得嫁个上流绅士。”

“听着，”她再次靠近他，“我喜欢聪明英俊的男人，当然没有人会比我更在意男人的个性特点。哦，五十男人中只有一个明白性是怎么一回事。我对弗洛伊德和他的那一套十分着迷，然而世上每一点真爱都包含着百分之九十九的激情和百分之一的小小妒嫉，这简直糟透了。”她匆匆收住了议论，结束得与开始一样突然。

“当然，你说的没错，”阿默瑞表示同意，“万事万物的运作在某种程度上必然是由一种令人不快的强大力量支配着。就像一个演员让你看他的演技一样！稍等片刻，等我想想清楚……”

他停顿了一会儿，在脑子里搜寻着一个贴切的暗喻。他们从悬崖边走开，慢慢地走在离左边的山路约五十英尺远的山道上。

“你看每个人都不得不替性披上伪装。那些远远赶不上柏拉图智力水平的平庸之辈常常故作风雅地沿用经维多利亚时期的文学情趣洗涤之后遗留下来的浪漫骑士文学的残余物——我们这些自视为知识分子的人也将性欲掩盖起来，假装性不过是我们的另一个侧面，与我们闪光的大脑毫无关联；我们自欺欺人地以为自己意识到了性的存在，这确确实实使我们避免了成为性的牺牲品，然而事实上性存在于我们最纯洁的理念中，两者亲密无间，以至于我们常常看不清楚……我现在可以吻你，然后……”他坐在马鞍上，倾过着身子去吻她，可她却骑马走开了。

“我不能——我现在不能吻你——我比你更敏感。”

“那你也更愚蠢，”他烦躁地说，“理智根本不能防范性，传统也不能……”

“那什么能呢？”她发火了，“是天主教堂还是孔夫子的信条呢？”

阿默瑞吓坏了，抬头看着她。

“性是你的法宝，对吗？”她大喊，“哦，你原来也不过是个伪君子。成千上万的神甫愁眉紧锁、煞费心思地让堕落的意大利人和蒙昧的爱尔兰人喋喋不休地在神前忏悔自己触犯了第六诫令和第九诫令的罪过。信奉神只不过是掩人耳目的幌子，是涂抹在感情和精神上的脂粉、期望治愈一切创伤的万灵药。我想告诉你，天上根本没有天主，甚至连一个明确的抽象意义上的德行概念也没有；因此，这一切的一切只不过是与我们一样有着高高的白净前额的人为了个体的需要而杜撰出来的。你太自命不凡，根本不敢承认这一点。”她放开缰绳，对着天上的星星咬牙切齿地挥动着小拳头。“如果真有一个天主，让他劈我吧——劈我吧！”

“你又在模仿无神论者的口吻谈论天主，”阿默瑞尖刻地说。他自身的一层唯物主义的伪装常常在埃莉诺的大肆亵渎神明的攻势下被击得粉碎……她很清楚他的弱点，这使他大为恼火。

“像大多数觉得保持信仰并非易事的知识分子一样，”他冷淡地说了下去，“像拿破仑，奥斯卡·王尔德，和你这样的人一样，你们临终之际都会在床上大喊大叫着要神甫。”

埃莉诺猛地停住了马。他拉紧缰绳，在她身边停下来。

“我会吗？”她发出一种古怪的声音，让他心生恐惧，“我会吗？看着吧！我要跨过悬崖！”他来不及阻止她，她已调转马头，玩命般地奔向高原的尽头。

他蓦地转过身，快马加鞭紧随其后。他浑身冰凉，脑子里“叮叮当当”一阵乱响。他明白自己根本没有机会阻止她冒险。月亮躲在一块云朵下，她的马瞎了眼似地向前狂奔。在离悬崖边十英尺远的地方，她发出一声尖叫，突然从马侧摔下来，在地上翻了两个滚，落在离悬崖五英尺远的灌木丛里。马儿狂乱地嘶鸣着，疯子一般冲上悬崖。他迅速地赶到埃莉诺身边，只见她睁着一双布满恐惧的眼睛，直愣愣地望着他。

“埃莉诺！”他喊道。

她没有回答，双唇翕动了几下，眼里突然之间濡湿了。

“埃莉诺，你受伤了吗？”

“没有，我想没有。”她含糊地说，然后啜泣起来。

“我的马死了？”

“天哪——是的！”

“哦！”她失声痛哭，“我以为我越过去了。我不知道——”

他温柔地搀扶起她，将她扶上自己的马鞍。他们踏着夜色走上了回家的路。阿默瑞手牵着马走着，她伏在马鞍鞍头上，悲悲泣泣。

“我有几分疯狂的天性，”她嗫嚅着，“以前我还做过两件类似的事情。我十一岁那年母亲——疯了——胡言乱语，完全疯了。我们那时在维也纳——”

一路上，她断断续续地叙述着自己的故事。月亮西沉，阿默瑞心中的爱恋也在随之消退。在她家门口，他们习惯性地吻别，可这一次，她没有飞扑进他的怀抱里，他也没有像上一个星期的每个夜晚那样伸开双臂去拥抱她。他们站立了一会儿，痛心地仇恨着彼此。过去阿默瑞爱恋的不过是他在埃莉诺身上看到的自己，因此他现在深恨的也只是镜中的影像罢了。鱼肚白色的曙光洒落在他们的身上，他们的影子就似支离破裂的玻璃片一样散落一地。

昨夜的星辰早已坠落，只留下晨风阵阵细微的叹息和横亘在他们之间的静默……可赤裸的灵魂本来就是不幸的，于是他匆匆告别了她，披着黎明新生的曙光，走在了回家的路上。

几年后埃莉诺寄给阿默瑞的一首诗

在这儿，大地的儿女，在碧波荡漾的水面上，
浅唱低吟，披着一身月光，
像一个光彩照人的女儿微笑着去拥抱白昼……
在这里，我们低声私语，对黑夜无畏无惧，
我们独行……是怎样的美妙将我们紧紧相连，
当那夏日时光将她的长发飘起？
我们所爱的浮光暗影，以及那覆在地面的挂毯的图案，
神秘的，淡淡的，在那令人屏神凝息的空气中。

那是白天……而夜晚又是另一段故事，
苍白如梦，暗影婆娑——
那星星的幽魂，它们曾追求荣耀，
此刻却在凄月中间我们轻诉安宁，
轻诉那已被岁月打破的古老的死去的信仰，
和那买来月下之欢的青春金币；
这是我们熟知的欲望，这是重要的语言，
这是我们付给狂欢 6 月的代价。

在这儿，梦的最深处，在那陌生的
如岁月流淌一去不返的水边，
如果那光就是太阳，那小溪不敢歌唱，又将会怎样
我们在一起，似乎……，我曾那样深爱你……
昨夜有什么魔力，当夏日走远，
依然牵引着我们回到那变化无常的林中之家？
是什么从那鬼魅般的苜蓿的暗影中窥视？
天主！……直到你在睡梦中辗转……并惊恐万分……

哦……我们已经走过……恐惧缠绵围绕着我们。
流星奇异的碎石从空中陨落，
那出生在大地上不知疲倦的人躺在水边，精疲力竭，
紧靠在我这个不可理喻的小孩身上……
恐惧是一道可以追溯到安全女儿身上的回波
现在我们是面孔和声音……越来越少，飞逝而去，
在潺潺的流水上轻诉我们虚虚实实的爱情……
这买来月下之欢的青春金币。

阿默瑞寄给埃莉诺的一首题为《夏日风暴》的诗

微弱的风，一支消逝的歌，以及飘零的叶，
微弱的风，以及远方逝去的欢笑……
和那雨，那田野之上一个呼唤的声音……

我们的灰色的流云在空中疾驰，上升，
它飘过太阳，在她的姐妹们身边飘浮。
一只白鸽的身影
落在栅栏上，林中鸟儿随处可见；
山谷里，哭泣的树林里
黑暗的风暴的身躯在飞；随风带来
沉落的海洋的气息
和纤纤细细的雷……
但是我等待着……
等待薄雾升起，等待暴风雨降临——
等待那吹拂着命运面纱的沉重的风，
等待着那吹乱她长发的快乐的风；
再一次
他们撕扯我，教导我，将沉重的空气
抛在我的身上，连同我熟悉的风，以及风暴。

曾记得有一个夏季，每一场雨都那么难得；
曾记得有一个季节，每一阵风都那么暖人……

而现在你在薄雾中从我身边走过……你的头发
被雨浇乱，你湿润的唇再一次抿紧
带着无情的嘲弄、快乐的绝望
它们已使你变老，在我们相遇的时候；
你宛如幽灵飞飘向雨中，
飘过田野，同无根的花结伴，
带着你旧日的希望，枯萎的叶儿和一次次爱情再次——
如梦一般黯淡，随岁月而憔悴，
（轻言细语将潜入渐深渐浓的黑暗中……
喧闹在树林上空死亡）
现在是黑夜
从她湿淋淋的胸膛撕去她湿透了的白日之衣
滑下似梦似幻的山坡，闪亮的泪
用她的发掩盖那懦弱的绿……
爱在黄昏……那稍纵既逝的爱；
树木，静静的，神圣的树木……
微弱的风，以及远方消逝的微笑。

第 四 章

高傲的牺牲

亚特兰大市。黄昏时分，阿默瑞迈步走在海边的木板人行道上，海面上波浪汹涌澎湃，变化莫测，奔流不息，腥咸的海的气息迎面扑来，似乎又吹过来一丝丝淡淡的忧伤。在他眼里，与陆地相比，海珍藏了更深沉的记忆。海水似乎仍在轻诉古代斯堪的纳维亚船只的故事，船上挂着画有乌鸦图案的旗帜，船头缓缓地划破水面。它又似乎仍在诉说英国无畏舰①的故事，这些现代文明的灰色堡垒吐喷着蒸汽，穿过黑色 7 月的一片浓雾，驶进北海的水域。

“喂——阿默瑞·布莱恩！”

---

① 无畏舰：1906 年，英国海军开始建造“无畏号”战舰，此舰系现代战列舰的肇始，并确立了其后达 35 年世界海军强国战列舰火炮与动力的基本模式，后来成为 20 世纪前期各海军强国竞相建造的一类先进的主力战舰。——译注

阿默瑞低头朝下面的街道望去。一辆低速行进的小汽车停在路边，一张熟悉的快活的脸从司机座上探出来。“快下来，傻瓜!”亚历克高声喊道。

阿默瑞回应了他一声，快步从木梯上走下来，走到小汽车旁。他与亚历克偶尔也见见面，然而罗萨琳德一直是一道横在两人之间的障碍。他为此深感遗憾，因为他不愿失去亚历克。

“布莱恩先生，这是沃特森小姐、韦恩小姐和塔利先生。”

“你们好!”

“阿默瑞，”亚历克热情洋溢地说，“如果你跳进车里，我们就可以捎上你去一个幽静偏僻的地方，给你一个小小的波旁威士忌酒的震撼。”

阿默瑞思考着这个建议。

“是个好主意。”

“快上车——让个位置，吉尔，阿默瑞会给你充满魅力的微笑。”

“你好，道格·费尔班克斯。”她轻佻地说，“你在走路锻炼，还是在寻找什么公司呢?”

“我在数海浪，”阿默瑞严肃地回答道，“统计学是我的嗜好。”

“别骗人了，道格。”

他们开进一条偏僻的小巷。亚历克将车停在一片浓重的阴影里。

“你这些天来究竟在这儿干什么呢，阿默瑞?”他问道，从一块狐皮地毯下取出一夸脱波旁威士忌酒。

阿默瑞避而不答。事实上，他自己也说不清跑到海边来干什么。

“你还记得咱们大二那年的聚会吗?”他岔开了话题。

“我记得吗?当我们睡在阿斯伯里帕克公园的亭子里——”

“天哪，亚历克!真不敢想象杰西、狄克、凯瑞都已经死了。”

亚历克打了一个寒噤。

“别谈这个。那些灰暗堕落的日子已经让我够难受了。”

吉尔看似很赞成亚历克的观点。

“道格在这儿总显得忧郁，”她评论道，“劝他敞怀痛饮——这年头喝酒是好事也是稀罕事。”

“阿默瑞，我真正想问的是你在哪里——”

“怎么了?在纽约呀，我想——”

“我是说你今晚在哪儿过夜，因为如果你暂时没有地方住，你最好帮我一个忙。”

“乐意效劳。”

“你瞧，塔利和我在雷尼尔登记了两间带浴室的客房。他今晚得赶回纽约，我不想挪地方，问题是你愿不愿意住他的房间呢?”

只要当晚能住进去，阿默瑞当然乐意。

“你可以在大堂前台拿到钥匙；房间是以我的名字订的。”

阿默瑞婉言谢绝了，继续随车同行去寻找更多的乐子。他下了车，沿着海滨宽阔的木板人行道信步走回旅馆。

他感觉到自己再次跌进了一个倦怠的深湾里，在漩涡里不住地旋转。他没有心思工作或写东西，也没有心思去爱别人或寻欢作乐。生命中他第一次迫切渴望死亡降临在他们这一代人身上，从而抹去所有那些记载过他们小小的狂热、挣扎、欢乐的痕迹。这一次极其孤独的乡村之行，与四年前的那次喧闹欢腾的大学聚会相比较而言，他真切地感受到青春岁月已远远离开了自己。当时生命中那些最为细琐平凡的小事，如睡个懒觉呀，觉得周围一切都那么美好的感觉呀，还有青春年少时所有的欲望，现在全都随风消逝，只留下了一道道沟壑，里面填满了万念俱灰之后的消沉意志。

“想要抓住一个男人，女人得求助于男人身上最恶劣的品质。”在忍受煎熬的绝大多数个夜晚里，他苦苦思索的就是这句话，而今晚他又重新回到了这一主题上。不同的诠释一齐挤进他的大脑。不倦的激情，疯狂的嫉妒，渴望占有和挤压的冲动——他奉献给罗萨琳德的全部爱恋中剩下这些陪伴着他；他想这一切便是对逝去的青春的偿债——爱情中的激越和亢奋不过是隐含着苦涩甘汞的淡淡蔗糖罢了。

在房间里，他脱下外衣，身上裹着一条毛毯好抵挡10月的冷风。窗开着，他合上眼躺在窗边的扶手椅上打盹。

他想起了从前读过的一句诗：

> 哦，坚定不移的心苦苦为我守候，
> 在海上漂泊的岁月里我虚掷光阴。

然而他没有虚掷光阴的感觉，也没有感觉到目前有什么希望被挥霍一空。

他对着若明若暗的空间柔情地呼喊着“罗萨琳德！罗萨琳德！”这个名字，直到她的影像慢慢渗入整个空间。那腥咸潮湿的海风吹湿了他的头发，月亮的边缘灼痛了夜空，月光下的窗帘变得模糊黯淡，透出一股阴森森的鬼气。他睡着了。

醒来时，夜色已深，四周一片宁静。盖在身上的毛毯从肩上稍微滑落下来，他的手触碰之处，肌肤凉凉的、湿湿的。

之后他突然听见从不到十英尺远的地方传来了紧张焦虑的低喊声。

他僵住了。

“别出声!”是亚历克的声音。“吉尔——你听见了吗?”

“是的——”吉尔的口里轻轻吐出这两个字，声音里充满了恐惧。他们俩躲在浴室里。

随后他听到门外走廊上某个地方发出更闹腾的动静，原来是一群人嘟嘟哝哝说话的声音和重复的低沉的敲门声。阿默瑞掀开毛毯，走近浴室门。

“天哪!”里边再次传来女孩的声音，“你没法不让他们进来。”

“嘘!”

突然之间，阿默瑞的厅门前响起了持续稳定的敲门声，与此同时，亚历克走出浴室，身后跟着一个涂着朱红色唇彩的女孩。他们俩都穿着睡袍。

“阿默瑞!”一声焦急的低呼。

“出什么乱子了?”

“是私家侦探。天哪，阿默瑞——他们正在找判例案件[1]——”

“嗯，最好让他们进来。”

“你不明白。他们可以以曼恩法案[2]为由抓我。”

那个女孩慢慢地跟在亚历克身后，她的身影在黑暗中显得那样单薄和楚楚可怜。

阿默瑞试着想出应变的法子。

“你故意搞出响动来，把他们引到你屋里去，”他焦急地提议，“我从这扇门把她领出去。”

“话虽如此，他们也会出现在这儿。他们会守住这扇门。”

“你不能报一个假名字吗?”

“不可能了。我用真名登记注册了，更何况他们可以追踪汽车牌号。”

“谎称你们结婚了。”

“吉尔说有一个私家侦探认识她。”

吉尔悄悄溜到床边，滚倒在床上，静静躺着，悲哀地倾听着门外的动静，渐渐地敲门声变成了砸门声。随后传进来一个男人怒气冲冲的发号施令的声

---

① 判例案件：指树立标准的案子，能作为断案的依据。——译注

② 曼恩法案：1910 年 6 月美国国会通过一项法案，禁止州与州之间贩运妇女。——译注

音。

“快开门！否则我们就把门砸破了！”

喊声停住了，屋里一片沉寂，阿默瑞注意到房间里除了人以外，还有些别的什么东西……蜷伏在床上的那个小小的人儿的上空和四周悬挂着一束细如月光的光环，散发出淡淡的酒臭味，一种恐怖而又沉闷的气氛已经在他们三人之间弥散开来……窗帘在随风摆动，有个无形的、人眼难辨的东西站在窗边，唤起一种奇怪的似曾相识的感觉……阿默瑞忽然同时想到两种异乎寻常的情形，一时之间万念闪动，不到十秒钟这些念头又统统消失殆尽。

第一个在他的理解里闪光的事实是毫无人情味可言的牺牲——他认识到平凡人口中的爱恨情愁和因果报应与牺牲毫无关连，正像哪一月的哪一日与牺牲并无多大关系一样。他简单地重温了一下大学生涯中风闻到的一个有关牺牲的故事：有人在考试中作弊，他的同屋出于一种强烈的感情冲动，仗义地承担了所有的罪责——由于这段耻辱的经历，那个无辜的人的前程完全蒙上了一层悔恨和失败的阴影，尤其让人难以忍受的是那真正的舞弊者根本没有丝毫感恩之心。他最终结束了自己的生命——多年后真相才得以公之于众。当年这个故事曾让阿默瑞既困惑又忧虑。然而现在他认识到了这一真理：牺牲换不来自由。牺牲就像是一次伟大的选举，又像是权力的沿袭——在特定的环境里对特定的人而言，牺牲是一件起码的奢侈品，它表现为一种责任而非一种担保，或表现为一次无边无际的冒险而非一种安全保障。牺牲强大的力量足以将他推向毁灭的深渊——感情的狂澜使人可能作出牺牲之举，一旦感情远逝，那曾为此牺牲自我的人将会被抛到一个高高的小岛上，永远生活在干涸的绝望中。

……阿默瑞心里明白自己付出了太多之后，亚历克会为此心中记恨……

千思万绪如绵长的纸卷展了开来，他苦思冥想，仍然弄不清那两股倾听了一切的无声无息的神秘力量是什么：那笼罩在姑娘周围的稀薄的光影和窗外那似曾相识的东西。

牺牲的本质是傲慢和漠然；牺牲永远是高傲的。

别为我哭泣，为你的孩子们哭泣吧。

这——阿默瑞暗自揣测——有点像天主对我说话的口吻。

阿默瑞忽然觉得一阵狂喜，悬浮在床上的光影像某部影片中的一张脸一样渐渐模糊了；窗边那动态的近在咫尺的阴影滞留了一瞬间，待一阵疾风吹过，便飘逝而去。他十指交缠，狂热的兴奋感迅速流遍全身……十秒钟过去了……

"照我说的做，亚历克——照我说的做，你明白吗?"

亚历克麻木地看着他——脸上分明写着真实的痛苦。

"你有家，"阿默瑞徐徐地说下去，"你有家，你必须摆脱这一切，这对你很重要。你听清了吗?"他清楚地重复了一遍刚才说过的话，"你听清了吗?"

"我听清了。"他声音发紧，语气怪怪的，而他的眼一刻也没有离开过阿默瑞的眼睛。

"亚历克，你快躺在这儿。如果有人进来，你就假装醉了。你照我说的做——如果你不照办，我可能会杀了你。"

他们俩又那样默默无语地注视着对方。

随后阿默瑞飞快地走到五斗柜前，拿出自己的袖珍笔记本，作了个专横的手势，示意那个女孩跟他走。他听见亚历克口里发出了某个类似"感化院"的词，之后他和吉尔走进浴室，插上了浴室门。

"你现在和我待在一起，"他沉着脸说，"你整个晚上都与我待在一起。"

她点点头，差点哭出声来。

转眼之间，他打开了另一扇门，三个男人走进房间里。屋里立刻亮起了一束束明晃晃的手电光，他站在原地直眨眼睛。

"你一直在玩一场有点太过危险的游戏，年轻人!"

阿默瑞放声大笑。

"是吗?"

三个人中的头头对一个穿着工作服的粗犷的男人命令式地点点头。

"开始吧，奥尔森。"

"我明白您的意思，奥梅先生。"奥尔森点头示意。另外两个人好奇地看了一眼到手的猎物，退回到门边，怒气冲冲地带上门走了。

那个粗犷的男人一脸不屑地瞅着阿默瑞。

"你有没有听说过曼恩法案?带着她到我这边来，"他向姑娘翘了翘大拇指，"你的汽车上挂着纽约的驾驶执照——来到这样一家旅馆里。"他摇摇头，仿佛在说他原本打算与阿默瑞好好斗一场，可现在他放弃了。

"那么，"阿默瑞不耐烦地说，"你想让我们做什么?"

"赶快穿好衣服——告诉你的朋友别闹出那么大动静来。"吉尔伏在床上嚎啕大哭，听到这些话，她呕气似的停住了抽泣，收拾好衣服，走进浴室里。阿默瑞套上了亚历克的内衣，心中觉得眼前的这一切简直令人发笑。那个粗犷的男人一副痛心疾首的样子，逗得他只想捧腹大笑。

"这儿还有别人吗?"奥尔森发问了，竭力显出精明强干的侦探派头来。

“还有个登记房间的家伙，”阿默瑞漫不经心地说，“不过他已烂醉如泥，从六点钟起一直睡在那儿。”

“我待会儿去看看他。”

“你们是怎么发现我们的？”阿默瑞好奇地问。

“值晚班的人看见你和这个女人偷偷溜上楼来。”

阿默瑞点点头；吉尔重新从浴室里走出来，穿戴得一点也不整齐，可至少穿好了衣裤。

“那么现在，”奥尔森开始工作了，掏出一个笔记本，“我想知道你们的真实姓名——别对我他娘的说约翰·史密斯或玛丽·布朗啥的。”

“等一会儿，”阿默瑞口气平静，“请放下那恃强凌弱的本子。我们仅仅是被逮住了，这不就结了。”

奥尔森瞪圆了双眼。

“姓名？”他捻了一下手指头。

阿默瑞报上了自己的姓名和纽约的地址。

“那位小姐呢？”

“吉尔小姐——”

“喂，”奥尔森气愤地喊道，“唱唱儿歌放松放松。你叫甚名字？萨拉·墨菲？米尼·杰克逊？”

“哦，天哪！”姑娘叫出声来，双手捧起自己沾满泪水的脸，“我不想让妈妈知道。我不想让妈妈知道。”

“现在快说吧！”

“住嘴！”阿默瑞冲着奥尔森嚷嚷。

一阵短暂的沉默。

“斯特拉·罗宾斯。”她最终支支吾吾地开口说，“新罕布什尔拉格威邮件待领处工作。”

奥尔森“啪”地一声合上笔记本，若有所思的看着他们俩。

“旅馆有义务为警方提供证据，你们会因此进感化院。你一定会进的，因为你将一个女孩子从一个州带到另一州，目的不纯，败坏道德——”他顿了顿，好将自己庄严的话语铭刻在别人的心头上，“但是——旅馆决定放过你们。”

“旅馆是不想吃官司，”吉尔强烈地反驳道，“放过我们！哼！”

阿默瑞松弛下来。他知道自己安全了，直到这一刻，他才真正认识到自己招惹了一件多么可怕的祸事。

“不过，”奥尔森继续说，“旅馆与旅馆之间协商了一项保护措施。这一类的风流韵事也老多了，我们与各家报纸订有协议，免费给你们曝曝光。不会提到旅馆的名字，就是个三言两语地说说你们在亚特兰大城碰上了点小小的麻烦。”

“我明白了。”

“太便宜你了——真他娘的——不过——”

“得了吧，”阿默瑞飞快地接过话岔，“咱们离开这儿吧。我们没必要发表什么告别演说。”

奥尔森穿过浴室，扫了一眼纹丝不动的亚历克。随后他熄灭了手中的电光，摆摆手示意他们俩随他走。他们跨进电梯时，阿默瑞在脑海中盘算着虚张声势的一招——最终决定赌一赌。他伸出手，轻轻碰了碰奥尔森的胳膊。

“你不介意摘下帽子吧？电梯里有一位女士。”

奥尔森徐徐地摘下帽子。门厅里亮着灯，值班人员和几个夜归的旅客好奇地注视着这几个人，令人难堪的氛围足足延续了两分钟。那衣着艳丽的姑娘低垂着头，那英俊潇洒的年轻人高扬着下颌，明白人一眼就能看清是怎么回事。他们走出门来，户外凉风习习——咸涩的海风的气息更加清新，更加强烈，早早地预示了黎明的来临。

“你们可以去那边叫辆出租车再离开这儿。”奥尔森边说边用手指了指不远处的两辆模模糊糊的汽车轮廓，出租车司机或许正在车里睡大觉呢。

“拜拜！”奥尔森说。他意味深长地将手伸进口袋里，可阿默瑞却蔑视地一哼，挽住那姑娘的胳膊，转身走了。

“你对司机说去哪儿呢？”他们在昏暗的街道上快步往前走时，她这样问道。

“车站。”

“如果那家伙写信给我母亲——”

“不会的。没有人会知道这事——除了我们的朋友和敌人。”

海上曙光初绽。

“天变蓝了。”

“这样很好，”阿默瑞评论道。经过仔细的思考，他接着说：“快到早餐时间了——你想吃点东西吗？”

“食物——”她开心地笑了，“食物曾使我们的聚会大煞风景。两点钟时，我们点了一大堆晚餐食品到房间里。亚历克没给招待打发小费。我猜就是那个小杂种告的密。”

夜色慢慢消退，而吉尔的坏心情却似乎消散得更快些。“我来告诉你，”她加重了语气，“当时你参加我们的聚会却滴酒不沾，你与我们同居在一个套间却远远地离开卧室。”

“我会记住的。”

他轻轻敲了一下车窗玻璃，他们在一家不夜餐馆门口下了车。

“亚历克是你非常要好的朋友吗？”他们坐在餐馆里的高脚凳上，肘撑在脏兮兮的柜台上，吉尔突然问道。

“过去曾是，也许他再也不愿成为我的好朋友了——而且永远也不明白为什么。”

“你替他承担一切，简直有点发疯了。他很重要吗？甚至比你自己还重要吗？”

阿默瑞笑了笑。

“这个现在还看不出来，”他回答道，“这就是问题所在。”

精神支柱的倒塌

回到纽约的两天之后，阿默瑞在一张报纸上找到了他一直在找的东西——上面简简单单地写着几句通知有关人士的话，声称提供了该地址和其他情况的阿默瑞·布莱恩先生在亚特兰大市被迫离开留宿的旅馆，因为他与一位不是他妻子的女士在房间里寻欢作乐。

随后他大惊失色，手指不住地颤抖，就在这段告示之上登着一段长一点的文字，开头的几行是这样写的：

> 莱兰德·R·康纳基先生及太太正式宣布其女罗萨琳德与道森·赖德先生订婚——

他扔下报纸，一头倒在床上，由于惊慌，胃里滚动着虚脱的感觉。她真的走了，终于走了。迄今为止他依旧珍藏内心深处朦朦胧胧的希望，或许终将有一天，她会需要他，会派人来找他，会流泪诉说着过去的一切是一个错误，而她的心只因他受过的伤而疼痛。他甚至再也找不到那沉迷于虚幻想象中时的忧郁的欢乐，渴盼着见到她——不是那个年轻貌美的罗萨琳德，而是一个历尽沧桑、年老色衰的罗萨琳德——他的想象中再也不会出现任何一个备受蹂躏、伤心欲绝的妇女在他四十多岁时敲开他的房门——阿默瑞曾那样渴盼拥有她的青春韶华，她动人的娇颜和那熠熠发光的智慧，而现在她正在永远出卖她的所有。在他眼里，年轻的罗萨琳德已经死了。

一天以后，巴顿先生从芝加哥寄来了一封言简意赅的短信，信中说由于三家有轨电车公司已归属法院指定的财产管理人，他暂时不可能指望再收到什么汇款。

一个人令人迷惑的周日夜晚，一封电报带来了最后的打击，电文通告他达西主教于五天前猝死于费城的恶耗。

他终于明白自己在亚特兰大城旅馆房间的窗帘间看见的是什么了。

第五章

个人主义者长大成人

我躺在半梦半醒之间
那一度压抑的、古老的欲望
在叫嚣中复苏
如同那飞出灰色大门的黑暗；
于是为了追逐信念
我再次寻找那虚狂的时光……
可古老的回忆依旧
如那无边无际的雨。

哦，如果我能再站起来！如果
我能够抛弃那老酒的烧灼，
看见新生的黎明如何在天空
一笔一笔勾画出仙境般的楼阁
在高高的云霄在海市蜃楼里
找到一个象征，而
不再是一个梦
可古老的回忆依旧
如那无边无际的雨。

阿默瑞静静伫立在剧院的玻璃吊门下，抬头望着空中，最初的雨点大滴大滴地落在地面上，在人行道上砸出一片一片的黑色麻点。天空变成了灰色和乳白色。蓦然之间，一盏孤零零的灯照亮了一处人家的窗户；又一盏灯亮了起来；紧接着千百家灯火在眼前飞舞跳跃。从一扇嵌着铁钉的天窗折射出来的灯光在脚下慢慢变成了黄色。街道上出租车川流不息，车灯灼灼发光，照在渐渐变黑的人行道上。那讨厌的11月的雨差强人意地偷走了白天最后的光芒，并筑起了黑夜这道古老的篱笆。

身后静悄悄的电影院传出来奇怪的“吧嗒吧嗒”的声音，紧接着人声鼎沸，越来越多的人涌出了影院，人群中夹杂着纷乱嘈杂的聒噪声。日场电影散了。

他站在一旁，侧身往雨里走了走，给蜂拥而出的人流让了让路。一个小男孩冲出影院，在潮湿而清新的空气中打了个喷嚏，立即竖起了衣领。三四对夫妻脚步匆匆；另一群喧哗的人们出现在门口，一律先看看湿湿的街道，再看看纷纷飘落的雨点，视线最终落在灰蒙蒙的天空上。最后一批拥挤的人溜达出了影院，里面混杂着男人身上的烟草味和女人身上散发出来的刺鼻的香水味，这鱼龙混杂的气味刺激着他郁闷的神经。大批的人群之后跟着零零落落的几个人，其中有六个走散的人和一个拄着拐杖的人。终于从影院里传来了“劈劈叭叭”折椅子的声音，领座员正在紧张地做收尾工作。

纽约似乎仍在昏昏欲睡地在床上辗转反侧。几个面色苍白的人跑过去，手死死地将衣领攥在一起；一大群疲惫的女孩子嘁嘁喳喳地从百货商店里走出来，三个人共撑一把伞，边走边发出尖锐的笑声；一队巡逻的警察从身边走过，身上已经令人不可思议地披上了防雨的油布斗篷。

雨给阿默瑞带来一种超然的感觉，城市生活令人不快的侧面都是由于贫困缺钱而造成的，那些可憎的画面一幕幕地逼近。地铁里挤满了令人生厌、散发着恶臭的人群——地铁列车卡强行塞到某个人手中，就像有那么一些无聊讨厌的人斜睨着你，抓着你的胳膊，强迫你再听他们讲一个故事；总担心会不会有人靠在你身上，心里又生出许多的牢骚；一个男人暗下决心不给某个妇女让座，因为这男人莫名其妙恨着她；女人则恨他不给自己让座；最糟糕的莫过于人们的呼吸声、身上的破衣服和口中散发出的食物的臭味所带给人的邋遢肮脏的印象——最乐观的一面就是人本身——要么过于热情，要么过于冷酷，还满脸倦容，满腹忧虑。

他在脑海中构想出一幅这些人居住的地方的画面——鼓起了浮泡的壁纸上印满了以黄绿为底色的向日葵的图案，所到之处可见马口铁浴缸，阴森的走廊，楼房之后一片片毫无生机、难以名状的空地；在那里，即便爱情也披上了引诱人堕落的外衣——角落里污秽的谋杀，上边公寓里住着的未婚妈妈和私生子。由于经济拮据，室内的冬天蒙上了一种乏味和沉闷的氛围，而在封闭的四面墙内，大汗淋漓的梦魇伴随着人们度过长长的夏日……在肮脏的饭馆里，劳累的人们漫不经心地往自己陈旧的咖啡壶里加糖，碗底留着坚硬的棕色的残渣。

光有男人或者光有女人时，那地方还不算太糟；可当一群脏兮兮的人聚在一起，四处散发着腐烂的气味时，那地方可真叫人难以忍受：让他看见自己又累又穷，对女人来说无异于耻辱——而男人们总是嫌弃那些又累又穷的女人。那里比他见过的所有的战场还要肮脏，比那些血汗交融、危机四伏、沼泽遍地的艰苦经历更令人难以想象。在那样的氛围里，生与死，婚姻与家庭，不过是些秘密的恶心的东西。

他记得有一天在地铁里，一个送货员举着一个扎满鲜花的葬礼花圈走进来，淡淡的花香弥散在空气中，每个地铁列车乘客的脸上都焕发出短暂的光彩。

“我憎恨穷人，”阿默瑞突然冒出这个想法，“我恨他们贫穷。也许贫穷过去曾是美丽的，然而现在它是腐烂的。它是世上最丑陋的东西。富有和腐化至少比贫穷和冥顽要清爽得多。”他似乎又看见了一个曾深深打动过自己的重要人物的幻影——一位衣着考究的年轻人从第五街的一家俱乐部的窗户向外观望，脸上挂着憎恶的表情，对着身边的同伴喁喁而语，阿默瑞猜想他或许在大发感慨：“天哪！世上的人太可怖了！”

阿默瑞长这么大，从来没有认真地考虑过穷人的处境。他冷冷地裁度自己，觉得自己完全缺乏人性起码的怜悯之情。欧·亨利在这些贫苦人们身上找到了浪漫与同情、爱与恨——可阿默瑞只看到了粗俗猥亵和愚昧无知。他一点儿也不自责：他不再为流露出真实自然的情感而自责。他认为自己对贫穷的一切反应是自身的一部分，很难改变它，旁人也难辨其是非。贫困这一问题不断变形、扩张，他目前对此采取的态度是超然矜持，但贫穷有朝一日也会成为他的问题；而现在贫穷只不过唤起了他深深的不悦之情。

他走到第五街，躲开黑压压的、盲目乱撞的伞流，站在迪莫尼古商店前，招呼了一辆公共汽车。他解开衣扣，将衣服紧紧裹住自己的身体，然后爬上上层的座位，坐在公共汽车里孤独地穿行在淅淅沥沥下个不停的细雨中。面颊上重生凉嗖嗖的感觉，他打了个寒噤，脑子马上变得清醒起来。在他大脑里的某个地方开始了一段对话，似乎就发生在他注意力的焦点部位上。这段对话不是在两个声音之间进行的，而像是一个自问自答的声音。

问：那么——情况怎么样？

答：我的名下大概只有二十美元了。

问：你拥有日内瓦湖的房产。

答：可我想保留它。

问：你能撑得住吗？

答：我无法想象自己会活不下去。书上说挣钱是件容易的事，而我发现书上人物能做到的事我都能做到。书上所说的那些事是我唯一力所能及的事情。

问：确实如此。

答：我不知道自己将要干些什么——对此我没有太多的好奇心。明天我将永远离开纽约。除非你生活在社会的最上层，对一般的人来说纽约是个糟糕的城市。

问：你想要很多钱吗？

答：不想。我只不过害怕贫穷而已。

问：很怕吗？

答：仅仅是一种消极的恐惧。

问：你将飘往何方？

答：别问我。

问：你不关心吗？

答：恰恰相反。我不想在精神上自杀。

问：难道没有一点你感兴趣的东西吗？

答：没有。我用不着担心还会丧失什么美德。就像一只不断散热的晾水壶，在青春年少时，我们的美德不断发散热量。这就是人们常说的纯朴。

问：有意思的看法。

答：正因为这样，一个“误入歧途”的好人才如此引人注目。他们站在周围，确实在借他的美德散发出的热量而取暖。萨拉发过简单直白的感慨，描绘过堆砌着虚假快乐的脸——“那个贫苦的孩子多么天真无邪呀！”他们从她的美德中取暖。然而萨拉最终看透了那虚假的笑容，从此再也没有发出过类似的感慨。在那之后她觉得稍稍有些心寒。

问：你所有热量都散发掉了吗？

答：是的，全散发光了。我开始靠他人的美德来温暖自己。

问：你堕落了吗？

答：我想是的。我也说不准。我根本无力再分辨善恶是非。

问：这本身是不是个坏的信号呢？

答：不一定。

问：怎样检验人的堕落呢？

答：当人变得毫无诚信可言时——称自己为“不算太坏的家伙”。当我不过在羡慕失去青春的快感时，还自认为在懊恼青春的流逝。青春就像一大碟糖果。多愁善感的人认为吃糖果之前应该重新回到旧日单纯朴实的状态中去。青春不能倒流。他们不过想重新找到吃糖果的快乐。已婚妇女不希望重返少女时代——她渴望重度蜜月。我不想重蹈无知的覆辙。我希望再次享受失去青春的快感。

问：你将飘向何方？

这段荒诞不经的对话与他大脑中最熟悉的思想状态融为一体——欲望、焦虑、外观印象和身体反应等等因素荒唐地融合在一起。

第一二七街——哦，第一三七街……“二”和“三”看起来很相似——不，并不相似。座位湿了——是衣服从座位上吸取了水分，还是座位从衣服上吸取了干燥呢？……弗罗吉·帕克的妈妈说过，坐在湿东西上会得阑尾炎。嗯，他想起来了——碧阿特丽丝说过她要上告轮船公司，她的叔叔按理占有四分之一的利息的——碧阿特丽丝进天堂了吗？……也许没有——他想象着碧阿特丽丝的永生不朽，同时又想起无数死人生前的罗曼史来，当然这些人从来没有想到过他……如果不得阑尾炎，或许会得流感。什么？第一二〇街？后面那条街一定是第一一二街。是一〇二而不是一二七。罗萨琳德不像碧阿特丽丝，埃莉诺与碧阿特丽丝很像，不过埃莉诺更狂野、更聪慧。这一带的公寓一定很昂贵——或许每个月得支付一百五十美元的租金——或许要二百美元吧。叔叔住在明尼阿波利斯的一所十分宽敞的房子里，每月却只付一百美元。问题是——你走进公寓楼，楼梯在左边还是右边呢？不管怎样，在普林斯顿大学十二楼里楼梯是在后边靠左边的地方。多么肮脏的河呀——想去那儿看看河是不是很脏——法国的河流一概是棕色的或黑色的，南方的河流毫无例外也是这样。二十四美元可以买到四百八十个油炸圈饼。靠这点钱他可以支撑三个月，不过得露宿在公园里。不知道吉尔在哪里——是吉尔·贝恩，还是费恩，再或是塞恩呢——真见鬼——脖子疼，这该死的不舒服的座位。他可没兴趣与吉尔睡觉，亚历克在她身上发现了什么呢？亚历克对女人的品味很粗俗。他的品味是最佳的，伊莎贝拉，克拉拉，罗萨琳德，埃莉诺，个个都是纯正的美国人。埃莉诺会投球，或许惯用左手。罗萨琳德是个外场手，也是个一流的击球手。克拉拉或许算是一垒吧。不知道哈姆伯德的躯体现在是个什么样子了。如果不是因为担任了训练刺刀术的教练，他或许会早三个月上前线，或许他现在已经战死在沙场上了。该死的铃在哪儿呢?

河畔大道的街道号码在雨雾和滴着水的大树的遮掩下，除非以细致的目光飞快搜索，否则一点儿也看不清楚，可阿默瑞终于看清了一条街道的号码——第一二七街。他下了车，漫无目的地沿着一条曲曲弯弯的向下延伸的人行道来到了哈得逊河河边。周围格外引人注目的是一根长柱子和分隔开了的生产小船的船坞的废物场：小汽艇、独木舟、划艇、猫艇应有尽有。他转身朝北走去，沿着河岸，跃过一处小电线网，发现自己来到了一个临近码头极为零乱的院子里。他的身边堆满了许许多多破烂程度不一、静待修理的小船船身。他闻到了锯木屑的味道，油漆味，还有那几乎分辨不出的淡淡的哈得逊河的味道。一个人穿透浓重的夜幕，慢慢向他走来。

“嗨。”阿默瑞招呼道。

“有证件吗?”

“没有。这是私人地盘吗?”

“这里是哈逊河运动和游艇俱乐部。”

“哦！我不知道。我不过在这儿休息一会儿。”

“嗯——”那人满腹疑虑。

“如果你想让我离开，我可以马上就走。”

那人从喉咙里发出一些模糊不清的声音，然后转身走开了。阿默瑞坐在一条倒置的小船上，若有所思地前倾着身子，直到下颌托在了手中。

“不幸轻易就能把我变成一个十足的恶棍。”他慢吞吞地开口说。

颓废的时刻

细雨纷飞，阿默瑞徒劳地回顾自己的生命之河的流程和所有路过的闪亮的或肮脏的浅滩。念头初转，他的心中仍有些害怕——不再是肉体的恐惧，而是害怕活生生的人，害怕偏见，害怕痛苦，害怕枯燥。然而，在那被痛苦吞噬的心灵深处，他不知道自己是否真的比别人更坏。他知道，自己最终会用一种世故的口吻说什么自身的弱点不过是客观条件和环境的产物；每当他对那个以自我为中心的自己大发脾气时，有一个声音就会小声在耳边谄媚：“不是这样的。你是个天才!”那声音安慰他，说他不可能同时成为伟人和好人，天才正是由于他大脑中那些令人费解的沟沟壑壑和曲曲弯弯的结合而产生的，而任何约束无疑会变天才为平庸。那声音其实就是他内心的恐惧的体现。或许阿默瑞轻视自己的性格特征胜过轻视任何具体的恶癖和弱点——他恨自己知道明天或者一千天以后自己会像一个三流的音乐家或一流的演员那样为恭维之词而意气风发，为贬斥之词而颓废消沉。诚实单纯的人往往不信任他，为此他深感羞耻。他经常虐待那些用他们自己的个性来影响他的人——生命中出现过几个女孩子，大学时代四处结交的受他坏影响的朋友，还有那些到处追随着他做心灵冒险的人，不过他自己总能全身而退，从未在冒险中遭受损伤。

以后的岁月里，这样的夜晚频频再现，这时他常常会想起孩子们和孩子们身上将发生的无数的可能性，藉此来逃避内心的强烈的自我反省——他感觉到了一种异样的声音，侧耳细听，原来是惊醒后的婴儿的啼哭声从街道那头的一所房子里传了出来，打破了黑夜的宁静。他快如闪电般地转过身来，带着细微的恐慌揣想着自己身上从沉重的绝望中衍生出的某些情绪是否将可怕的黑暗带进了婴儿幼小的心灵。他打了一个寒颤。如果有一天所有的平衡都被打破了，他演变成一种吓唬孩子们的东西，凭借着夜色悄悄爬进屋里，慢慢地与那些幽灵们达到一种朦胧的默契，用心聆听他们对那些来自黑暗的月球的疯子们轻诉着阴暗中的秘密……

阿默瑞微微笑了一笑。

“你太自恋。”他听见有人这样说。然后再次——

“走出黑暗，做点实实在在的事情——”

“别再忧虑——”

他设想着将来会怎样评价自己。

“是的——年轻时我可能是个自我中心主义者，可我很快发现过份关注自己反而使自己产生了病态心理。”

忽然之间，他生出一股强烈的愿望，真恨不得自己马上完蛋——不必像绅士一样死得如此轰轰烈烈，而是安全舒适地从人间消失。他幻想着自己住在墨西哥的一所土砖房子里，指间夹着根香烟，静静倾听着吉他弦拨弄出的低沉忧郁的古老的《卡斯蒂利亚挽歌》的旋律。一位橄榄色皮肤、涂着深红色嘴唇的姑娘坐在身旁，爱怜地抚弄着他的头发。在那儿他的生活是一种奇怪的重复，他已经从对与错，从天堂的猎狗和关于所有神灵的纷繁的思绪中彻底解脱出来了（偶尔他会想起异域那纵情欢乐、迷恋东方奇香的墨西哥之神）。

世上有很多美妙的地方可以让人们快乐地死去：塞得港，上海，土耳其斯坦的部分地区，君士坦丁堡，南海——所有那些飘绕着缠绵忧伤的音乐和珍奇香味的地方，在那些地方欲望是生活的表现方式；在那些地方夜空和日落的暗影仿佛能反映情绪的变化：那是唇彩和罂粟的色彩。

仍在清除思想的杂草

他曾一度具有感觉邪恶的神奇能力，就像一匹赶夜路的马能直觉地发现黑暗中的断桥一样，然而出现在菲比房间里的那个长着一双怪腿的人已经不断缩小直到最终变成吉尔头上的光影。他的直觉捕捉到了贫困的恶臭味，可他再也搜索不到更深地藏在骄傲和淫荡之中的邪恶。

世上不再有智者，不再有英雄；伯恩·霍利德从人们的视野中消失了，仿佛他从来不曾活在这世上；达西主教死了。在成长的过程中，阿默瑞成为一千本书和一千次谎言；他曾热切地聆听那些假装博学却一无所知的人的说教。宁静的夜晚里他独处一室，过去他的心中曾经充满了对圣人们的神秘遐想，并由此而产生太多的敬畏，然而现在这些臆想让他生出隐隐约约的反感。那站在高山顶上与生命抗争的拜伦们和布鲁克们最终不过沦落为浪荡公子和装腔作势的碌碌之辈，而他们充其量也不过是误将虚无的勇气当成了真正的智慧。他那虚浮的幻灭感从古往今来的预言家们身上得到体现，如雅典人，殉道者，圣人们，科学家们，唐·璜们，耶稣教会会员们，清教徒们，浮士德们，诗人们和和平主义者们；仿佛又是在一次大学同学的聚会上，形形色色的同学一一从他面前经过，用他们的梦想、个性、信仰点亮他心灵中五彩的光；每一个人都曾尝试过诠释生命的辉煌和人类的巨大意义；每一个人都曾吹嘘要在自己经不起推敲的人生法则中融进过去的经验教训；每一个人毕竟都曾依赖过固定的人生舞台和传统习俗，这样一来当人们如饥似渴地追求信念时，他会就近取材，选择最容易找到的食品充当精神食粮。

他曾期望从女人们身上获得更多的东西；他曾希望把女人的美转化成种种艺术形式；他曾奢望过用生花的妙笔去描绘女人莫测高深、反复无常、难以名状的天性，让它与世长存——可现在它们不过成了她们的子孙后代为其树碑立传的素材。伊莎贝拉、克拉拉、罗萨琳德、埃莉诺，皆因貌美而备受男人的青睐，而她们只留给他一个病态的心灵和满纸的胡言乱语，除此以外别无他物。

阿默瑞在几种全面的推论的基础上得出了自己不能指望从别人那里获得帮助的结论。无论在维多利亚战争中怎样伤痕累累和元气大伤，他们这一代人已成为社会进步的继承人。尽管各种结论之间细微的差别可能偶尔会导致成千上万的年轻人葬送性命，可这些分歧可以通过解释而消除，因此不妨将它们搁置起来——萧伯纳、伯恩哈迪、博纳·劳以及贝思曼恩·霍尔韦格都站在同一条反巫术惑众的阵线上。如果从这一角度出发，假设他们根本就是社会进步的共同继承人——撇开他们之间的不同，单个去接近这些貌似领袖人物的人，他们身上那些自相矛盾的特征却让他十分反感。

拿桑顿·汉考克来说，他可谓研究人生的权威，受到半个学术界的尊敬。他厘清并坚信自己的人生法则，是教育工作者们的导师和总统们的咨询顾问——可阿默瑞知道他内心真正的寄托却是一位服务于另一种宗教的神甫。

达西主教虽然是一位红衣主教的依赖对象，自己却常常无法摆脱一种奇怪的可怕的不安全感——尽管宗教甚至可以用本教的信条来解释本教不相信的东西，可它却解释不了这种恐惧感。根据宗教信条，如果你怀疑魔鬼的存在，正是魔鬼本身让你生出了这样的疑虑。阿默瑞见过达西主教为了逃避这种感觉而走进普通人家中，如痴如狂地阅读通俗小说，从中充分体验普通人的生活滋味。

他这样的神甫活得聪明些，也可以说活得纯洁些。阿默瑞知道他的心态实际上并不比自己苍老。

阿默瑞独处一隅——他已逃离了一个小小的包围圈，走进了一个巨大的迷宫。他现在的感受与歌德刚提笔写《浮士德》时的感受完全相同；他现在的感受与康拉德创作《阿尔梅尔的蠢事》时的感受一模一样。

阿默瑞告诉自己，世上大致有两类人经历了自然纯净的状态和幻灭之后会走出包围圈去寻找错综复杂的迷宫。世上有像威尔斯和柏拉图那样的人，他们几乎意识不到潜藏于自身的奇怪的正统观念，而且他们只接受那些能为大众所接受的东西——然而无可救药的浪漫主义者尽管拼尽全力也不能带着纯净的灵魂走进人生的迷宫；另一方面那些性格锋如利剑的开拓性人物，如塞缪尔·巴特勒[①]、勒南[②]、伏尔泰[③]，他们前进的步伐要慢得多，可走到最

---

① 巴特勒（1835～1902）：英国作家，其人生前无闻，死后因《众生之路》等出版而名声大起。——译注

② 勒南：法国画家。为兄弟三人，老大A. 勒南（约1588～1648）是画室的领袖，老二L. 勒南（约1593～1648）成就最大，老三M. 勒南（1607～1677）的画风与两位哥哥略有不同。作品与当时宫廷古典主义艺术相对立，多为描绘农村题材的风俗画和肖像画。兄弟三人作画只签姓“勒南”，后人很难将其作品分辨开来。——译注

③ 伏尔泰（1694～1778）：本名弗朗索瓦－马利·阿鲁埃，法国启蒙思想家、文学家、哲学家，是当时法国资产阶级启蒙运动的旗手，著有《哲学词典》《哲学通信》《查理十二史》《路易十四时代》等。——译注

后他们反而走得更深入。后一类人不会悲观地沿着一条投机哲学的直线走下去，而是坚持不懈，不断赋予人生积极的价值……

阿默瑞的思绪中断了。在他的生命里程中，他第一次对所有的推论和警句产生了强烈的厌恶之情。对于大众来说，这些东西过于简单，里头埋伏着太多的危险因素。然而所有的思想在它出世三十年之后会以这样或那样的形式流传开来：本森和切斯特顿塑造了广为人知的人物胡斯曼和纽曼；萧伯纳的生花妙笔美化了尼兹斯切、伊布森、肖佩豪尔这些人物。随便一个走在大街上的人听到别人口里说出的机敏的似是而非的隽语和说教的警句，便可以从中看到那些已故天才们作出的人生结论的影子。

生活完全是一片混乱……就像是一场混乱的橄榄球球赛，球员都站在越位的位置上，裁判被赶出了赛场……每个人都吵吵嚷嚷，说裁判本来应该站在自己这一边。

社会进步是一个迷宫……人们摸黑走进去，疯狂地跑回来，大声叫喊着说他们已经找到了……隐身的国王——生命的活力——进化的规律……然后写一本书，发动一场战争，创办一所学校……

即使阿默瑞不是个自私自利的人，他也会从自身寻找这一切问题的答案。他本人为自己树立了最好的榜样——一个充满性欲和自尊的人类动物，坐在雨中，失去了机会，在爱情和孩子们身上再也找不到慰藉，凄凄惨惨地独自承受失败的命运，然而他仍然坚持不懈地帮助人类增强生命意识。

在自责、孤独和失落中，他来到了迷宫的入口。

又一个黎明降临人间，河面上披上了一层新生的晨辉；一辆迟归的出租车匆匆穿过街道，车灯在黑暗中闪亮，宛如一双眼睛在一张通宵狂欢之后的苍白的脸上燃烧发光。从河的下游远远地传来了一声忧郁的汽笛声。

达西主教

阿默瑞一直在思考达西主教是如何消受自己的庄严隆重的天主教式葬礼的。在葬礼中进行了一系列圣体圣事的礼拜仪式。大主教奥尼尔亲自诵唱了大弥撒曲，而红衣主教则主持了最后的赦罪仪式。桑顿·汉考克，劳伦斯太太，英国大使，印度大使，罗马教皇代表团，一些老朋友和神甫，纷纷出席了葬礼——然而，那把势不可当的大剪子剪断了达西主教手中积攒下来的关系线。看见他一动不动躺在棺材里，双手交叉平放在紫色祭袍上，阿默瑞的心中塞满了无法排遣的悲伤。他的脸没有什么变化，仿佛他从来不知道自己正在走向死亡，在那里阿默瑞看不出一点痛苦和恐惧的痕迹。这张脸是阿默瑞亲密的故交，是他和其他人的知己——教堂挤满了人，他们的脸上挂着傻傻的直愣愣的表情，来宾中身份越高贵的人神情越显得哀伤。

红衣主教宛如身穿斗篷长袍、头戴主教冠的天使长，他为圣体撒上了圣水；风琴奏响了哀乐，教堂的合唱团开始演唱追魂曲。

所有在场的人心情都十分沉痛，他们或多或少曾依赖过达西主教。他们的悲痛远远超出了威尔斯所表述的那种“喑哑的声音或者蹒跚的脚步”的感伤。这些人依赖着达西主教的信念，依赖着他寻求快乐的方式，依赖着他将宗教变成一件充满光明和阴影的东西而又巧妙地使光明和阴影仅成为天主的各个方面的方式。有他在身边，人们就感到安全。

阿默瑞自我牺牲的尝试不过让他充分认识到了自己的失落和幻灭，然而达西主教的死却再造了一个即将随他踏入迷宫的浪漫的小精灵。他找到自己想要得到的东西，他一直渴望得到也将永远渴望得到的东西——不要被人崇拜，这正是他过去害怕发生的事情；不要被人爱，这正是他曾强迫自己相信的观点；然而要成为人们需要的人，成为人们生活中必不可少的人；他仍然清楚地记得他在伯尼找到了长久寻觅的安全感。

生命蓦地绽放出奇光异彩。阿默瑞这些天来一直在脑海中无精打采地玩味一句古老的警言，现在他突然也将永远把它抛在脑后——“没有多少重要的事情，也没有什么事情非常重要。”

恰恰相反，阿默瑞忽然感觉到了一种希望把安全感带给人们的强烈愿望。

突眼的大个子

那天，阿默瑞徒步朝普林斯顿走去。无色的苍穹给人带来高远而凉爽的感觉，丝毫看不出要下雨的痕迹。天阴沉沉的，这样的天气最不能激发人的欲望；那一天充满了各式的梦想，遥远的希望和清晰的幻觉，十分容易使人们联想起消溶在阳光里或消散在月光的嘲笑中的抽象的真理和纯洁。树木和白云仿佛是按照古典朴素的风格雕刻出来的一样；乡野之间的天籁之音溶合成一个和谐的声音，像是从小号里流出的有着金属质感的旋律，又像是从希腊式瓮缸上敲出的扣人心弦的仙音。

在这样的日子里，阿默瑞深深陷入了沉思中。几辆怒气冲冲的摩托车迫于无奈减慢了前进的速度，否则一不留神就会撞上走在前面的那个浑然忘我的思考者。他如此投入，以至于几乎没有为眼前奇怪的景象感到诧异——在曼哈顿区五十英里之内的地方居然呈现出热情友好的气派来——一辆汽车放慢速度停在他的身边，车内有个声音大声向他打招呼。他抬起头，看见了一辆高贵庄严的大房车，车里坐着两位中年人，一位小个子面带焦虑，显然他不过是身旁那个体形庞大、双眼突兀、外表威严的绅士的陪衬。

“想搭便车吗?”那位显然是陪衬的人问道。他用眼角的余光看着那位外表威严的人，仿佛要在他的习惯性沉默中寻找认可。

“我想我会。谢谢。”

司机打开车门，阿默瑞上了车，坐在后排的中间位置上。他好奇地打量着车内的同伴。看样子大个子身上最主要的特征是十分自信，对周围所有无聊的事情都摆出一副傲慢的态度。鼓起来的双眼以下的面部大可以用“刚硬”一词来形容；下颌周围堆积着一层层并不有损尊严的脂肪，下颌上方的某个位置长着一张唇薄形阔的嘴，鼻子大致有些罗马人的风范，脸部以下的双肩软塌塌地陷进他庞大的身躯里，而他的前胸和肚子却显得十分强健。他衣着考究但绝不花哨。阿默瑞注意到他习惯性地盯着司机的后脑勺，好像在徒劳地思考某个令人困惑的难题。

小个子没有什么特别之处，唯一引人注目的地方是他对另一个人服服贴贴的态度。他属于那种低级秘书，等到四十岁上下能在名片上打上“董事长助理”的字样就心满意足了，然后心甘情愿用余生来辅佐他人。

“走很远了?”小个子带着一种有意思的冷漠问道。

“很远了。”

“走路锻炼吗?”

“不，”阿默瑞的回答很简洁，“我走路是因为我没钱乘车。”

“哦。”

他又问道：

“你在求职吗?因为现在就业机会很多，”他试探性地说下去，“人人都抱怨就业机会少。西方特别缺劳力。”他提到西方时，向侧边大手一挥。阿默瑞礼节性点了点头。

“你做生意吗?”

不——阿默瑞不做生意。

“是职员吗，嗯?”

不——阿默瑞不是职员。

“你到底是干啥的?”小个子问道，看样子好像蛮明智地同意阿默瑞说过的某些话，“现在到处都是机会，赶上做生意的好时候了。”他再次拿目光瞥了瞥大个子，就像一位律师在质询证人的过程中经常不自觉地扫一眼陪审团一样。

阿默瑞觉得自己必须开口说点什么，可无论如何他能想出的话题却只有一个。

“我当然也想有一大笔钱——”

小个子听了这话，苦笑了一声。

“这年头人人都想发财，不过却不愿靠努力工作去赚钱。”

“这是十分自然健康的愿望。几乎所有的正常人都希望不必费太大劲就能发财——问题剧中的金融家们例外，他们一心只想‘杀出一条路来’。你难道不想轻轻松松赚钱吗？”

“当然不。”小个子气愤地声明。

“不过，”阿默瑞看也没看他一眼自顾自说了下去，“现在我已经穷困潦倒，我正在考虑能否将社会主义变成自己避难的堡垒呢。”

两个男人好奇地瞪着他。

“这些投弹手们——”小个子识趣地住了口。经过一番深思，大个子要一吐为快了。

“如果我认为你是个投弹手，我会把你送到纽瓦克监狱去。我就是这样看社会主义者们的。”

阿默瑞大笑起来。

“你是什么人，”大个子问他，“一个高谈阔论的布尔什维克吗？一个理想主义者吗？我承认我看不出两者之间有什么不同。理想主义者游手好闲，还时常写点煽动贫苦移民情绪的东西。”

“那么，”阿默瑞说，“如果做一名理想主义者既没什么危险、又有利可图的话，我也许会去试一试。”

“你碰到什么困难了？失业？”

“准确地说并不是这样，可——就算是吧。”

“你干过什么的？”

“为一家广告公司写点东西。”

“广告业很赚钱。”

阿默瑞不以为然地笑了笑。

“哦，我想到头来是能赚到钱。天才们不再忍饥挨饿。这年头连艺术也能用来糊口。艺术家们替你们画画杂志封面，写写广告词，为剧院构思构思散拍乐。随着印刷业的商业化程度的大大提高，你会发现每一位天才都能谋到一份合适的无碍体面的工作。可你们得当心那些同时又是知识分子的艺术家。这样的艺术家不适合——像卢梭[1]，托尔斯泰，塞缪尔·巴特勒，阿默瑞·布莱恩之类的人。”

“最后一个人是谁?”小个子怀疑地问道。

“嗯,”阿默瑞说,“他嘛——是一名目前知名度还不太高的知识分子。”

小个子发出小心谨慎的一笑。阿默瑞两眼喷火望着他，他猛地收住了笑容。

“你笑什么?”

“这些自诩为知识分子的人——”

“你明白这词的意思吗?”

小个子紧张地转动着眼睛。

“怎么了，这词常指——”

“常指智力发达和受过良好教育的人,”阿默瑞插嘴说,“它意味着对人类经验的积极认识。”

阿默瑞决意要冒犯冒犯这两个自负的家伙。他转向大个子。“这位年轻人,”他向小个子撇了撇大拇指，从他口里出来的“年轻人”这三个字就像人们提起男侍者时，话里并不隐含什么青春年少的意思。

“你反对资本家控制印刷业这一既成事实，对吗?”大个子瞪着一双突兀的眼睛。

“是的——我还反对为他们付出脑力劳动。据我所知，我见过的所有的工商企业都强逼着一群任劳任怨的笨蛋超负荷工作却克扣他们的薪水。”

“谈到这儿,”大个子说,“你必须承认劳动力的薪水自然是很高的——一天工作五六个小时——太荒唐了。你花钱请那些工会会员们，却没有一个人肯老老实实干上哪怕一天活儿。”

“这是你们自找的,”阿默瑞固执己见,“不把他们榨干，你们这些人才不会让步呢。”

“我们哪些人?”

“你这个阶层的人。以前我也曾属于这个阶层，不过最近情况发生了变化；那些靠继承遗产、靠兴办实业、靠耍小聪明或者靠坑蒙拐骗而跻身富有

---

① 让·雅克·卢梭（1712～1778）：著名的法国启蒙思想家、哲学家、教育家、文学家，是当时法国大革命的思想先驱，启蒙运动卓越的代表人物之一，著有《论人类不平等的起源和基础》《社会契约论》《爱弥儿》《新爱洛伊丝》《忏悔录》等。——译注

者之列的人。”

“你认为如果那边那个道路维修工发了财，他会心甘情愿放弃财富再次贫困潦倒吗？”

“不会，可这与我们的话题有什么关系呢？”

年长者仔细地考虑着这个问题。

“没有，我承认没什么关系。不过听起来好像有点关系。”

“事实上，”阿默瑞接着说，“有了钱，他的情形会更糟糕。社会地位较低的人思想往往更狭隘，更难开心，性格上也更自私些——自然也更愚蠢一些。可这一切与我们的话题无关。”

“咱们到底在谈论什么问题呢？”

听到这话，阿默瑞顿了顿，凝神思考着现在谈论的问题究竟是什么。

阿默瑞杜撰了一个新词

“当一个受过良好教育、头脑聪明的人受制于生活时，”阿默瑞缓缓地说，“换句话说，在现实的条件下，等他结婚以后，十有八九都会变得保守收敛。他甚至会用自己的方式表现得无私和善良，不过他的第一份工作也将成为他的终身职业。妻子的嘘声使他在一间封闭的、连窗户也没有的屋子里长年累月地工作，挣的年薪好不容易从一万美元涨到了二万美元。他彻底完蛋了！生活束缚了他！他无可救药！他是个在精神上结了婚的男人。”

阿默瑞停了一会儿，断定自己想出来的新词不算太糟糕。

“有一些人，”他又开口了，“逃脱了生活的桎梏。或许那些人的妻子没有在社会上攀升的野心；或许他们在某本‘危险的书里’碰上了一两句让他们豁然开朗的话，或许他们像我一样当初也从事过无聊的工作后来却被解雇了。不管是哪一种情形，他们才是不会被贿赂的国会议员，是非政客的总统，是作家、演说家、科学家和政治家，但这些人却不仅仅是大受五六个妇女儿童欢迎的摸彩袋。”

“他是个天生的激进分子吗？”

“是的，”阿默瑞回答道，“他与像老桑顿·汉考克这样的理想破灭了的批评家不同。他自始至终像托尔斯泰一样。不幸的是现在这个在精神上未婚的男人没有实权，因为那些精神上的已婚男人虽然只是金钱的附属品，可他们却屡屡在大报纸上、流行杂志上、影响深远的周刊上抛头露面——因此报纸太太、杂志太太、周刊太太才能拥有比大街上的石油工人或街拐角的那些水泥工人们的汽车更高档的豪华车。”

“为什么不呢?”

“金钱使有钱人成为世界思想良知的卫道者。当然,一个在某一社会机构中投了资的人很自然地不愿拿自己的家庭幸福冒险,在自家的报纸上大肆宣传别人。”

“可这样的事也屡屡发生呀。”大个子说。

“在哪儿呢?——在声名狼藉的媒体里,还是在廉价发霉的周刊里?”

“好的——说下去。”

“嗯,当家庭成为各种复杂条件中的首要条件时,世界上就会出现这样两类人——精神上的已婚者或精神上的未婚者。一种人不加思索地接受人的本性,为达到自己的目的利用人性的怯懦、脆弱和力量。另一种人恰恰相反,在精神上没有被婚姻束缚,不断寻找控制或铲除人性的新体制。他碰到的问题更棘手。生活本身并不纷繁复杂,复杂的是如何通过奋斗去引导和控制生活。这就是他的奋斗目标。他是社会进步的一部分——在精神上被婚姻捆绑的人不是。”

大个子掏出三支烟,平放在自己巨大的手掌上。小个子取了一支,阿默瑞摇了摇头也伸手取了一根香烟。

“说下去,”大个子说,“我一直想听你这样的人说说话。”

更迅猛的发展

“现代生活,”阿默瑞再次打开话了匣子,“不再是一个世纪一个世纪地发生变化,而是一年不同于一年,前进的步伐比过去快了十倍——人口翻了一番,不同文明之间的联系更加紧密,经济独立,种族问题——可我们却在混日子。我个人认为我们前进的步伐应该更快些。”他说最后一句话时稍稍加重了语气,司机下意识地加快了车速。阿默瑞和大个子开心地笑了;愣了一会儿神,小个子也会心地笑了。

“每一个孩子,”阿默瑞说,“应该拥有同样的起点。如果孩子的父亲有能力为他提供健康的体魄而他的母亲在启蒙阶段教会了他生活的常识,这应该是孩子的宝贵财富。如果父亲无力给予孩子健康的体魄而母亲在本该专心致志教育孩子的时候忙于追逐男人,这对孩子来说简直太糟糕了。孩子不应该只获得假惺惺的金钱资助,不应该被送到那些可怕的寄宿学校去,不应该被生拉硬拽着念完大学……每个孩子都应该拥有平等的机会。”

“好的，”大个子男人说。他突兀的双眼里既没有流露出赞赏，也没有表现出反感。

“其次，我希望推行一个公平的实验，将企业的所有权归到政府手中。”

“事实已经证明了那行不通。”

“不——失败算不了什么。如果我们实行政府所有制，在政府里我们就能拥有一批目光敏锐、头脑敏捷的优秀的生意人才，他们除了为自己还将为别的一些东西努力工作。我们就能找到麦凯们而不是伯利森们；我们就能找到摩根之类的金融天才云集在政府的财政部；我们就能找到无数个希尔有效地管理州与州之间的贸易活动；我们就能找顶尖的律师们在参议院里。”

“他们不会不计报酬而发挥自己最大的能力。”

“你说错了，”阿默瑞摇摇头，“金钱绝不是唯一能激发人最大潜能的东西，甚至在美国也是如此。”

“你刚才还说钱很重要。”

“现在我也没否认。可如果拥有超过限额的财富被视为非法行为，那么我们国家的佼佼者们就会为了别的吸引人的报酬而奋斗——为荣誉而奋斗。”

从大个子口里出来的声音很像嘘声。

“这是你说过的最蠢的话。”

“不，这不是蠢话。这是相当符合逻辑的。如果你上过大学，对此会有很深的感触。有一些人为了追逐物质财富不辞辛劳，可在大学里人们却为了获得一百种小小的荣誉中的任何一种而付出双倍的努力。”

“孩子们——孩子们的游戏。”他的对手不屑一顾。

“绝不是这样——除非我们自己是孩子。你有没有见过哪个成熟的人争抢着进什么秘密团体——或者在哪家俱乐部里见过挂着一个名望日隆的家庭的姓名呢？他们听见‘孩子’这个词会气得从地上跳起来。那种说要把金子放在人眼皮底下去刺激他工作的想法是逐渐形成的社会产物而不是一条普遍公理。长期以来我们一直奉行金钱刺激论，以至于我们忘了别的可行的途径。我们创造了一个金钱万能的世界。我想说，”——阿默瑞加重了语气——“如果有那么十个人在享受财产和饥饿保险的前提下，每天工作五小时可获得一条红勋带而工作十小时可获得一条蓝勋带，十个人中有九个人会为蓝勋带工作。这种竞争意识是为了争取一枚标志荣誉的奖章。如果住房面积大小是一种荣誉标志，他们会为了它而肝脑涂地。如果荣誉仅仅是一条蓝勋带，我完全有理由相信他们会为了它而拼命工作。”

“我不同意你的看法。”

“我知道，”阿默瑞难过地点点头，“同不同意已经不再重要了。我想这些人马上就会过来取走他们想要的东西。”

小个子发出尖利的嘘声。

“机关枪!”

“哦，可你得教会他们怎么使机关枪。”

大个子摇着头。

“在这个国家里有足够多的有产者不允许发生这样的事。”

阿默瑞觉得要是自己知道有产者和无产者的具体统计数据就好了；他决心改变话题。

不过大个子激动起来，不肯就此罢休。

“你是站在危险的立场上说‘来取走东西’这话的。”

“不来取，他们怎么可能获得呢？多年来各种承诺拖慢了人们前进的步伐。社会主义或许不是进步，不过红旗的威胁必然会成为一切社会改革的推动力。为了引起人们的注意力，就得制造轰动效应。”

“我想，苏俄就是你所说的有益的暴力活动的典范?”

“大有可能，”阿默瑞承认道，“当然，如昔日的法国大革命一样俄国革命走得过火了，可我丝毫不怀疑这实实在在是一项伟大的尝试，而且很有价值。”

“你不相信中庸之道吗?”

“你不会听那些温和派的感慨之词，现在几乎也来不及了。事实上，人民大众已经做出了百年难得一见的惊人壮举。他们明白了一个道理。”

“什么道理?”

“不管人们的智力和能力的差别有多大，他们的胃部结构基本上是相同的。”

小个子发表自己的高见

“如果你将世上的钱都取走，”小个子深沉地说，“搞平均分配——”

“哦，住口。”阿默瑞飞快地打断他。他一点也不在意把小个子气得直瞪眼，继续自己的高谈阔论。

“人类的胃——”他开口了，可大个子急不可耐地插话了。

“我一直让你发表自己的看法，你清楚这一点，”他说，“不过请别谈论胃。我整天都能感觉到自己胃的蠕动。不管怎样，我对你说过的话有一半都持不同意见。你的主旨是政府所有制，可政府永远都是一个嘈杂、忙乱、腐化的场所。人们不会为蓝色勋带卖命。所有的一切都打上了腐朽的印记。”

他说完这番话，小个子坚决地点点头，大声地接过话茬，似乎这一次已下定决心要一吐为快。

“人性中有些特定的东西，”他的脸上挂着一副大智大慧的神情，“那些东西根植在人性之中，还将永远在那里扎根，没有什么力量可以改变它们。”

阿默瑞不由自主地看了一眼小个子，又看了看大个子。

“听听这话！这话使我对社会进步也丧失了信心。听听这话！我可以随口说出百余种被人类意志改变了的自然现象——已经被铲除掉的或被现代文明牢牢控制住的百种本能。我身边的这个人刚才所说的话，千百年来一直是世上那些有着千丝万缕联系的大笨蛋们的最后的避难所。这些话全盘否定了每一位为人类进步而奉献了毕生心血的科学家、政治家、道德家、改革家、医生和哲学家，同时也是对人性里一切闪光点的无情弹劾。任何一个二十五岁以上的人如果说出如此无情的话，都应被剥夺公民权利。”

小个子往后靠了靠，脸色气得发紫。阿默瑞滔滔不绝地对大个子发表自己的看法。

“像你朋友这样没受过什么教育、头脑守旧的人，往往自以为思想深邃，可一旦出现新问题，他这一类的人就会变得糊里糊涂。一会儿说什么‘这些惨无人道的普鲁士人’——一会儿又大放厥词，说‘我们应该根除所有德意志人’。他们往往相信‘如今的世道糟透了’，不过他们‘绝不信任这些理想主义者’。这一会儿他们还称威尔逊[①]为‘不务实的空想家’——一年之后他们又会大声斥责威尔逊变梦想为现实的举措。他们处理每一件事都缺乏清晰的逻辑性，不过毫不含糊、不遗余力地抵制一切变化时，他们的脑子倒很清。他们坚决反对付高薪给没受过什么教育的人，然而他们却看不到如果他们不付给未受教育的人薪水，这些人的孩子也不可能获得接受教育的机会。我们周而复始在一个圆圈里绕弯子。这——就是伟大的中产阶级。”

大个子咧开嘴笑了，欠身对着小个子微微笑了。

“这可够你受的，加尔文[②]；感觉怎么样？”

---

① 伍德罗·威尔逊（1856～1924）：美国学者、政治家，1902～1910年任普林斯顿大学校长，1913～1920年任美国总统。——译注

② 约翰·加尔文（1509～1564）：法国人，著名宗教改革家、神学家，基督教新教的重要派别加尔文教派（在法国称胡格诺派）创始人。——译注

小个子费劲地挤出一丝笑容，好像在他看来，眼前发生的一切简直太荒唐了，根本不值得放在心上。可是阿默瑞的攻击似乎还没有完。

“这个人死抱着一种谬论不放，以为人们适宜实行自我管理。如果这个人能学会以一种清楚、简单、逻辑性的方式思考问题，或者能克服掉在陈词滥调、世俗偏见、多愁善感中避难的坏毛病，我就是个激进的社会主义者。如果他改不掉这个坏毛病，那么我完全有理由认为无论是现在还是将来人类或者人类制度发生任何变化都没有什么大不了的。”

“我对你的话既感兴趣又觉得好笑。”大个子说，“你还很年轻。”

“这仅仅说明了我还没有被当今的社会腐蚀，也还没有变得懦弱。我拥有最珍贵的人生体验，体验整个人类的感受。虽然我也上过大学，但我靠自己设法学到了很多有益的知识。”

“你真是口齿伶俐、能言善辩——”

“我说的不是废话，”阿默瑞动情地喊道，“我长这么大还是第一次与人探讨社会主义。它是我所知道的唯一的万灵药。我不安分。我们这一代人都不安分。我厌恶在这种体制下最富有的人只要动一动念头就能得到世上最美丽的女子，而没有工资收入的艺术家只好把自己的天分廉价地出卖给扣子生产商。我不愿心安理得地工作十个年头，或者注定了单身一辈子，或者偷偷地寻欢作乐，为别的男人的孩子买汽车。”

“不过，如果你拿不准——”

“没关系，”阿默瑞大声说，“我的境况不会比现在更糟糕。一场社会革命可能会将我抛上社会的顶层。当然我是个自私的人。在太多的陈旧体制中我就像条离开了水的鱼。在大学同班的二十四名同学中，我也是一个受过正规教育的人；而他们却还是只让那些受过良好训练的笨蛋参加橄榄球队，我总也达不到要求，因为有一些愚蠢的老朽们认为我们所有的人应该从锥线论中学到更多的东西。我讨厌军队。我讨厌经商。我对变化情有独钟，而且我已经扼杀了自己的良知。”

“所以你将一路喊叫，让我们前进得更快些。”

“至少这还是真理，”阿默瑞固执地说，“除非有意为之，改革本身是不会去适应文明的要求的。任其自由发展，就像是自欺欺人地安慰自己孩子最终会有出息，而实际上却宠坏了孩子。他会有出息——除非有人管教。”

“不过，你并不相信所有的这些社会主义的行话。”

“我不清楚，在同你交谈之前，我并没有严肃地思考过这个问题。我说过的话有一半我自己也不肯定。”

“你把我弄糊涂了，”大个子说，“但你们这些人都是一个样子。人们说萧伯纳尽管有那么一套人生信条，却是所有剧作家中对版税要求最苛刻的人，甚至分毫不让。”

“哦，”阿默瑞说，“我只不过是说，在这一代躁动不安的人中我是一个多才多艺的大脑的产物——有充分的理由用我自己的大脑和笔杆子支持激进派。尽管，在内心深处我认为我们只不过是这个如时钟的一次摆动一样局限的世界里的盲目的原子，我和我的同伴们仍将同传统作斗争；至少要试一试用新的语言取代陈词滥调。我一向认为在很多时候我对于生活的看法都是正确的，然而坚守信念却是太难了。有一点我很清楚，如果生活失去了追求的目标，就可能演化成一场滑稽可笑的游戏。”

片刻的沉默之后，大个子问道：

“你是哪个大学毕业的？”

“普林斯顿。”

大个子忽然变得饶有兴趣，他那双突兀的眼睛里的表情发生了细微的变化。

“我送儿子去了普林斯顿。”

“是吗？”

“也许你认识他。他叫杰西·费伦比。他去年在法国战死了。”

“我和他很熟。实际上，他是我的一个特别的朋友。”

“他是——一个——相当出色的男孩。我们的关系很亲密。”

阿默瑞开始察觉到父亲和死去的儿子之间的相似之处，他心里确确实实一直有一种似曾相识的感觉。杰西·费伦比，那个曾在大学摘取了他梦寐以求的荣誉桂冠的人。一切都如此遥远。他们曾是一群多么天真的小孩，为蓝色勋带而孜孜以求……

汽车在一座雄伟的庄园前减慢了速度，庄园的四周耸立着高大的围墙和铁栅栏。

“不想进来吃午饭吗？”

阿默瑞摇摇头。

“谢谢，费伦比先生，我得继续赶路。”

大个子男人伸出手来。阿默瑞看到，他曾认识杰西这一事实彻底消除了他刚才的一番高论所引起的反感。人类是多么奇怪的生灵啊！连那小个子也坚持要与他握手。

“再见！”当车转过墙角开上车道时，费伦比先生大声喊道：“祝你好运！

让你的理论见鬼去吧!”

“也祝你好运，先生!”阿默瑞一边微笑着挥手，一边喊道。

“走出烈火，走出小屋”

离普林斯顿还有八小时路程的地方，阿默瑞坐在新泽西州的公路旁，环视着经过霜打之后的乡野。远远看上去鲜花遍地的大自然却在仔细端量之下显出一幅粗糙景象：到处是虫咬的痕迹，蚂蚁无休止地在草叶间爬动，这一切总是令人失望的；而那个由蓝天碧水和遥远的地平线代表的自然则更讨人喜欢一些。此时此刻，白霜和即将来临的冬天使他有些兴奋，他的思绪又回到几年前——七年前——圣莱基中学和格罗顿中学之间的一场激烈的战斗，回到十二个月前法国的一个秋日，他静静地躺在高大茂密的草丛里，他那一排的士兵紧密围绕在他身边，屏息俯卧，等待着去敲击路易斯炮手的肩膀。两幅画面相互交融，在他心里激起一股原始的兴奋感——他玩过的两场游戏，一方面滋味各有不同，一方面又因为不同于罗萨琳德和迷宫主题而使两者存在着一种联系。后两者才是生活的要旨。

“我很自私。”他想。

“当我‘目睹人类受难’或‘失去父母’或‘帮助别人’时，这种品质都不会改变。”

“这种自私不仅是我的一部分，而且是我身上最具活力的一部分。”

“我多多少少是通过超越而不是避免这种自私的本性才将安宁与平衡带进了我的生活。”

“没有我不能利用的无私的品质。我可以做出牺牲，广施仁爱，真诚交友，大度宽容，甚至可以为朋友牺牲自己的生命——皆因为这一切或许是我表现自我的最佳的最可行的方式；然而我身上绝无丝毫的人性的善良可言。”

邪恶的问题转化为性的问题。他开始认为恶源于布鲁克和早期威尔斯的强烈的生殖器崇拜。与恶密不可分的是美——美，依然总是让人意乱情迷，心旌摇曳；埃莉诺声音里的柔情，夜阑人静时一首古老的歌谣里流荡出的温馨，在人生长河中常会于不经意间狂涌而出，就像那层层叠叠的飞瀑，一半是明快的节拍，一半是可怖的黑暗。阿默瑞知道，每当他伸出渴慕的手去触摸美时，美便带着满脸希奇古怪的恶意斜睨着他，嗤笑着他。伟大艺术的美，一切欢乐之美，女人身上的一切美，都那么可望而不可及。

毕竟，美与自由放纵、寻欢作乐有着千丝万缕的联系。脆弱的东西往往是美丽的，脆弱的东西从来不是好的。他本以为自己大有作为之日方能达到这种孤独的新境界，而在这新生的孤寂中，美必须是相对的，它本身或许是协调的和弦，然而由它衍生出的却是不协调的噪音。

从某种意义上讲，这与美的决裂是继他的彻底幻灭之后的第二步，他感到他正在抛弃成为某种艺术家的机遇。似乎成为某种人才更为重要。

忽然之间，他念头一转，又想到了天主教堂。一个想法牢牢抓住了阿默瑞。在他眼里，那些过份依赖正统宗教的人往往存在着某种内在的缺憾，宗教对于他而言就是罗马天主教庭的代名词。完全可以想象，罗马天主教庭本身意味着一套空泛的繁文缛节，但它似乎又是防止道德滑坡的唯一屏障，还能起到促进同化、维护传统的作用。除非等到暴民们身上被教化出一种道德意识，某个人就不会停止呐喊："你不能这样做!"然而现在不会有人接受道德教化。他需要时间，需要避开外来的压力。他想让树木保持其本来面目，并且充分认识这一新起点的方向和动量。

从纯净美好的三点钟走到美丽金黄的四点钟，白昼的光一点点消退。一轮落日在麻木的痛楚中西沉，天上的云朵仿佛在痛心地滴血，暮色四合，他走到了一个墓园里。墓园里开满了鲜花，空气中发散着迟暮时分梦幻般的花香，新月儿像个突然现身的幽灵高悬在天空中，周围遍布着黑沉沉的阴影。一个建在斜坡上的地下室忽然映入眼帘，一道铁门锈迹斑斑。他猝然生出一个冲动的念头，极想跑过去打开那扇沉重的门。地下室经历了千百年的日晒雨淋，表面早已被冲刷得干干净净，四处覆盖着迟开的泪痕斑斑的水蓝色小花，看起来就像是从死人眼睛里开出来的哀花，摸起来粘湿粘湿的宛如一张泪脸，而闻起来则简直令人作呕。

阿默瑞想摸摸刻着"威廉姆·戴费尔德，卒于1864年"字样的墓碑。

他臆想着坟墓有没有使人枉然地思考过生存的意义和价值。无论如何，他在墓地里找不到一点曾对生命绝望过的痕迹。倒塌断裂的石柱，十指交缠的双手，洁白的飞鸽，纯洁的天使，这一切的一切都意味着浪漫的情怀。他想象着百年之后他愿年轻人在自己墓前浮想连翩，猜测着自己的眼睛到底是棕色还是蓝色。他深情地憧憬着他的墓地四周弥散着一种古老沧凉的气氛。奇怪的是，当他走过一排联邦战士的坟墓时，竟有那么两三个让他情不自禁地回想起那死去的爱和死去的爱人。牵惹他幽幽情思的坟墓与别的墓地没有什么区别，墓上同样长满了淡黄色的苔藓。

午夜早已过去，普林斯顿的塔楼和塔尖隐隐约约就在眼前，周围到处可见迟亮的灯光——突然之间，一阵清脆的铃声穿透了澄明的夜空，就像一场无穷无尽的梦一般连绵不绝。昔日的情愫重新回到新的一代人身上。从那混乱不堪、未经磨炼的世界里走出来这样一个年轻人，他依旧浪漫，他从错误中吸取营养，在那差不多被世人淡忘了的已故政治家和诗人们的梦想中寻找着生命的精华。新的一代在这儿诞生了，穿过漫漫白天和长夜的幻想，重复着过去的呼喊，学习着昔日的信念，而且注定了要走出心灵世界，走进肮脏灰暗的、骚动不宁的世界中去追寻爱和骄傲；新的一代比上一代人将更加惧怕贫穷，更加崇尚成功；长大以后他们会发现一切天主的死亡，一切战争的结束，和一切复苏了的对人类的信念……

阿默瑞为艺术、政治、宗教而黯然神伤，然而，他仍旧不曾为自己落泪——不管他的生存环境如何，他知道他现在已经安全了，他已经彻底摆脱了歇斯底里的疯狂——现在他可以坦然地接受一切，四方奔走，慢慢成熟，奋起反抗，然后在深夜里酣然入梦……

他知道他的心中没有天主；他的思想仍处在混沌状态中，他的记忆里还有难逝的伤痛；他的心中还留有对已逝的青春的遗憾——然而，幻灭之后的水流已将责任感、对生活的爱、模模糊糊纠结在一起的昔日理想和未竟的梦想统统注入他的灵魂深处。然而——哦，罗萨琳德！罗萨琳德！……

“这一切充其量不过是一件可怜的替代品。”他伤感地说。

他说不清内心苦苦挣扎的意义，也弄不清自己为什么决意最大限度地发挥自己的潜能并且重新拾起他曾遗弃了的个性财产。

他张开手臂去拥抱那清澄透明、光辉灿烂的天空。

“我终于认识了自己①。”他高声喊道，“可是，一切都已结束了。”

---

① 我终于认识了自己：此为作者化用典故。“认识你自己”（知自己）是古希腊大哲学家苏格拉底的名言和重要观点，也是镌刻在古希腊雅典的德尔斐神庙上的箴言。“认识你自己”在20世纪曾相当受重视，此言的哲学意义和实践意义是，认识自己是为了能更好地发现存在的真理，完善自身的德性。但在21世纪初更流行的是尼采提出的“成为你自己”（做自己）——此言的哲学意义和实践意义是人的自我肯定，是以人为本的思想，亦能激励人发奋图强，改变人生。作者在本书第一部第三章中即用了尼采所鼓吹的“超人”概念，似可推测作者已经受到尼采哲学的影响。——译注

译后记

有人说，若想真正了解一个时代，最好的方法就是去读一本描写那个时代的小说，而我们的感受则是译一本这样的书要比读它体会深刻得多。这就是我们在译完《此岸天堂》——司各特·菲茨杰拉德的这本被评论界称为1920年代“大学生纪念剪贴簿”的作品时的心情。

应该说，中国读者对“迷惘的一代”和“爵士乐时代”这样的名词并不陌生，从同期的其他作家，如海明威、伊兹拉·庞德和约翰·多斯·帕索斯等人的作品中已有所了解，从菲茨杰拉德的其他作品，如《了不起的盖茨比》中也有所了解。然而，《此岸天堂》所呈现给读者的是那个时代青年所特有的情绪，特别是1920年代在普林斯顿这样的知名学府中受过高等教育、又参加过战争的美国青年的高雅情趣，幻灭之后愤世疾俗的绝望心理，与他们对人生和社会的重新认识。

透过《此岸天堂》这部小说，读者不仅能够了解当时的社会风貌、年轻人的生活方式及所思所想，而且也能欣赏到菲茨杰拉德二十四岁时在军营中写下的这部成名处女作的过人之处。他文笔优美，比喻生动，是写人、写景、营造气氛的行家，也是驾驭语言的高手。由于作品带有强烈的自传性，他笔下的普林斯顿校园生活、上层社会各种俱乐部成员之间的明争暗斗，还有纨袴子弟们矫揉造作的谈情说爱等场面都跃然纸上，生动地展现在我们的面前。可以说对于了解那个时代的生活，这是一本不可多得的文学作品。

要特别提及的是，在翻译这本小说的过程中，我们的朋友、在北京语言文化大学（今北京语言大学）英语系任教的美籍专家 Roger Sorrentino 先生，以一位英美文学专家和亲身经历过那段岁月的老人的身份，在许多细节上给予了我们不可或缺的帮助。他的热情与耐心令我们十分感动。我们在此向他表示深深的敬意与感谢。同时，我们也向支持我们工作的家人表示深深的谢意。

我们在1997年12月就完成了《此岸天堂》的翻译。据我们当时所知，这是该书首次译为中文。但由于原出版社的失信，迟至今年这部译作才得以改由东方出版社出版。为此，我们要感谢出版和传播世界优秀作品的东方出版社，感谢崔人元编审认真负责的工作和增加了许多精彩注释。

本书第一部及插曲由陆薇翻译，第二部由张晓红翻译，全书由陆薇统稿、审校。虽然我们在这次出版前对译文再次进行了修订，但鉴于水平所限，书中难免有欠妥之处，恳请专家、读者批评指正。

译者

2010 年晚春再记

附录　张爱玲和村上春树评菲茨杰拉德

菲茨杰拉德是我最推崇的美国作家，他是个天才，写作技巧高超，他的作品有强烈的时代特性，叙述清晰，文风优雅，词句多姿多彩、点铁成金。

——张爱玲

就这样不知多少年了，只有菲茨杰拉德成为我的老师、我的大学和我的文学伙伴。作为一名小说家，我把菲茨杰拉德看作一个标准，一把尺子，是看清自己位置的一件标志，然后有时叹息，有时又全身紧张。他的小说就好像命中注定一样始终牵扯着我，说是不可思议也行，但如果小说里没有了不可思议，又有谁去读小说呢？

——村上春树

菲茨杰拉德的小说放在面前，自己说不定也想写小说吧——这样的念头一点也没有浮现。只不过如小学生想把闹钟拆散，自己也想尝试抓住小说隐藏的不为人知的魔力所在，仅仅想干这回事吧。就这样不知多少年了，只有菲茨杰拉德成为我的老师、我的大学及我的文学伙伴。作为一名小说家，我把菲茨杰拉德看作一个标准，一把尺子，是看清自己位置的一件标志，然后有时叹息，有时又全身紧张。他的小说就好像命中注定一样始终牵扯着我。说是不可思议也行，但如果小说里没有了不可思议，又有谁去读小说呢？

——村上春树

我经常读菲茨杰拉德的作品，有的篇目读了几十遍，虽然故事早就熟悉，但随便翻到那一页都可以看下去，从来没有失望过。我把一些短篇分解成几个部分，好像用显微镜观察一样去品读，想知道到底是什么迷住了我。

——村上春树

对十八岁那年的我来说，最欣赏的书是厄普代克的《半人马星座》。但在反复阅读的时间里，它逐渐失去最初的光彩，而把至高无上的地位让给了菲茨杰拉德的《了不起的盖茨比》。而且《了不起的盖茨比》对我始终是绝好的作品。兴之所至，我便习惯性地从书架中抽出《了不起的盖茨比》，信手翻开一页，读上一段，一次都没让我失望过，没有一页使人兴味索然。何等妙不可言的杰作！我真想把其中的妙处告诉别人。但环视四周，竟无一个人读过《了不起的盖茨比》，甚至连想读的人都没有！

——村上春树

如果有一个问题——需要举出美国文学史上最有美国味道的三部小说的话，虽然每个人的回答可能不尽相同，但我的感觉是梅尔维尔的《白鲸》、菲茨杰拉德的《了不起的盖茨比》、塞林格的《麦田里的守望者》一定会得到高分的……这三部作品都深刻而鲜明地反映了美国这个特殊的国家及其特殊的文化性，是典型的美国式的。将它们并排比较一下，我们就会发现那里有一个共同的倾向。具体来说，就是每部小说的主人公都具有高贵的志向、喜剧色彩的行为、悲剧性的结局。

——村上春树

对于菲茨杰拉德写的小说对我的影响这个问题，我的答案是既有也没有。在文体、选题、小说结构、叙述故事这些方面，我的感觉是菲茨杰拉德几乎对我没有任何影响。如果要说他对我有什么影响的话，那么应该说是一种更巨大、更模糊的东西。我们也许可以把它说成人们在面对小说这种东西时的一种必然的姿态，并且我们应该认识到小说的本身最终就是人生这一道理……

在这里确实存在着有一个事实：这就是，如果我没有读过菲茨杰拉德的作品的话，那么我至今写的作品应该是另外一种风格吧。只有这点应该是毫无质疑的。

——村上春树

《勇敢的船长》

【英国】吉卜林 著

百万富翁的独生子哈维失足落水，被一条渔船救起。在与惊涛骇浪搏斗的几个月里，哈维体验到打渔人的甜酸苦辣，从一个娇生惯养、脾气乖张的少爷，变成了一个乐于自食其力的好少年。中国今天有上亿个像哈维这样的孩子，阅读这本书，你会感到十分亲切。

《青鸟》

【比利时】梅特林克

莫里斯•梅特林克是著名的比利时剧作家、诗人、散文家，被誉为“比利时的莎士比亚”。

樵夫的两个孩子梦见仙女请求他们帮助寻找青鸟。两个孩子用仙女的魔钻，召集了面包、糖、火、水、牛奶、猫、狗和光的灵魂，先后搜寻了思念之乡、夜宫、森林、墓地、幸福花园和未来王国，却一无所获。醒来时，他们发现自己回到了家里。这时，邻居贝尔兰戈太太到他们家里，请求孩子把他的小鸟给她生病的小女儿，孩子们意外地发现小鸟居然是青色的……

《青鸟》通过寻找青鸟的故事歌颂同情与友爱、探索人类幸福的真谛。《青鸟》是著名的童话剧本，可供孩子们饰演；本书中还收录了梅特林克的妻子乔治特•莱勃伦克改写的故事以方便阅读。

《我有一只小毛驴》

【西班牙】希梅内斯

胡安•拉蒙•希梅内斯是著名的西班牙诗人，“由于他的西班牙抒情诗，成了高度精神和纯粹艺术的最佳典范”而获得1956年诺贝尔文学奖。

《我有一只小毛驴》是与《小王子》《夏洛的网》等齐名的顶级经典，让人感动得心颤，已经被被译成多种文字，并不断被选入西班牙语国家的小学和中学课本。作者用散文诗的形式，把与一头小毛驴的真挚情感娓娓道来：他与那头银灰色的小毛驴是朋友，是伙伴，带着它玩耍，与大自然对话，一同走过美丽的原野、村庄、山岗、教堂、大街、小巷……诗人说：在这本小小的书中，快乐和痛苦是孪生并存的，就像小毛驴的一对耳朵。

《原来如此的故事》

【英国】吉卜林 著

大象，大象，你的鼻子为什么这样长？鲸鱼，鲸鱼，你为什么个子大喉咙小？猫咪，猫咪，你为什么爱独来独往？……请听吉卜林对你讲。

《圣诞玫瑰传奇》

【瑞典】拉格洛芙 著

圣诞夜晚，森林里发生了奇迹？红襟鸟的胸前为什么那么红？小耶稣和小犹大在拿撒勒做什么？……儿童版的圣经故事，闪耀着人性的光辉。

《如梦的世界》

【印度】泰戈尔、【波兰】显克维奇、【意大利】彭托皮丹、【爱尔兰】萧伯纳 等著

《普初加里的皇帝》

【瑞典】拉格洛芙 著

《在自己的树下》

【日本】大江健三郎 著

《二百年的孩子》

【日本】大江健三郎 著

人民东方精品 口碑载道好书

《暖》
信天谨游 著

感动中国的人，感动中国的文。这是一本宁静、恬淡、又充满激情的书。一介草根之民集十年之功建百所山村小学，书中没有矫情、虚情、煽情、冷情和滥情，爱的心灵体验，激起你灵魂深处的感情。这是一本另类的、不忽悠的成功励志书，讲诉怎么做人，怎么做事，怎么在庸常生活中获得成功、高尚和圆满。

《陪孩子看电影吧》
曹保印 著

看看电影聊聊天，教育其实很简单。从家庭教育的角度，重新欣赏、解读这些电影，必将会有许多新的重要发现。

《懒人的瑜伽计划》
刘冬梅 著

简单易学的手绘卡通图示，你一定学得会的轻松瑜伽120式，专为懒人、忙人定制的每日健康计划。简单易练，读者在看电视、工作中，散步的时候，就能轻轻松松完成。

《道德经的养生大智慧》
王兰锁 著

“黄老之术”是中国文化里的专词，“黄”即黄帝，“老”即老子。老子之《道德经》是与黄帝之《黄帝内经》相比肩的养生延年、祛病强身的经典巨著。人的生命基础是先天一气（元气），得此气则生，失此气则死，而保养此气正是养生的要诀。《道德经》之殊胜于《内经》，在于能够教你怎么培固、旺盛生命的元气。作者在本书中开解、诠释《道德经》，发明其所透露的老子亲修实证之养生妙法，可谓大泄天机。自信人生二百年，请看“内经仙丹版”。

《风流绝》
北溟鱼　著

红颜弹指老，刹那芳华；青史过眼多，千古风流。凭一篇作文上清华大学的才女说魏晋名士，成就惊艳之作和历史散文的新标杆。从安意如的小情趣到北溟鱼的大情怀，从于丹的中国式修养到北溟鱼的国际化视野，从余秋雨的华辞丽句到北溟鱼的以质取胜。

《墓前墓后说曹操》
编写组　著

曹操是大汉丞相，也是乱世奸雄，是统领千军的大将，也是横槊赋诗的诗，他从不缺女人，还老是染指他人妻。他曾是专业盗墓家，他临死要求薄葬。一生显赫，死留七十二疑冢。“曹操墓”不肯说的重重迷雾，本书告诉你。